월간토마토문학상 수상작품집 1

지극히
당연한
여섯

월간토마토문학상 수상작품집 1

지극히 당연한 여섯

박덕경
한 유
김민지
신유진
이우화
염보라

토마토

책을 펴내며

통쾌한 '변화'를 조용히 꿈꾸다

"별짓을 다 하는구나."

누군가는 그렇게 말할지도 모르겠습니다. 지역에서 월간지를 발간하는 조그만 잡지사에서 문학상을 공모하고 이번에 수상작을 모아 단행본을 출판했습니다. 앞으로 문학상 공모를 계속 진행할 계획이니, 단행본 출판도 이어지겠지요.

첫 공모전을 시작했을 때, 등단이 작가라는 권위를 부여하는 우리 세태에서 얼마나 많은 사람이 응모할 것인가 걱정도 했습니다. 하지만 월간토마토문학상에 이 세상이 어떤 권위를 부여할지는 그리 중요한 것이 아니었습니다. 지역을 기반으로 우리가 벌이는 모든 행위는 '작당 모의'라는 이름으로 진행했습니다. 응모작품 수도 회를 거듭하며 200여 편을 훌쩍 넘었습니다. 생각지도 못한 기발한 발상의 작품들도 눈에 띄기 시작했습니다. 작당 모의 안에 담긴 개구진 감성은 답답하고 꽉 막힌 기득권을 향해 날리는 시원한 '조롱'이기도 합니다. 무척 통쾌하고 신명 나는 일이지요.

소설은 작품 그 자체로 대중과 호흡하면 된다고 생각했습니다. 권위를 부여할 주체가 모호하며 그 권위가 과연 인정받을 수 있는 권위인지조차 명확하지 않은 세상에서 너무 진지하게 고려할 필요는 없으니까요.

2009년부터 지금까지 총 7회의 공모전이 있었고, 모두 여섯 편이 수상작으로 선정되었습니다. 여섯 작가의 시선을 따라가면 우리가 각자 위치에서 살아 내며 겪는 고민과 고뇌가 한데 모이는 경험을 합니다. 이야기가 갖는 힘입니다. 《지극히 당연한 여섯》은 그래서 '당연'합니다. 숫자 6은 자신을 제외한 약수의 합이 다시 또 6이 되는 완전수라고 합니다. 그렇게 서로 다른 소설이 만나 하나의 완전한 세계를 이루고 있네요.

우리는 지금껏 지극히 '당연한 것들'을 너무 당연하다는 이유로 얕잡아 보지는 않았는지 생각해 보면 좋겠습니다. 당연한 사랑, 당연한 가족, 당연한 사람, 당연한 인류 등을요. 《지극히 당연한 여섯》이 우리 주변에 있는 너무나 당연한 것이 지닌 힘과 소중함을 다시 생각해 보는 계기가 되기를 희망합니다.

우리가 진행하는 월간토마토문학상 중단편소설 공모전도, 우리가 그 수상작을 모아 이렇게 단행본을 출판하는 것도, 여러분이 지금 손에 이 책을 들고 있는 이 순간도, 모두 '당연한' 것들입니다.

이 세상이 당연하게 돌아가기를 희망하며 여러분 앞에 이 책을 선보입니다.

월간토마토 출판편집부

차례

책을 펴내며
통쾌한 '변화'를 조용히 꿈꾸다 ○ 4

제1회 수상작
박덕경 오페라, 장례식, 그리고 거짓말 • 9

제3회 수상작
한 유 맑은 하늘을 기다리며 • 45

제4회 수상작
김민지 어떤 기시감 • 83

제5회 수상작
신유진 검은빛의 도시 • 147

제6회 수상작
이우화 김우식 • 193

제7회 수상작
염보라 마그리트의 창 • 255

오페라, 장례식, 그리고 거짓말

박덕경

작가노트 · 사랑을 잃은 그녀의 하루
인터뷰 · 금강, 부드러운 물거품에 발 담갔던 소녀

박덕경

1971년 충남 공주에서 태어나 방송통신대 국문과를 졸업했고 2010년 제34회 방송대문학상 단편소설 부문에 선정되었다.

오페라, 장례식, 그리고 거짓말

하염없이 떨어지는 빗방울이 유리창에 부딪친다. 바람마저 세게 불어 가로수 잎들도 휘휘 울고 있다. 빗물에 젖어 드는 저녁, 도로가 자동차 불빛으로 붉고 환하게 흔들린다. 유리창에 비친 내 표정은 흑백 사진처럼 생기를 잃었고 이방인처럼 낯설다. 그런 내 표정은 놓아 버린 채 당신을 생각한다. 당신을 생각하니 분노가 치민다. 여전히 당신을 이해할 수 없어 당신에게 할 말을 찾지 못했다. 슬픈 저녁이다.

휴대전화가 진동한다.

―진경아, 언제 올 거니? 희연이 미량이도 온대.

―조금 늦을 거야. 선약이 있어서.

연주에게 답장을 보내고 휴대전화를 가방에 넣었다. 가방 안에 공연 티켓이 눈에 띈다. 오페라 〈사랑의 묘약〉. 보기 싫다. 하지만 나는 예술의 전당 앞에서 내렸다. 검은색 투피스 정장을 입고 흰 바탕에 검은색 물방울무늬가 찍힌 우산을 들었다. 공연장을 향해 몇 걸음 걷다 돌아선다. 비는 여전히 줄기차게 내리고 있다. 구두가 빗물로 젖어 든다. 내가 찾고 싶은 것은 사랑의 묘약이 아니라 당신인걸. 나는 가방에서 휴대전화를 꺼내 당신 번호를 하나하나 눌러 본다. 그렇다. 나는 당신 번호를 눌러 볼 뿐이다. 왜 이러냐고 당신에게 따질 근거를 찾지 못해 당신 멱살이라도 잡고 싶은 심정으로 다시 전화를 가방 안에 넣고 공연장을 향해 걷는다. 시간이 흐를수록 당신은 의문투성이다.

공연장으로 들어서 익숙하게 좌석을 찾았다. 앞줄은 텅 비었고 뒷줄에는 연인으로 보이는 두 사람이 앉아 있다. 내 옆 좌석도 비었다. 무대는 멀리 있다. 배우들의 얼굴과 표정은 목소리로 판단해야 할 만큼 먼 거리에 있다.

〈사랑의 묘약〉은 도니체티가 1830년대 작곡한 오페라 희곡이다. 당신이 준 위자료로 처음 보았다. 내가 어? 하며 놀란 사이 당신은 이혼에 합당한 절차를 모두 처리하고 떠나갔다. 당신의 실체를 잃어버리고 당신의 기다란 그림자를 붙잡은 채 사랑의 묘약이라는 제목에 이끌려 관람했었다.

이탈리아의 한 마을에 부유한 집안의 딸인 아디나가 나무 그늘에서 책을 읽는다. 아디나를 사랑하는 네모리노. 그는 수줍음 때문에 몰래 숨어 아디나를 바라보기만 하는 마을 청년이다. 이 마을에 군인을 모집하기 위해 벨코레 장교가 나타난다. 벨코레는 책을 읽는 아디나에게 첫눈에 반해 용기 있고 당당하게 청혼

한다. 아디나도 마음이 흔들리지만 쉽게 마음을 내어 주진 않는다. 이때 싸구려 포도주를 사랑의 묘약이라고 속여 파는 약장수가 등장한다. 네모리노가 묘약을 사서 마신다. 약의 효과 때문인지 네모리노에게 큰 유산이 상속된다는 헛소문이 돌고 마을 처녀들이 네모리노에게 추파를 던진다.

1막이 내린다.

여전히 오페라는 재미없다. 지금이라도 장례식장으로 갈까? 하지만 나는 사랑에 불붙은 네모리노가 불쌍하여 끝까지 관람하기로 마음먹는다. 턱을 괸 손으로 입을 가리고 하품을 했다.

아디나와 벨코레가 혼인서약서를 작성하고 마을은 축제로 떠들썩하다. 상심한 네모리노는 벨코레의 군대에 입대하기로 하고 돈을 받아 묘약을 사 마신다. 묘약이 효능을 발휘하는 걸까. 동네 처녀들에게 인기가 많은 네모리노를 아디나가 질투하는 눈빛으로 바라본다. 아디나는 약장수를 만난다. 아디나는 네모리노가 군에 입대하는 조건으로 묘약을 사서 마신 이야기를 듣는다. 약장수는 네모리노를 동네 처녀로부터 지키려면 사랑의 묘약이 제일이라고 아디나를 현혹한다. 아디나는 약장수에게 사랑은 내 힘으로 지키겠다고 대답한다. 몰래 숨어서 아디나를 지켜보던 네모리노는 아디나의 눈에 맺힌 눈물을 보고 〈남몰래 흘리는 눈물〉이라는 아리아를 부른다. 장면이 바뀌어 아디나와 벨코레가 이야기를 나눈다. 아디나는 네모리노의 군 입대 계약서와 네모리노가 받았던 돈을 맞바꾼다. 벨코레와의 결혼을 취소하고 네모리노를 남편으로 맞겠다고 말한다.

막이 내리고 오페라는 끝났다. 약장수가 얄밉다. 사랑의 묘약 같은 것은 없는데 있다고 우기다니. 무대를 노려본다. 아디나가 당신처럼 의심스럽다. 언제까지 네모리노를 사랑할 수 있냐고 묻고 싶다. 이미 퇴장한 아디나는 대답이 없다. 사랑이 믿는 자의 눈에만 보이는 깊고 진실한 것이라고? 1800년대 아디나와 2000년대 당신의 생각이 같은 것은 마치 진실한 사랑은 있다는 공식 같아 나는 당황한다. 아디나에게 다시 묻고 싶다. 10년 후에도 네모리노를 향한 마음이 한결같을 수 있냐고. 패배한 기분으로 공연장을 나와 장례식장으로 향했다. 여전히 비는 나에게 닥친 시련처럼 그치지 않는다.

장례식장은 방문 시간이 정해져 있지 않아 좋다. 연주 어머니가 오랫동안 병환으로 고생하셔서인지 유족들이 많이 상심한 것 같지는 않다. 나는 고인의 명복을 빌었다. 문상객 사이에서 연주를 찾았다. 장례식장이라도 도우미들이 생글생글 웃으며 음식을 날랐고 문상객도 조문을 마치면 환한 얼굴로 식사를 하며 오랜만에 만난 사람들과 해후의 정을 나누었다.

연주는 희연이 미량이와 함께 있었다. 연주에게 알은체하고 미량 희연과도 인사를 나누었다. 고등학교 졸업 후 간간히 소식만 전하다 처음 보는 얼굴들. 서른여덟이다. 거리나 백화점이 아닌 누군가의 죽음 앞에서 다시 만나다니. 바람 잔뜩 든 풍선처럼 부풀어 있던 여고시절이 지나고 환상과 열정과 서툰 희망과 가슴 저릿한 절망을 고루 맛보게 하던 들뜬 청춘 시절도 지나고, 현실에 짓눌려 결혼생활에서 사랑의 비중이 점점 줄어들었던 시간. 나만 그렇게 20여 년을 보내 버린 것일까. 세월이란 그저 맹수에 할퀸 자국처럼 상처만 남기고 저 멀리 사라져 버리는 것일까. 언제부터인가 청첩장보다 부고를 받는 일이 점점 늘어난다. 어느새 주변 사람들이 하나둘 죽음을 맞이하고 그만큼 죽음과 가까워지고 있다. 번호표 대기 순서가 점점 줄어드는 것을 빈번하게 드나드는 장례식장에서 느낀다. 살아갈수록 죽는다는 것은 알 듯 모를 듯 알아지는데 사랑이라는 것은 도무지 종잡을 수 없다. 죽음이 무엇인지 서서히 깨닫는데 이미 해 본 사랑은 돈처럼 행복지수를 높여 주는 물질 같기도 하고 사랑은 남편이나 아내처럼 구색 같기도 하고 사랑은 아무것도 아닌 것도 같고 나는 사랑은 식을 수도 있다고 생각하는데 당신은 사랑은 진실하여 식을 수 없다고 한다.

　나는 잠시 스친 생각을 접으며 미량과 희연의 손을 잡는다. 손을 잡고 눈을 마주하자 20여 년 전 얼굴이 보인다. 내가 늦은 저녁을 먹는 사이 친구들은 하던 이야기를 이어 가다 식사를 마치자 질문이 쏟아졌다. 결혼한 지는 얼마나 됐는지, 아이가 몇인지, 남편의 직업이 무엇인지, 직장생활을 하는지, 어디에 사는지. 모든 질문은 당신과 결부되어 있어 나는 대답하기가 곤란하다.

　"지지배들 오랜만에 만나 궁금한 것이 겨우 내가 어떻게 살았는지에 대한 알리바이뿐이니?"

날카로운 말투에 연주가 놀라며 내 손을 잡는다.

"진경아, 너 술도 안 마시고 취했니? 오늘 예민하다. 여기 오기 전에 무슨 일 있었니?" 나는 연주의 손을 굳게 잡으며 걱정 말라는 신호를 보내며 다시 말했다.

"예민하긴. 그래, 오랜만이니 그런 질문 할 수도 있겠다. 순서대로 대답할게. 첫 질문이 뭐였지?" 친구들은 당황한 기색이 역력하다. 희연이가 까칠한 목소리로 대꾸했다.

"그다지 궁금하지 않았어. 늦게 와서 무슨 행패니? 너나 나나 사는 거 다 거기서 거기겠지. 그래도 물은 건 오랜만에 만난 너에게 딱히 할 질문이 없었어. 우리도 너 오기 전에 20년 세월 어떻게 살았는지 서로 묻고 대답했어. 너 여고 때와 너무 다르다. 쪼들려 살았니?"

미량이와 연주가 중재하지 않았으면 나와 희연이는 감정싸움을 할 뻔했다. 미량이가 연주 어머니 장례식장이고 오랜만에 만났으니 그간 살아온 얘기보단 우리 학창시절 이야기나 나누자며 나와 희연이를 다독였다.

여고 때와 성격이 정반대로 변한 미량에 대해선 연주에게 들은 적 있다. 졸업하자마자 결혼하고 아이 둘 데리고 이혼했으며 보험회사에서 보험설계를 해 준 지 10년 넘은 베테랑이라는 것. 얼마 전 남편이 친권을 주장하는 바람에 아이들을 빼앗긴 후 우울증 약을 복용한다고 들었다. 활발하고 분위기를 이끄는 미량이 무대 위 피에로 같다. 다만, 눈동자만 마치 내 것처럼 깊고 우울하다. 너도 이혼했지?라고 물어보는 것 같아 미량과 눈이 마주치자 얼른 피했다. 미량은 우리와 이야기를 나누면서도 옆 테이블에서 나누는 대화도 들은 모양이다. 거울을 보고 화장을 고치더니 "잠깐 실례해요."라며 옆 테이블로 건너갔다. 우리는 당황해 옆 테이블을 바라보았다. 그들은 두 쌍의 부부로 보였다. 미량은 그들과 통성명을 한 후 이런 순간을 위해 보험이 필요하다며 영업을 시작했다. 가정 수입의 10프로만 보험에 가입하며 그 외에 보험에 가입할 여유가 있는 돈은 청약저축을 해서 집을 사라고 말한다. 우리는 각자 마른안주를 먹거나 맥주를 홀짝이며 아무렇지 않은 척 미량의 말과 행동을 주시한다. 부부는 보험으로 나가는 돈이 30프로가 넘는다는 얘기를 했고 농담이겠지만 남편이 죽으면 2억, 아내가 죽으면 1억이 나온다고 말하는 소리가 들렸다. 미량은 남은 명함을 핸드백에 넣으며 우리 자리로 돌아왔다.

"야. 변한 건 진경이 아니라 미량이구나? 네 말발에 저승사자도 넘어가겠다. 하하하."

희연이 미량을 뜯어보며 말했다. 미량은 아랑곳하지 않고 우리에게 물었다.

"니들, 남편 앞으로 종신보험 있니?"

"너 이런 자리에서도 영업하니?" "영업 아니야, 얘. 위험에 대한 대비책을 알려주는 거야. 아무에게나 알려주는 거 아니다!"

"나는 형님이 보험설계를 하셔서 가입했지. 벌써 4년 됐어. 형님이라 믿고 했는데 보장이 별로야. 암만 더 보장 받을 수 있는 보험 있으면 네가 설계해 봐."

희연이 대답했다. 나는 보험은 무슨, 그냥 사는 거지, 라고 말하려다 참았다. 연주는 돈 쓸 일이 생겨 10년 넘게 불입하던 거 해약했다고 대답했다.

"니들, 돈 앞에서 사람이 얼마나 우습게 변하는지 아니? 배우자가 병에 걸리거나 사망했다고 생각해 봐. 슬픔과 절망에 빠지겠지? 아니더라. 특히 병으로 앓다가 죽는 사람들은 배우자나 동거인이 사망 보험금이나 치료비를 자신 앞으로 바꿔 놓는 경우가 허다하다. 계약자가 수령인을 아이나 법정상속인으로 해 뒀도 계약자 인감 첨부하면 제3자가 변경할 수 있거든. 그렇게 변경하더라. 장례 치르면서 낮에는 보험회사 전화해서 얼마나 나오는지, 수령일까지 얼마나 걸리는지 물어보고, 밤에는 부의금 봉투에서 돈 세고. 에라이! 보험이 뭐니? 만약을 대비하는 건데 만약의 일이 벌어져 돈이 개입되면 돈 때문에 쇼가 벌어진다, 쇼가 벌어져. 난 내가 보험설계 하지만 진짜로, 보험 들지 말라고 하고 싶어. 죽은 사람만 불쌍한 거야. 요즘 편부모 되었을 때 자식 부양하는 부모 별로 없어. 아이들 처가나 시댁에 버리고 돈만 챙겨 가요. 니들 죽거나 암에 걸리면 니들 남편, 어떻게 변할지 모르는 거야. 사람이 죽었을 때 남은 사람에게 필요한 것은 사망진단서 열 통이더라. 그게 죽음이야."

미량이 생각도 못했던 말을 주저 없이 했다.

"진짜로 그래? 우린 얼마 안 나와, 몇 천?"

"에게? 빵빵하게 들어 둬. 한 살이라도 어릴 때. 너희들 남편 갑자기 죽어 봐라. 돈이라도 있어야 자존심이라도 펴고 살지."

"지지배, 너 아까 낯짝도 좋게 옆 테이블 가서는 보험 들지 말라며? 말이라도 그런 말 하지 마."

"헤헤, 다 영업 노하우야."

핀잔하는 연주에게 미량이 실실 웃으며 대답했다.

미량이 떠드는 사이 나는 맥주를 몇 잔 마셨다. 미량이 물끄러미 나를 보더니 불그레한 내 뺨을 어루만졌다. 나는 깜짝 놀라 몸을 뒤로 뺐다. 미량이 깔깔깔 웃으며 말한다.

"고등학교 때 내가 너 무지 좋아한 거 아냐? 처음으로 쓴 연애편지가 너에게 쓴 거였고 수십 번을 네 서랍에 넣었다가 너 올 시간 되면 다시 꺼내고. 하하하."

나는 고개를 끄덕했다.

"참내, 그런데 졸업하자마자 남자 사귀어 보니까 남자가 훨씬 낫더라. 푸하하하하."

희연이 휴대전화로 어딘가에 문자를 보내면서 진경에게 묻는다.

"진경이는 애가 둘이라며? 애들 어떡하고 나왔어?"

"남편. 애들 잘 봐줘."

연주가 다른 테이블에 인사하러 간다. 희연이가 호기심 찬 눈으로 말한다.

"진경아, 너 대단하다. 애들이 잘하니? 남편이 봐준대도 한계가 있잖아. 난 이제 1학년인데 아직도 나 없으면 아무것도 못해. 요샌 학교 숙제가 애들 숙제인지 엄마 숙제인지 분간도 안 되더라. 그러다 보니 우리 슬이 하나도 벅차. 어디 직장생활 할

엄두도 못 내겠어."

우리는 육아와 살림과 직장에 대한 불만을 토로했다. 다 함께 공감을 했고 힘들어했다. 분명 행복한 부분도 있을 텐데 아무도 자신이 가진 행복에 대해 이야기 하지 않았다. 나는 내 행복이 뭔지 생각하려고 애썼다.

연주가 돌아와 앉으며 한마디 한다.

"니들 울 엄마 돌아가셨는데 와서 고작 한다는 말씀들이 맨 애들 얘기 돈 얘기 남편 얘기니? 다 중요하긴 하지만 여긴 상가야. 불쌍한 울 엄마 명복이라도 빌어 줘야 하는 거 아니야?"

내가 연주의 잔에 맥주를 따랐다. 연주가 맥주 마시는 모습을 보다가 친구들의 얼굴을 자세히 보았다. 나도 그렇지만 친구들도 역시 기미나 주근깨 잡티를 화장으로 커버했다. 꿈과 솜털이 보송보송했던 여고 졸업 앨범 속의 맨 얼굴 위로 내려앉은 20여 년의 시간을 능숙하게 감추었다. 감춘 것이 어디 잡티나 기미뿐일까? 마음이 싸해지는 기분이 든다. 개인 사업을 하는 남편의 아내이자 전업주부인 희연이, 혼자 살면서 17평형대 아파트가 당첨됐다고 좋아하는 보험설계사 미량이, 연주는 노무사무소에 근무한 지 2년 됐다. 사무실이 시내 중심부에 있어 월급이 적어도 좋단다. 미량이와 연주가 명함을 한 장씩 나눠 준다. 나도 명함이 있지만 명함을 누구에게 줘 본 적이 없다.

자정을 넘기자 희연이 남편에게서 전화가 온다. 그 바람에 모두 자리에서 일어났다. 미량이 나에게 네 남편은 전화도 안 하냐며 웃는다.

"여기 오는 거 아는데 뭐. 좀 늦는다고 말했어. 아마 잘 거야."

"그래, 그래야지. 희연이처럼 아직도 전화하고, 간이 큰 거니 사랑이 존재하는 거니?"

"이렇게 12년을 살았어. 그냥 사는 거야. 사는 게 별거니? 나도 12시 넘으면 전화 빗발치게 해."

"휴, 어떻게 사냐. 적당히 간섭하고 살아."

"신랑이 바람피울까 봐 그러지. 우리 신랑 핸섬하잖아."

"좀 피게 둬. 바람은 네가 피우지? 만날 전화하면 안 받고 나중에 전화해서 못 들었다고 하고. 너 수상해!"

"얘는, 그런 게 어디 있어? 우리 딸이 가만히 두니? 아직 똥꼬도 못 닦아. 그런 애를 두고 시간이 어디 있어서 바람을 피우니? 좀 피워 보고 싶긴 하지. 이런 가을에는 특히 더 불 피우듯이 피워 보고 싶어."

네 여자가 화장실 앞에서 무례하게 웃음을 터트렸다.

나는 연주의 손을 꼭 잡았다.

"엄마 편하게 보내 드려. 며칠 고생하겠다."

"응, 고마워."

장례식장에서 나와 미량은 자가용을 타고 먼저 갔다. 희연과 나는 같은 택시를 탔다. 중간에 희연이 먼저 내렸다. 우리는 그렇게 이야기를 나누고 조만간 다시 만나자고 약속했지만 집으로 돌아가면서는 다시 만나자고 하거나 반가웠다는 말을 하지 않았다. 모두 같은 말을 했다. "조심해서 들어가, 잘 살고." 가방에서 휴대전화를 꺼냈다. 문자 세 통이 와 있다. 연주가 보낸 조심해서 들어가라는 문자와 현금 인출했다고 은행에서 보낸 문자와 스팸 문자이다.

 당신은 재혼이 떳떳하여 주변에 알리고 행복한 모습 보이고 있겠지만 나는 이혼한 것을 비밀로 하고 있다. 아파트에서도 친분이 없다 보니 당신의 부재에 대해 묻는 사람이 없다. 비밀, 은밀한 느낌이다. 첫사랑이 생겼을 때 비밀이었고 당신과 사귈 때도 처음엔 비밀이었다. 그 은밀함, 얼마나 설레게 했던지. 이혼을 비밀로 하는 것은 아무리 고민해도 내가 이혼을 당해야 할 유책사유를 찾을 수 없기 때문이다. 집에 들어와 진솔, 은솔이 웃는 사진에 뽀뽀를 하고 세수만 했다. 습관이 되어 버린 문자사서함 확인하는 버릇. 은솔이마저 문자가 뜸해진다. 식탁에 앉아 베란다 유리창에 비친 내 모습을 보니 편안한 표정이 가식적이다. 나는 맥주를 마시다가 지난주에 미술관에서 가져온 팸플릿이 생각났다.

 〈부두〉라는 제목이 붙여진 유화를 찬찬히 바라보았다. 미술관에 전시된 작품 중에서 가장 마음에 들었다. 부두의 느낌은 갈망이었다. 화폭 아래 왼쪽에서 오른쪽으로 굵은 붓으로 한 번만 칠한 듯한 부두가 있다. 부두는 흰 바탕에 노란색을 조금 섞었을 뿐인데 세월에 두꺼워진 나무껍질처럼 투박하고 거칠다. 그런 부두를 따라 하늘과 바다가 갈라져 있다. 바다에서 나오지 못하는 것들 물, 파도, 영혼, 이런 것이 부두에 부딪친다. 무언가를 갈망하면서. 마치 그리움처럼. 부두는 무작정 오는 것과 무작정

가고 싶은 것을 적절하게 조절해 주고 있다. 나에게 닥친 이 밤, 이 어둠처럼.

'나는 계속 살던 대로 살고 싶었어. 당신을 사랑하고 싶고 당신과 함께 꾸미던 가정이 필요해. 다만 나도 당신처럼 지쳤을 뿐이야. 당신은 나에게 권태를 느끼고 지루했고 마침 사랑이 식었다고 느꼈고 다시 태울 만한 묘약이 없었고. 마침 당신의 세포를 자극하는 새로운 사랑이 생겼고. 나는 의문이다. 당신은 어떻게 나 없이 행복할 수 있는지.'

악몽을 꾸었다. 가위에 눌린 듯 몸을 가누지 못하다가 한순간에 비명을 지르며 소파에서 굴러떨어졌다. 실크 바람 같은 키스는 당신이었는데 눈을 떴을 땐 미량이었다. 내 세포를 자극한 것도 미량이의 손길이었다. 오르가즘처럼 극에 달한 가위눌림. 나는 땀에 젖은 얼굴을 두 손으로 닦아 냈다. 나를 더 놀라게 한 것은 정신 차리라는 듯 울리는 휴대전화이다. 바람님이다.

"거울님. 오늘 산행, 혹시 깜박했나요? 데리러 가요. 나들목 나가는 중이니 사거리로 오세요."

일요산행이 있는 것을 잊고 있었다. 사랑의 묘약, 장례식장, 뻔뻔하게 한 거짓말과 불길한 꿈. 산에 가기 싫다. 바람님께 전화를 하려다가 그것도 불편하여 산행 준비를 했다. 항상 싱글벙글한 바람님이 아침을 먹었느냐고 묻는다. 갑자기 네모리노가 떠오른다. 당신이 미숫가루를 타 줘서 마셨다고 말했다. 행복하게 산다며 부러운 목소리로 당신을 산악회에 한번 데려오라고 뷰를 따라 하늘과 바다가 갈라져 있다.
바다에서 나오지 못하는 것들
물, 파도, 영혼,
이런 것이 뷰에 부딪친다.
무언가를 갈망하면서. 마치 그리움처럼.

말한다. 나는 당신도 산을 좋아하는데 기회가 되지 않는다고 대답했다. 바람님은 늦게 일어났다기에 아침 굶었을까 봐 따뜻한 음료 샀다며 건넨다. 나는 손사래로 거절했다. 출발지인 마트 앞에 도착했다. 산사랑님 무지개님 연지 언니가 먼저 와 있다. 나는 연지 언니에게는 손을 흔들며 반갑게 인사했다.

"거울아 오늘도 바람이 태우러 왔니? 좀 열어 줘라. 지극정성이잖니."

"뭘 열어 줘 언니도. 자꾸 그러면 탈퇴할 거야."

이런 대화에도 여전히 싱글거리는 바람님에게 화가 난다. 나는 마지막으로 버스에 올랐다. 빈자리를 찾다가 하마터면 "여보!" 하고 소리 지를 뻔했다. 마징가님 옆에 당신이 앉아 있었다. 분명히 2년 전 이혼한 당신이다. 나는 얼굴에 핏기가 가시는 것을 느꼈다. 당신과 눈이 마주쳤다. 당신 눈동자에는 반가움도 미안함도 없다. 이렇게 이성적인 인간이었나? 나는 정신을 잃은 채 빈자리를 찾아 털썩 앉았다. 당신은 어제 본 것처럼 그대로다. 당신도 내가 탈 것을 알고 온 것 같지는 않다. 표정이 변하지 않았지만 당황한 당신의 모습이 낯설어서 나는 정신이 더 혼미해졌다. 당신이 먼저 나를 발견했을 텐데, 아는 체를 하지 않으려면 고개라도 돌리고 있어야지. 드라마처럼 우연한 재회를 늘 생각했지만 이런 식은 아니었다. 나는 모든 혈관이 부어오르는 것처럼 몸이 뜨거워지고 옥죄는 압박감에 사로잡혔다.

산행 목적지에 도착했다. 누군가 오늘의 일정을 설명했다. 상당히 험한 산행이 될 것이라고 안전에 주의하라는 당부가 이어졌다. 나는 건강을 위해 산행을 하지만 이런 산행은 싫다. 게다가 새벽에 꾼 꿈과 당신 때문에 휴게소에 들렀을 때는 집으로 돌아갈까 생각도 했다. 얼음골 진입로부터 경사가 급하고 온통 계단이다. 당신은 나를 앞서가면서 전혀 아는 척하지 않는다. 나는 순전히 당신 때문에 마음이 무거워져 발걸음이 떨어지지 않아 등산을 포기해야겠다는 생각이 자꾸 든다. 하지만 몸은 당신에게 끌린 듯 무작정 걷는다. 앞서가고 있는 당신도 무척 힘들어한다. 일행 모두 힘들어하긴 마찬가지다. 조금 오르다 쉬고 조금 오르다 쉬었다. 당신의 뒷모습에서 벗어나기 위해 나는 힘을 냈다. 당신 옆을 지날 때 당신의 지친 숨소리가 파장을 일으키며 내 고막을 때린다. 어젯밤 버스 유리창에 부딪치던 빗방울, 바람 소리, 가짜 포도주를 사랑의 묘약이라고 마시던 네모리노, 영정 사진 속 연주 어머니, 죽을 때까지 변치 말자고 속삭이던 당신과의 첫날밤, 죽을 때까지! 나는 당신을 앞선다. 연지 언니가 천천히 가라며 따라오더니 귤을 준다. 언니와 나는 귤을 까먹고 다시 출발한다.

한 명씩 두 명씩 그 힘든 1,200미터 돌계단을 올라왔다. 모두 능선을 따라 천황산 정상을 향해 걷는다. 들었던 대로 억새가 장관이다. 천황산 정상에 가까워 오자 겹겹이 병풍처럼 둘러싼 봉우리들과 우람하고 기개 찬 능선들이 눈앞에 펼쳐졌다. 왜 영남 알프스라는 지명이 붙었는지 알 것 같다. 까마득한 저 아래로 몇 개 마을이 보인다. 아득하고 고요하고 평화롭다. 올라오는 동안 고통스러웠던 정신과 육체가 잠시나마 고통을 잊고 자연의 경이로움 속으로 빠져들었다.

당신이 어느새 뒤에 따라와 있다. 다시 출발하려는데 산악대장이 여기서 점심을 먹자고 한다. 삼삼오오 모여 자리를 잡고 각자 가져온 도시락으로 점심을 먹는다. 당신은 보온병을 꺼내 컵라면에 물을 붓고 밥을 말아 먹는다. 내가 싸 온 김치를 당신이 먹는다. 내 눈엔 자연스럽게 먹고 있다. 나는 당신의 컵라면을 뺏어 버리고 싶으면서도 김치를 당신 앞으로 밀어 준다.

식사를 마친 나는 먼저 일어나 능선을 따라 걸었다. 끝없이 펼쳐진 억새밭에서 억새가 바람에 흔들렸다. 일행은 저마다 사진 찍기 바쁘다. 나는 다리에 힘이 빠지는 것을 느꼈다. 돌계단을 당신 때문에 빠르게 올랐던 것이 무리였다. 힘이 빠진 다리로 터덜터덜 걷다가 발목이 삐끗하는 것을 느꼈지만 통증이 심하지는 않다. 스틱을 짚고 천천히 걸었다. 일행은 억새밭을 지나 다시 재약산을 향해 오르기 시작했다. 천황산에 비하면 오르는 것도 아니지만 이미 기력이 소진된 상태라 산행하는 사람들 모두 힘들어한다. 이때부터는 무리를 이루던 산행이 몇 명씩, 때론 혼자로 갈린다. 나는 맨 앞에서 혼자 걷는다. 뒤에 두세 명이 따라오고 마징가님과 당신이 꼴찌로 따라오고 있다. 재약산을 넘자 다리에 힘이 풀려 제대로 걷기가 힘들다. 여러 번 쉬었고 쉬는 사이 일행이 나를 앞서간다. 나는 일행의 꼴찌에서 겨우겨우 당신과 마징가님의 뒤를 따랐다. 점차 발목이 시큰거린다. 하산도 만만치 않은 돌계단이다. 여기서 안전사고가 나면 큰일이다. 표충사까지 거리는 4킬로미터가 남았고 돌계단이라고 했다. 해가 떨어지기 전에 표충사에 당도할 수 있을까 걱정되기 시작했다. 걸음이 점차 느려진다. 발 디디는 것에 온 신경을 쓰고 있던 차에 악! 하고 비명이 절로 나왔다. 돌 구르는 소리가 고요한 산에서 크게 울렸다. 주의했지만 삐딱한 돌을 밟았다. 돌이 구르면서 같이 미끄러져 엉덩방아를 찧었다. 스틱을 짚고 있어서 다행히도 많이 미끄러지지는 않았다. 큰 사고는 아니다. 산행을 하다 보면 있을 수 있는 일이다. 하지만 억새밭에서 삐끗한 다리로 헛디디는 바람에 부축 없이 일어나기조차 힘들었다. 참았다는 듯이 눈물이 흐른다. 산행이 몹시 힘들고 지치기도 했지만 그보다는 생각지도 못했던 당신과의 재회와 내 비명에 놀라 나를 바라보던 당신의 부담스럽기도 하고 그냥 갈 수도 없다는 눈빛이 더 고통스러웠다. 나는 수치스러워 순식간에 당신의 눈빛을 외면했다.

 당신이 한 여자를 사랑하게 되었다고 말했을 때, 설마 당신이 우리의 가정과 아이를 버리고 그 여자를 택하겠니?라고 생각했다. 누구나 할 수 있는 잠깐의 일탈이야. 재혼을 하자마자 그쪽 가정이 삐거덕거릴걸. 아이들은 새엄마가 싫다고 울며불며 친엄마를 찾을 거야. 당신도 한두 달 살다 보면 현실에 부딪힐 거야. 사랑은 그런 거야. 우리도 24시간 태양처럼 뜨겁게 사랑하다 결혼했잖아. 새로운 사랑이 그렇게도 하고 싶으면 하고 돌아와, 하는 여유도 있었다. 하지만, 이혼 후 아이들은 하루에 한 번씩 걸어 오던 전화를 이틀에 한 번 일주일에 한 번씩 걸어 왔다. 2주에 한 번씩 만나는 아이들은 밝고 행복해 보였다. 처음부터 이혼을 비밀로 하려고 했던 것은 아니었다. 아이들이 안 보인다는 동네 아줌마들의 물음에 교육 때문에 서울로 보냈다고 한 말이 거짓말의 시작이었다. 잠깐 일탈에서 몇 달 여행을 보냈다고 생각했었다. 하지만, 1년이 지나도 당신의 새 가정은 깨지지 않았다. 나는 직장생활을 한다고 아이들이 모든 것을 스스로 하게끔 했는데 그 여자는 일일이 챙겼다. 진솔이 송곳니를 뺄 때 아이들만 보냈었다. 용감한 아들! 하면서. 그 여자는 어금니를 뺄 때 치료실까지 같이 들어가 손을 잡아 주었다고 했다. 솜을 한 시간 물고 있다가 버리라고 해서 놀이터에서 함께 한 시간을 놀아 주고 치킨을 사 주었다고 했다. 심지어 아이들을 나와 만나기로 한 약속 장소로 데리고 나오는 것도 당신이 아닌 여자였다. 여자의 아이들을 향한 미소는 너무 친절하고 따듯해 그렇게 웃고 있으려면 입가에 경련이 일지 않을까 생각할 정도였다. 내가 당신을 포기하도록 유인하는 것은 당신이 아닌 여자 같았다. 여자는 당신과 아이들의 철벽같은 방어벽이었다. 육아에 최선을 다하지 못했다는 생각이 들었고 이혼의 유책사유처럼 느껴졌다. 이때부터는 의식적으로 거짓말을 시작했다. 친구들에게 마치 살고 있는 것처럼 당신이나 아이들 이야기를 했다. 아이들과 당신이 좋아하는 반찬을 사고 맥주를 살 때 내 행동은 누구나 보란 듯이 느렸다. 아이들 돈가스 만들어 주겠다고 말하고는 실제로 돈가스를 만들어 식탁을 꾸민 적도 있다. 차린 식탁에 앉아 있으면 남편과 아이들이 귀가할 것처럼 느껴졌다. 내가 사수하고 있는 가정으로. 한 번 시작한 거짓말은 멈춰지지 않았고 점점 자연스럽게 변해 이제는 함께 살고 있다는 착각에 빠지는 순간도 많았다. 점점 당신을 더 갈망했다.

 눈물을 훔치는데 당신이 손을 내밀었다. 나는 당신 손을 외면한 채 양손을 땅에 짚고 일어나려고 했지만 일어날 수가 없었다. 응급조치를 해야 할 것 같아 배낭에서 파스와 붕대를 꺼냈다. 등산화를 벗고 양말도 벗었다. 지켜보던 당신이 파스를 빼앗아 내 발목에 붙이고 붕대를 감는다. 양말을 신기고 등산화도 신겨 준다. 등산화 줄을 느슨하게 묶어 준 다음 다시 손을 내민다. 당신을 물끄러미 바라보았다. 당신은 아무 말 없이 내 손을 잡아 일으켰다. 당신 손을 잡고 반쯤 일어서다 다시 아! 하는 짧은 비명을 질렀다.
 "괜찮겠어? 내려간 사람들한테 연락할까?"
 "아니, 좀 있으면 괜찮아. 천천히 걸으면 될 거야."
 이혼 후 2년 만에 만나 나누는 당신과 나의 대화는 함께 살 때처럼 자연스러웠다. 당신이 나를 부축하려고 했지만 등산로가 너무 좁아 나란히 걸을 수가 없었다. 당신이 앞에서 천천히 걷다가 등산로가 넓어지면 나를 부축했다. 일행은 층층폭포로 내려갔다. 나도 당신과 함께 층층폭포로 내려갔다. 폭포와 바위가 많았다. 당신은 내 발을 바라보며 한 발 한 발 내미는 걸음을 확인한다. 표충사 1.5킬로미터라는 팻말이 보인다. 이미 해는 졌고 어둠이 깔리기 시작했다. 당신 휴대전화로 마징가님이 전화를 했다. 당신은 거울님이 발목이 불편해 함께 내려가고 있다면서 걱정하지 말라며 끊었다. 표충사까지 1킬로미터 남았다. 여기부터 조금 넓은 인도였다. 당신도 지쳤는지 숨이 가파르다.

나는 내려앉는 어둠 속에서 당신을 의지해 걷는다. 어둡다는 것이 차라리 마음을 진정시키는 데 도움이 된다. 당신은 등산 낙오자를 하산시키는 산지기처럼 행동했다. 깊은 잠에 빠진 사람처럼 나를 두른 팔에 힘이 일정하였다. 표충사 건물이 보이자 말없던 당신이 묻는다.

"아직 만나는 남자 없어?"

남자친구와 헤어진 것을 아는 아버지가 딸에게 하는 질문 같아 화가 치밀었다. 당신 제정신이냐고 소리치고 싶다. 아직도 하루하루를 이혼한 사유를 찾고 있다고, 대체 내가 무엇을 그리 잘못했냐고 따져야겠다.

"있어. 어젠 사랑의 묘약이라는 오페라도 보았는걸."

"그래? 우리도 보았어. 그저께. 은솔이 진솔이 데리고 집사람하고. 감동이더라. 사랑의 묘약이 결국은 진실한 사랑이잖아. 사랑은 위대한 거야. 안 그래?"

"그저께? 금요일 자 예약한다는 거 내가 주말이 편해서 주말로 예약하라고 했었거든. 우연히 만날 뻔했네?"

"아이들 때문에 어쩔 수 없지만 나는 아는 척하긴 싫어."

"내가 잡아먹니? 아이들 달라고 할까 봐?"

"아니, 아내가 불편해할 것 같아서. 아내는 초혼이잖아."

"능력도 좋으십니다. 2주에 한 번씩 보는 당신 아내 얼굴은 절대 불편해할 것 같지 않던데? 나에게까지 얼마나 상냥하게 웃는지 역겨워서 토할 것 같던데."

비아냥거림에 당신 기분이 상한 것 같았다.

"그이는 네모리노가 〈남몰래 흘리는 눈물〉을 부를 때 내 손을 꼭 잡더라."

"그랬어? 너를 진짜 사랑하는 모양이다. 너 어지간히 튕겼구나? 그 남자 마음이네, 네모리노의 마음이 말이야."

당신은 안심된다는 듯 피식 웃는 것 같다.

'당신이 말하는 사랑은 대체 뭐야? 우리도 처음에는 당신이 다시 시작한 사랑과 똑같은 사랑으로 시작했어. 구태여 당신이 사랑을 말한다면 나는 사랑을 느끼고 표현할 여유가 없었어. 그건 바닥에 깔린 카펫처럼 밟고 사는 데 조금 편할 뿐이었어. 사랑 타령 하는 사이 우리는 도태되고 경제적으로 쪼들리고 아이들에게 해 주고 싶은 것을 못 해 주고 남들과 다르게 살까 봐 두려웠어. 당신도 같은 생각인 줄 알았어. 다른 부부도 그렇게 산다고 생각했어. 당신은 생각보다 냉정하고 무거웠어. 파티에는 반드시 케이크가 있어야 한다고 우겼던 진솔이처럼 부부 사이에는 반드시 사랑이 존재해야 한다고 했지. 그래야, 인생이 아름답다고. 당신은 나에 대한 사랑이 식었다지만 나는 우리가 꾸민 가정을 위해 살림과 육아와 맞벌이까지 하느라 내 사랑을 표현할 기회조차 없었어. 이혼을 해 달라는 당신의 부탁을 들어줄 수밖에. 잠시만 연극을 하고 있으면 당신이 다시 돌아올 줄 알았어. 이렇게 추억조차 깔끔하게 접어 둘 수 있는 남자라고는 생각하지 못했어. 나는 누군가와 산다면 당신이었으면 좋겠고 누군가와 오페라를 본다면 당신이었으면 좋겠고 누군가와 섹스를 한다면 당신이었으면 좋겠어. 사랑한다기보다는 익숙하기 때문에.'

바람님이 우리를 발견하고 달려온다. 연지 언니도 쫓아오며 괜찮으냐고 묻는다. 당신이 대답한다.
"거울님이 생각보다 잘 견뎌 줬어요, 많이 아플 텐데 내색을 안 하더라고요. 저는 옆에서 거울님을 늑대가 물어 갈까 봐 함께 걸어온 것밖에 없답니다. 하하하."

버스는 물살을 가르는 물고기처럼 휙휙 고속도로를 달린다. 창밖으로 도시와 마을이 스쳐 갔고 유리창에 내 얼굴이 비친다. 화장이 지워지고 눈가는 어둡고 초췌해 보인다. 이런 몰골로 재회를 했다니. 화장을 고쳐 본다. 이렇게 고쳐질 수 있다면, 이렇게 덮을 수 있다면. 얼굴을 스펀지로 누를 때마다 스펀지가 젖는다. 오랜 시간 켜켜이 쌓였을 그것은 앙금처럼 진하다. 서로 다르게 사랑했던가? 아니 당신은 나를 사랑하지 않았던가? 나는 왜 당신이 나를 사랑한다고 믿었지? 내가 속은 거야? 마른기침이 났다. 차창 밖을 멍하니 바라보았다.
내려야 할 곳에 도착했다. 나는 당신 앞에 잠시 멈춰 섰다.
"불편한 저를 데리고 내려오느라 고생하셨어요. 고마웠습니다. 조심히 가세요."

"괜찮으십니까? 저도 미인하고 산길을 걸어서인지 기분이 아주 좋았습니다. 우리 언제 만날지 모르는데 악수나 한번 하는 게 어떻겠습니까?"

"이 악수가 인연이 되면 어쩌려고요? 참 좋으신 분 같아서 제가 설레는데요."

집에 도착해 현관문을 열었다. 오늘 깨달은 당신의 가짜 묘약들이 그대로 있었다. 당신이 걸었던 벽시계, 당신이 만든 책장, 당신이 그린 정물화, 아이들 사진, 그리고 당신과 나의 결혼사진, 아이들과 가족사진. 저것들이 모두 가짜였다니. 당신과 내가 사랑해 결혼하고 함께 산 시간이 모두 가짜였다니, 당신의 숨결, 당신의 손길, 당신의 눈빛, 그 모든 것이 가짜였다니, 네모리노보다 더 바보였던 나, 나는 당신과 찍은 결혼사진을 내렸다. 액자 안에서 다정하게 웃는 당신 얼굴. 결혼사진 찍을 때나 오늘이나 당신의 미소는 그대로이다. 나에 대한 사랑과는 관계가 없는 미소. 어제 마시던 캔 맥주와 오이가 식탁에 그대로 있다. 나는 맥주 캔을 흔들어 맥주가 남은 캔을 찾았다. 남은 맥주를 당신 미소 위에 부었다. 당신은 아랑곳하지 않고 여전히 미소를 짓는다. 이럴 땐 어떻게 해야 하지? 사랑을 시작하는 네모리노가 떠오르고 오랜 시간 병마와 싸우다 돌아가신 연주 어머니가 떠오른다. 살면서 선택하거나 미루거나 할 수 없이 닥치는 사랑과 죽음, 그 운명적인 연결고리들. 증명할 수 없지만 지나고 나서야 느끼는 필연적인 것들, 당신은 내 삶에 운명처럼 등장했다가 지나는 행인처럼 떠나 버렸다. 나를 향한 사랑은 진실한 사랑이 아니라는 것을 깨닫고 진실한 사랑을 찾았다는 이유로. 나 또한 당신을 향한 내 사랑이 진실한 사랑인지 잘 모르겠다. 하지만 나는 당신을 사랑하고 당신에게 익숙해져 있고 지나고 보니 당신이 필연적인 운명이다. 당신이 사랑에 대해 절대적이듯이 나는 당신에 대해 절대적인 채 막을 내리듯 불을 껐다. 어둠이 나를 끌어안고 깊고 깊은 곳으로 내려간다. 어딘지 알 수 없는 곳에서 나는 오랜만에 편안함을 느낀다. 죽은 듯 잠에 빠진다. 지금 당신이 하는 사랑이 진짜라는 증거는 뭐야? 당신에게 마지막으로 물으면서.

작가노트

사랑을 잃은 그녀의 하루

　사랑은 사랑만으로 존재하기 힘듭니다. 결혼의 전제 조건으로 사랑이 필요하지만 그 사랑은 결혼 후 지속해야 할 사랑에 비하면 너무 짧고 감성적입니다. 결혼은 축복이며 사랑은 더 단단해질 것 같습니다. 하지만 사랑만으로는 살 수 없습니다. 사회의 구성원으로서 살아 내야 할 시간과 비중이 더 큽니다. 식사 가사 육아에 몸이 노곤하고 아내도 남편도 밖에서는 경쟁해야 하고 가정은 지친 몸을 위한 휴식처이길 바라는 날이 늘어납니다. 전세금을 모으고 교육 자금 노후 자금을 고민해야 하죠. 사는 것이 지옥이라는 말을 실감하는 어느 날 사랑은 무지개처럼 사라져 버렸습니다. 지쳐 있는데 사랑마저 없다면 사는 의미가 없는 것 같아 사람을 찾듯 사랑을 찾습니다. 시들어 버린, 사라져 버린, 단비만 내리면 무지개도 피고 사랑도 싱그럽게 살아날 것 같습니다.

아내가 모르는 사이 전 남편은 진정한 사랑을 찾은 모양입니다. 아내는 남편도 톨스토이의 안나처럼 사랑에 배신당하고 돌아올 것이라 장담했지만 시간이 흐를수록 자신의 생각이 틀렸다는 것을 알게 됩니다. 전 남편의 생각도 틀린 거죠. 자신처럼 아내가 진정한 사랑을 찾을 줄 알았지만 아내는 진정으로 알게 됩니다. 전 남편도 다시 찾은 사랑임을.

아내는 다시 알게 된 사랑에 어떻게 해야 할지 모릅니다. 실연으로 매일 잠드는 잠자리가 죽음의 방주 같습니다. 그녀의 깊은 고민과 관계없이 사랑에 대한 정의는 오페라로 가십으로 수없이 반복됩니다. 잘 알지도 못하면서 말이죠. 사랑이 오직 붉은 장미로 정의될 수 있는 것이 아닌데도 말이죠. 또 우리가 하는 다양한 고민은 알 바 아니라는 듯 죽음에 덜컥 직면하죠. 그 두려움을 우리는 타인을 향한 사랑으로 둔갑시켜 그것을 사랑인 듯 위로하고 위로 받고자 합니다. 안나처럼 사랑을 잃으면 죽을 것 같지만 누구도 아내의 사랑에 관심 없습니다. 그들도 자신들에게 닥친 사랑이나 죽음을 감당하기 벅차합니다. 경험하기 전에는 알 수 없는 것이니까요.
사랑을 잃은 그녀의 하루였습니다.

인터뷰

금강, 부드러운 물거품에 발 담갔던 소녀

　어느 날, 진경은 남편에게 "사랑하는 사람이 생겼다."라는 말을 듣는다. 축하해 줄 일이지만 사회 통념상 아내가 남편으로부터 듣기에는 적절치 않은 말이다.
　진경은 사랑에 빠져 버렸다는 남편과 이혼하고, 그 사실을 숨긴 채 살아간다. 평소 왕래가 없었던 아파트 이웃과 직장 동료들, 간혹 만나는 친구들에게 그 사실을 숨기는 것은 그리 어렵지 않았다. 남편이 다시 돌아오지 않을 수도 있다는, 아니 돌아오지 않을 거라는 사실을 깨닫는 그 순간까지, 진경은 '헤어짐'을 받아들이지 않았다. 그저 잠깐일 거라 생각했다.
　진경은 산악회 정기산행에서 헤어진 남편을 우연히 만난다. 당황스런 자리에서 마주한 그의 눈동자 덕분에 진경은 모든 사실을 알아 버린다. 반가움도 당혹스러움도 아무런 느낌도 없는, 인형처럼 조용한 눈동자. 그 눈동자를 마주한 순간, 진경은 기다림의 늪에서 헤어 나온다. 돌아오지 않을 것이라는 사실만 빼면 남자는 진경이 사랑했던 그 모습 그대로였다.

기다림의 끝 지점에 다다른 그녀를 안아 준 것은 텅 빈 집안의 '어둠'뿐이다. 어둠 속에서 진경은 죽은 듯이 누워 버린다. 누구도 인식하지 않는 실존은 죽음과도 같다. 비로소 애써 외면했던 현실이 진경의 삶으로 '훅' 들어와 버린 것이다.

"누구나 똑같지 않나요? 사랑이라는 감정이 영원하진 않잖아요. 다른 사람과 살아 본들 시간이 지나면 지금의 삶과 그리 퍽 다르지 않을 거라 생각한 거죠. 그래서 진경은 남편이 그때가 되면 결국 돌아올 것이라 믿은 거죠."

진경의 '기다림'을 작가 박덕경 씨는 그렇게 설명했다.

〈오페라, 장례식, 그리고 그녀〉에서, 진경은 '사랑은 기다림이다.'라고 말한다.

언뜻, 어려운 낱말 하나 없는 지극히 단순한 명제지만 곱씹을수록 어렵기만 하다. 그래도 어렴풋이 진경의 마음을 이해할 수 있다. 박덕경 씨 단편소설 〈오페라, 장례식, 그리고 그녀〉를 읽으며 누군가의 일기장을 훔쳐보는 착각에 빠졌다.

"몇 사람이나 수긍할 수 있을지 많이 걱정했어요. 그래도 사랑한다면 기다릴 수 있을 것 같아요. 제가 진경이하고 똑같은 상황이라도 마찬가지였을 거예요. 아마, 제일 어려운 것이 부부간의 사랑이잖아요."

기본에 충실한 작품이었다. 흐름은 원활했고 구조도 단단했다. 문학상 시상식을 끝낸 후 북카페 이데에서 수상작가 박덕경 씨와 마주 앉았다.

"사실, 글을 써서 상을 받아 보기는 처음이에요. 수상 소식을 들었을 때는 기분이 정말 좋았어요. 근데, 전화를 끊고 나니 죄송스런 마음이 들더라고요. 준비를 많이 하지 못했거든요. 공모 소식은 일찍 알았는데, 저는 자격이 안 되는 줄 알았어요."

당선 소식을 전하는 수화기 건너편에서 기뻐하는 모습은 충분히 읽을 수 있었다. 반면, 인터뷰 이야기를 꺼냈을 때 그녀는 무척 당황했다. 꺼려 하는 상대를 인터뷰하는 것만큼 힘든 것이 없는데, 막상 마주 앉은 박덕경 씨는 조심스럽게 그러나 편안하게 자신의 생각을 풀어 놓았다.

어린 시절, 주변에 꼭 있었던 입담꾼처럼 자신의 이야기에 상대를 묶어 놓을 줄 알았다. 타고난 이야기꾼인데 본인은 그 사실을 잘 모르는 것 같았다.

당선작 작가가 여성이라는 사실을 알고는 막연히 문학소녀였을 것이라 생각했다. 그렇지 않았다. 유치한 편견이었다.

그녀가 글을 쓰기 시작한 것은 아이를 갖고 부터다. 몹시도 아이를 원했고 아이를 갖게 되자 태교일기를 쓰기 시작했다. 아이가 태어난 후에는 자연스럽게 육아일기로 이어졌다.

"어느 날 문득, 그런 생각이 드는 거예요. 나중에 아이가 크면 보여 줄 글인데, 문장도 별로고 맞춤법도 안 맞는 것 같고, 너무 잡스러운 거예요. 그래서 시를 쓰면서 글 공부를 시작했어요."

누군가의 소개로 시를 배우다가 다시 그 시인의 소개로 소설을 배우기 시작했다. 그녀는 "글 선생이 다른 글 선생에게 자신을 떠넘긴 것이다."라고 표현하며 웃었다. 최근에는 방송통신대학교 국문과에 입학해 본격적인 공부도 시작했다. 그렇게 맘 잡고 글을 쓰기 시작한 것은 30대 중반부터다. 늦은 나이도 아니지만 많이 이른 나이도 아니다. 글쓰기가 적성에 맞았던 모양이다.
  "육아일기 잘 써 보려 글을 배우기 시작했지만, 결과적으로 저에게는 잘된 일이었어요. 왠지 모르게 늘 안정적이지 못하고 붕 떠 있는 것 같았는데, 책을 읽고 글을 쓰면서 차분해졌어요."
  박덕경 씨처럼 글을 쓰는 이들을 만나면 꼭 묻는다. '텍스트'의 존속 가능성에 대해서 말이다. 더군다나 종이에 얹힌 텍스트. 모두 사양사업이라는 잡지, 종이로 《월간 토마토》를 만들고 있는 처지라서 더한 모양이다. 같은 생각을 하며, 같은 길을 걷고 있는 다른 이를 통해 불안한 마음을 떨쳐 버리고 싶은 옹졸한 생각 때문이리라.
  "제가 생각할 때 텍스트가 사라지지는 않을 것 같아요. 문학은 교훈과 쾌락을 주잖아요. 여전히 멘토로서 사회적 기능을 갖는다고 생각해요. 저도 그런 작품을 쓰고 싶고요."

  그녀가 지금 집중하고 있는 주제는 '사랑과 죽음'이다. 2009년에 진행한 월간토마토문학상 공모에서도 응모작 중 80퍼센트 이상이 '사랑'에 관한 이야기였다. '사랑과 죽음'이 예술 분야 주요 소비재임은 틀림없는 모양이다. 이처럼 죽음과 사랑이 예술

작품의 소재 혹은 주제로서 끈질긴 생명력을 갖는 것은 그 모호함 때문일 게다. 사람은 아무리 뒤적거려도 정답을 찾을 수 없는 문제에 더 매력을 느낀다.

"사랑이든 죽음이든 시대와 문화를 막론하고 인류가 공감대를 형성할 수 있는 주제잖아요. 영원한 테마 같아요. 저는 요즘 '사랑'보다는 '죽음'에 더 관심을 기울이고 있어요. 그래서 〈오페라, 장례식, 그리고 그녀〉의 끝 부분도 죽음에 관한 이야기로 마무리 했어요."

요즘 그녀는 죽음에 대해 연구 중이다. 단순하게 설명하면 '죽음은 끝일까? 아니면, 새로운 시작일까.'에 관한 부분이다. 지금 진행 중인 작품은 끝이 아닌, '다시 태어나는 한 과정으로서의 죽음'에 관한 이야기란다.

박덕경 씨에게 들은 '죽음'은 흥미로웠다. 그리 가깝게 인식하지 못했던 '죽음'이 그녀의 입을 통해 걸러지면서 바로 곁으로 다가왔다. 그러나 두려운 '무엇'은 아니었다.

"어렸을 때, 그런 말을 많이 들었거든요. '에고, 내가 죽어야지.'라는 푸념."

동시대적 이해가 가능한 대목이다. 3대 거짓말 중 하나 아니던가, 죽을 만큼 힘들었던 시대를 견뎌내야 했던 우리 민초들에게는 일종의 주문이 아니었을까? 좀 더 주관적으로 해석하면, '죽어야지.'라는 말은 '어떻게든 살아야지.'라는 말의 반어로 읽는다.

작가 박덕경 씨는 어린 시절, 이 주문을 남들보다 조금 더 들었던 모양이다.

"하도 많이 들어서 어렸을 때는 죽음이 아무것도 아니라는 생각이 들었어요. 그냥 일상적으로 일어나는 일, 또 그때는 왜 그렇게 마을에 죽는 사람들이 많았는지 몰라요. 사고도 나고, 자살도 하고……."

죽음이 아무것도 아니라는 그녀의 생각을 바꾼 것은 경험을 통해서다. 금강 옆에 살았던 그녀는 어느 날 죽기로 맘먹고 강으로 향한다. 그 이유는 잘 모르겠다. 분명한 것은 대단한 결심이라기보다는 일상적으로 듣고 경험했던 대수롭지 않은 '죽음'을 향해서다. 말하는 투가 이웃집에 마실 가는 정도로 여겼던 모양이다.

"장마가 지면 강에 물거품이 일거든요. 근데 밤에는 꼭 모래사장처럼 보여요. 아무 생각 없이 발을 디뎠다가 정말 깜짝 놀랐어요. 얼마나 놀랍고 무서웠던지. 그때 알았어요. '죽음'이라는 것, 생각만큼 쉬운 것이 절대로 아니라는 것을요."

이런 어린 시절 경험이 지금 작품을 구성하는 직접적 계기는 아닐지라도, 최소한 누구나 한 번쯤 해 보는 '우리는 어디로 가는가?'라는, 자문 수준을 뛰어넘는 고민을 던져 준 모양이다.

작품을 읽고 그 작품을 창작한 작가와 마주 앉아 이야기하는 것은 즐거움을 준다. 숨바꼭질을 하다가 대번에 숨어 있는 아이를 찾아낸 술래의 뿌듯함과 비슷하다. 소설 속의 진경이 아님을 뻔히 알면서, 의도된 혼란으로 이런저런 이야기를 나누는 즐거움이 꽤 쏠쏠하다.

그녀가 풀어낸 '부부간의 사랑'에 관한 이야기를 읽은 독자로서 준비 중이라는 '다시 태어나는 한 과정으로서의 죽음'에 관한 그녀의 이야기가 무척이나 궁금해진다. 그녀의 소망대로 아픈 이에게는 따스한 손길을, 삶이 지루한 자들에게는 유쾌한 웃음을 선사할 '멘토' 같은 작품을 세상에 내놓길 응원한다.

(2010년 2월)

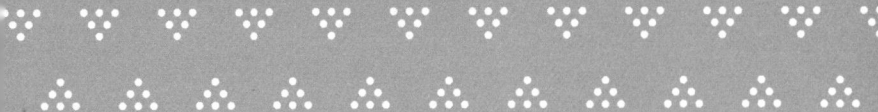

맑은 하늘을 기다리며

한 유

작가노트 · 우리 안의 호러
인터뷰 · 착하지 않아도 아름다운

한 유

충남 청양에서 태어나 공주대를 다녔다. 앤솔러지 《빨간 구두》에 로맨스 〈히아신스〉를, 지금은 폐간된 장르문학 월간지 《판타스틱》에 호러 〈버스정류장 소녀〉를, 엔블록미스터리걸작선 공모전을 통해 미스터리 〈검은 집〉을 발표했다.
앞으로는 호러 위주로 쓸 생각이다. 의미를 추구하는 독자와 재미를 추구하는 독자 모두 원하는 것을 얻을 수 있는, 엄청 무서운 호러소설을 쓰는 것이 목표. 아무런 꿈도 희망도 없는 도시괴담 장편을 집필 중이며, 현재 마늘 관련 일을 하고 있다.

맑은 하늘을 기다리며

 수업 끝을 알리는 종소리를 들으면서 반 아이들이 일제히 인사를 한다. 선생님이 교실을 나가자 맹순정은 몸을 웅크리고 책상에 엎드렸다. 피곤해서 잠시 눈을 붙이는 체하지만 사실은 전혀 졸리지 않다. 쉬는 시간이 되어 소란스러워진 공기에 녹아들 수 없으니까 가능한 한 존재감을 숨기는 것뿐이다.

 귀만이 열려 있다. 혼자만의 생각에 빠져들지도 못하고 갈 곳을 잃은 감각이 귀로 집중된다. 초음파를 쏘는 박쥐 같다. 창밖으로 쏟아지는 빗소리, 친한 애랑 어울려 화장실 가는 소리. 다 알 수 있다. 태희네 집 개가 새끼를 낳았는데 너무너무 작고 애처로울 만큼 귀엽다고 한다. 마리모란 별명을 가진 영란이가 누군가에게 다음 시간 숙제를 빌린다. "넌 만날 안 해 오냐?" 하는 핀잔, "선생님한테 네가 안 빌려줬다고 이를 거야." 하는 마리모의 농담. 그 애는 웃으면서 순순히 공책을 빌려준다.

순정을 향해 다가오는 발소리가 들린다. 그 세 명의 발소리는 아무리 섞여 있어도 놓치지 않는다. 가슴속에 몽글몽글 차가운 먹물이 샘솟는 것 같다.

팡―. 속이 빈 물건을 때릴 때처럼 공허한 소리가 울려 퍼지고, 순정은 팔을 등 뒤로 비틀며 일그러진 표정으로 상체를 일으켰다.

"버러지 씨. 만화책 살래?"

송이주가 만화책 몇 권을 책상 위에 내려놓는다. 옆에는 손을 어루만지고 있는 윤나래가 있다. 순정의 등짝을 때렸던 손이리라.

"나… 만화책 안 읽는데…….."

순정은 시선을 내리깔고 더듬더듬 대답했다.

"뭐? 안 읽어?"

이주는 만화책 한 권을 집어 들어 순정의 머리를 연달아 두드렸다. "만화책을 안 읽는다니, 그러니까 자꾸만 심성이 삭막해지는 거 아냐. 삭막했으면 좋겠냐? 사막처럼 사박사박 삭막했으면 좋겠냐고. 말해 봐!"

"아니……. 아냐." 새어 나오듯 순정이 대답한다. 이미 눈가에 물기가 맺혀 있다.

"그럼, 사는 걸로 알고 대금을 수령해 가겠습니다."

이주는 가방걸이에 걸려 있는 순정의 가방 후크를 열어 지갑을 꺼낸다.

"뭐야, 만 원밖에 없잖아. 이거면 세 권밖에 못 사지."

돈을 꺼내 자신의 주머니에 넣는 이주가 말을 이었다.

"자, 세 권. 이건 정당한 …그 뭐냐, 비즈니스란 말이야. 불만 없지? 근데 나래가 할 말이 있대."

옆에서 웃고 있던 나래가 "니 만화책 좀 빌려 갈게." 하면서 만화책을 집어 들었다. "다 읽고 줄게. 토끼머리에 뿔 날 때쯤."

반 애들 시선이 일제히 이곳으로 향해 있다. "어머, 너무 심하다." 하면서도 눈을 반짝반짝 빛낸다.

"매번 이용해 주셔서 감사합니다. 맹순 씨~이."

빈정대는 웃음을 흘리며 세 명은 발길을 돌렸다. 그때 무표정한 얼굴로 지켜보기만 했던 미호가 갑자기 뒤돌아 순정의 책상을 발로 찼다. 책상이 쓰러지면서 서랍에 있던 책이 우르르 쏟아졌다. 순정은 아무 말 못 하고 엉금엉금 바닥을 기어 책들을 주워 담았다.

때늦은 장마에 갇힌 교실은 평소와 다르게 내성적이었다. 점심시간이 되어 떠드는 아이들 목소리도 눅눅하게 젖어 있다.

식사를 마치고 우유를 마시던 나래에게 이주가 장난을 걸었다. 그 바람에 우유가 바닥으로 쏟아졌다.

"뭐해, 빨리 걸레 가져와." "걸레 어딨지?" "어딨긴, 화장실에 있지." 이런 대화를 주고받다가, 이주가 문득 생각난 듯 말했다.

"맞아. 사물함에도 걸레가 있잖아."

그러고는 교실 뒤편에 있는 사물함에서 순정의 체육복을 꺼내, 우유로 흥건한 바닥에 떨구고 발로 박박 문질렀다.

이주는 순정을 향해 말했다.
"우유는 몸에 좋은 거니까 상관없지?"
그 말에 교실에 자잘한 웃음이 터진다. 순정은 입과 코를 손바닥으로 누르면서 교실을 빠져나왔다. 언제나 피난처로 삼고 있는, 옥상으로 이어진 계단 층계참으로 뛰어 올라갔다.
교실에서는 제대로 숨을 쉴 수 없다. 먼지를 뒤집어쓴 가구처럼, 왕따 실행 그룹의 관심이 비껴가길 빌 뿐이다. 언제부터인지 순정에게 말을 거는 애들이 없어졌다. 실습시간에 조를 짤 때면 맨 마지막까지 남아 인원이 모자란 조에 눈치 보며 끼어들 수밖에 없고, 쉬는 시간과 점심시간은 턱없이 길다.

주번 대신 이것저것 하느라 많이 늦었다.
빗줄기는 꽤 가늘어져 있었다. 순정은 학교 신관 출입구에 서서 잠시 망설였다. 스커트 앞으로 모은 양손에 네모난 책가방을 들고 하늘을 올려다보았다. 바로 앞에 위치한 구관 건물에 하늘이 반쯤 가려 있다. 이미 학생들 대부분이 하교한 뒤라서 찌푸린 하늘 아래 학교는 빗소리에 차분히 잠겨 있었다.
순정의 손에는 우산이 없었다. 아침에 가지고 나온 우산은 나래가 빌려 갔다. 천냥백화점에 들러 싸구려 우산을 새로 사야 할 것 같았다.
아주 오래전 일처럼 느껴지지만, 나래와 둘이서 우산을 쓰고 함께 노래방에 갔던 적이 있다. 중간에 맥도날드에 들러 빅맥 세트를 사 먹었다. 웃는 모습이 예쁜 다정한 아이였다. 그게 중학교 1학년 때였다.

"지긋지긋한 비 좀 그쳤으면 좋겠다."

"왜, 순정이는 비 오는 거 싫어?"

"당연히 싫지. 눈은 되게 좋아하는데."

"비나 눈이나 처음에 생기는 건 똑같잖아. 다만 녹거나 얼거나 모양이 바뀌어서 떨어지는 거니까, 그냥 비도 눈이라고 여겨줄 수 없을까?"

그렇게 말하고 순정과 눈이 마주치고는 싱긋 웃었다. 서로 꽤 친해져, 나래가 순정의 집에 와 자고 간 적도 있다. 교실에서는 백만 년이 지나도 할 수 없는 얘기들을 나누며 핑크색과 파란색이 뒤섞인 이불 속에서 뒹굴거렸다. 나래네 아버지의 외도 상대였던 새엄마 얘기, 유일하게 좋아하는 가족인 할머니가 쓰러져 죽 입원해 계시다는 얘기. 그리고 할머니 얘기와 또 할머니 얘기를 나래는 상냥한 새 같은 모습으로 재잘댔다.

그 후 학년이 바뀌어 다른 반이 되고 1년이 지나 다시 만났지만 어울리는 그룹이 달라 다시 가까워지는 일은 없었다. 그리고 그 그룹이 순정을 왕따시키는 실행 부대가 되었다.

하늘을 슬쩍 올려다보며 출입구를 나왔다. 초가을이지만 얼굴에 닿은 빗방울이 차갑다. 1, 2학년 교실이 자리한 낡은 구관을 지나 아스팔트길로 들어섰다. 길은 교정을 빙 돌아 교문으로 이어져 있다. 키 작은 조경수가 심어진 자그마한 화단에 주인 없는 실내화 한 짝이 비를 맞고 있었다. 젖은 조경수 잎사귀가 한결 진해 보인다.

움직이는 기척이 있어 운동장을 바라보았다. 낯익은 얼굴이 트랙을 달리고 있었다. 미호였다. 같은 반 구미호… 아니, 류-미호. 살벌한 눈빛, 보통보다 유난히 더 새카만 칠흑색 머리칼. 말은 별로 없지만 나래네 그룹의 중심처럼 여겨지는 아이였다. 내리는 빗속이어선지 한층 꽉 다문 입과 표정 없는 얼굴이 마치 차가운 인형 같았다.

순정은 운동장 쪽에서 황급히 물러났다. 고개를 숙이고 몸을 움츠리며 발길을 재촉한다. 미호는 언제나 무언가를 잔뜩 억누른 듯한 분위기라 무섭기도 하고 부담스러웠다. 직접적으로 괴롭히는 건 적지만 눈에 띄면 무슨 짓을 할지 모른다.

교문 문기둥 앞에서 힐끗 운동장 쪽을 보았다. 시선이 저절로 미호의 모습을 좇는다. 체육복 흰 상의가 비에 젖어 몸에 달라붙어 있다. 목덜미까지 오는 긴 단발을 뒤로 모아 묶은 스타일은 교실에서 본 적이 없었다. 이마가 시원하게 드러나 험악한 분위기에 가려져 있던 앳된 얼굴을 드러낸 채, 군데군데 칠이 떨어져 나간 흰 트랙을 돌고 있었다.

한 치의 흐트러짐 없이 달리고 있는데도, 순정이 전력 질주하는 속도로 달리고 있는데도, 어쩐지 위태로워 보인다. 목적지를 향해 달리는 게 아니라 전철의 순환선처럼 돌고만 있는 불안감.

미호의 어깨가 좁고 작다. 무심결 조금 놀란다.

운동장에는 그 애 혼자뿐이다. 미호가 육상부란 건 알고 있지만 육상부는 비 오면 그냥 귀가하는 줄 알았는데. 육상 같은 건 잘 모르지만, 이런 날씨에 연습을 하면 무릎이 차가워지지 않을까 하는 생각이 들었다.

 코너를 돌던 미호가 균형을 잃고 나뒹굴었다. 낙법 시범을 하듯 어깨를 땅에 부딪치면서 빙글 구르더니 널브러진다. 흰 체육복에 젖은 모래가 잔뜩 들러붙었다.

 꽤 충격이 컸을 텐데 미호는 곧바로 일어났다. 다시 달리려는 듯하다가 휘청거리며 다시 넘어진다. 순정은 손으로 입을 가리면서, "오늘 같은 날까지 연습을 할 건 없잖아." 한다. 하늘이 흐릴 때는 달팽이처럼 등껍질 속에 들어가 날이 맑아지길 기다려도 나쁘지 않잖아.

 '하긴, 이런 날 연습하다 감기 걸리고 폐렴으로 악화돼 세상을 뜬다면 고소한 일이지.'

 빗방울 섞인 바람이 불어와 어깨를 부르르 떨었다. 일어선 미호가 트랙을 돌아 이쪽을 향하자 순정은 슬그머니 몸을 돌려 교문을 빠져나왔다.

 순정은 발걸음을 서둘렀다. 흠뻑 젖기 전에 천냥백화점까지 가야 한다. 다 젖은 다음에 쓰는 우산은 별 의미 없다.

 학교 앞 주택가 골목으로 들어가다가 아차 싶어 허겁지겁 지갑을 꺼내 안을 살핀다. 전화카드, 반창고, 학생증, 500원 동전이 하나, 100원짜리 여섯. 1,100원. 우산 살 돈은 된다.

 동전을 쥐어 들고 빈 지갑을 다시 가방에 넣었다. 스며든 빗물에 가방 속 공책 모서리들이 젖어 있다. 비닐에 둘둘 말아 넣은, 우유와 얼룩덜룩한 때로 더러워진 체육복을 보자 비참해진다. 떠올리지 않으려 해도, 걷어차인 정강이 통증이 순정의 몸속으로 계속 신호를 보내 자신의 존재를 알리고 있었다. 춥다. 따각따각 맞부딪히는 턱 사이에 혀를 집어넣어 떨림을 멈추려 한다. 그러다가 군데군데 고여 있는 물웅덩이를 잘못 디뎌 검은 로퍼 속이 축축해졌다. 걸을 때마다 질척이는 느낌이 떨어지지 않는다. 순정은 견딜 수 없어졌다.

'어쩌라고. 나보고 어쩌라는 거야.'

안 그러려고 해도 저절로 얼굴이 일그러진다. '안 돼, 안 돼.' 하면서도 시야가 흐려진다. 그러면서도, 우는 표정만 짓지 않으면 눈물을 흘려도 상관없을 거란 생각이 들었다. 어차피 빗물로 범벅이 된 후니까.

안 우는 척 울며 걸었다. 마음속에 쌓여 있던 것이 눈물로 바뀌어 떨어져 내리는 느낌이었다. 앞이 잘 보이지 않았지만, 오히려 재밌다는 생각이 들었다. '반 애들도, 재밌으니까 날 왕따 시키는 거겠지.'

주택가를 벗어나면 낡은 맨션 건물이 나오고 귀퉁이에 조그만 놀이터가 있다. 페인트가 벗겨진 뱅뱅이와 나무로 만든 시소, 잘 미끄러지지 않는 미끄럼틀. 놀이터는 언제나 적막할 만큼 한적했다.

그리고 오늘도 혼자 그네에 앉아 있는 꼬마가 있었다. 작은 체구에 맞지 않는 큼직한 노란 우비 소맷부리로 간신히 나온 손이 그네를 매단 쇠사슬을 붙잡고 있다.

자주 보았다. 혼자 앉아 있거나 애들한테 놀림 받는 모습을. 아이큐가 낮은 꼬마였다. 언제나 콧물을 흘리고 혼자 뭐라 중얼거리기도 해서, 바보라는 걸 금방 알 수 있었다.

순정은 언제나처럼 그냥 지나치려 했다. 녹색 페인트가 칠해진 낮은 철제 담장, 붉은 칠이 된 그네 기둥. 그리고… 꼬마의 노란 우비.

우비의 단추가 하나씩 어긋나 있는 게 눈에 들어왔다. 첫 단추가 제 갈 길을 못 찾아 덜렁거리고 다른 쪽 단춧구멍 하나는 쓸모없이 버려져 있다. 제대로 채워지지 않은 비옷 틈새로 흘러든 빗방울이 꼬마의 목 언저리를 회색으로 물들이고 있다. 바보다. 어쩔 수 없는 바보다.

순정은 가슴속에서 무언가 치솟는 걸 느꼈다. '잘못한 건 저 꼬마다. 저 꼬마가 잘못한 건 없을지라도, 잘못한 건 저 꼬마다.' 순정의 눈동자에 비쳐지는 꼬마의 화상이 점점 커졌.

기척을 느낀 꼬마가 고개를 들었다. 그러나 한 발 앞서 순정이 후려친 가방에 맞아 음울한 강아지 같은 신음 소리를 냈다. 순정은 한 대 더 후려치고는 서둘러 놀이터를 빠져나왔다. 맨션 단지를 가로질러 큰 도로와 만나는 부근까지 달렸다. 뜻 모를 웃음이 나오고 폐 속으로 들어오는 공기가 시원했다.

숨을 헉헉거리면서 가게에서 어설픈 우산을 샀다. 빗속으로 녹아들 것 같은 수수한 남색 우산. 핑크 도트무늬처럼 귀여운 우산도 있는데 손이 가지 않았다. 어느새 취향이 바뀌었나 보다.

우산을 쓰니 조금 안정이 된다. 추위도 덜하다.

"학교 다녀왔어요." 하고 인사하지만 아무도 없다는 걸 알고 있다. 신발을 벗고 들어가 거실과 이어진 부엌에 불을 켰다. 눈 덮인 산 모양의 상보(床褓)가 덮여 있는 식탁에 메모가 놓여 있다.

엄마가 가져온 음식 냉장고에 있으니까 데워 먹어. 부침개도 전자레인지에 돌려 먹고.

쪽지를 조그맣게 접어 쓰레기통에 던지고 방으로 들어가 수건으로 머리를 문질렀다. 방바닥에 물방울이 점점이 떨어진다. 도시락통과 더러워진 체육복이 담긴 비닐을 꺼내 책상 위에 놓았다.
어제 빨아서 가져간 건데……
탁상용 스탠드 뒤로 엄마와 나란히 웃고 있는 모습이 담긴 액자가 세워져 있다. 사진 속의 순정은 지금보다 훨씬 밝고 어려 보였다. 잠시 멍하니 바라보다가 손을 뻗어 액자를 뒤집었다.
가만히 한숨을 쉰다. 체육복을 침대 아래 던져두고 책상에 엎드렸다. 식당에서 일하시는 엄마가 돌아오기 전에만 빨아서 널어놓으면 된다. 엄마는 밤늦게야 일이 끝난다.
순정에게는 이제부터가 가장 편한 시간이었다. 내일까지 아직 시간이 많이 남았다고 생각하면 조금 행복한 기분도 든다. 그래서 몸과 마음이 너덜너덜해도 쉬이 침대에 빠져들 수 없다. 잠에서 깨어나면 곧장 내일이 시작되어 있을 테니까.
공부를 하거나 소설책을 읽으면서 엄마 오는 소리를 듣는다. 스탠드만 켜 놓으면 여닫이문 틈으로 불빛이 새어 나가지 않기 때문에 그냥 자는 척하고 내다보지 않는다.

현관에 놓인 순정의 신발이 대신 엄마를 맞는다.

'사실은 엄마의 자랑거리 따위 되지 못하는 왕따 딸이에요.'

점점 엄마에게서도 멀어져 간다.

잠들기 전에 생각했다. 내일은 날씨가 맑아졌으면 좋겠다고. 비에 젖기도 싫고 물웅덩이에 빠지는 것도 싫고, 무엇보다 파란 하늘을 보고 싶다. 그런 하늘 아래서는 좀 더 상쾌한 기분으로 운동장을 달릴 수도 있겠지.

아침에는 늘 배가 아프다. 뻔한 이유. 기상 시간이 같아도 일요일에는 아프지 않으니까.

도시락을 싸고 혼자 식사를 하고 있으면 그때쯤 엄마가 일어난다. 애써 밝은 척하면서 엄마에게 인사하고 학교로 향하지만, 자꾸 걸음을 멈칫거리고 만다. 그냥 돌아갈까. 하루 정도 빠져도 상관없지 않을까. 그러면서도 늘 빼먹지 않고 학교로 향한다.

구름 가득한 하늘이었다. 망설이다가 우산은 두고 왔다. 순정은 죄인처럼 구부정한 자세로 소리 없이 교실 뒷문을 연다.

"아, 버러지 왔다, 버러지. 맹순아 이리와 봐."

순정을 보자마자 미호 주위에 모여 있던 미호네 그룹 아이들 중 하나가 외쳤다. 낙서가 잔뜩 되어 있는 책상에 가방을 걸어 놓고 순정은 자기 발 같지 않은 발걸음을 옮겼다. 나래가 씩 웃으며 품 안에서 빵 봉지를 꺼낸다.

"맹순아. 우리가 너한테 너무 심했던 것 같아. 그래서 사과하는 의미로 빵을 준비했어. 우리의 마음이니까 꼭 먹어야 해." 하고 내미는 멜론빵에는 푸르스름하고 거무스름한 곰팡이가 슬어 있었다. 나래는 봉지를 뜯어 순정의 얼굴 앞으로 내민다.

"자, 맹순 씨. 드세요."

반 아이들 시선이 모두 이쪽을 향해 있었다. 오늘은 아침부터 이벤트의 시작이다. 등교하자마자 모자란 잠을 보충하는 애들까지도 오늘은 말짱한가 보다.

'이런 짓 하면 즐거울까. 기분이 상쾌해질까.'

이주도 기대에 찬 표정이다. 미호도 특유의 무표정한 얼굴로 순정을 보고 있다. 창문가에서 김해은이 이쪽을 향해 보일 듯 말 듯 입꼬리를 올렸다. 순정은 기억하고 있다. 순정에 대한 왕따가 시작되기 전의 타깃은 김해은이었다. 여드름 가득한 못생긴 얼굴과 굼뜬 행동 탓에 모두 그 애를 무시했다. 순정도 그 애와는 얘길 하지 않았다. 단체 행동에 개인이 빠지면 늘 거부감이 들기 마련이다. 그리고 사실 순정도 즐기고 있었다. 개미를 밟아 죽이던 어린 시절, 개미가 미워서 밟는 것이 아니었다. 재밌으니까. 팔다리를 바동거리며 괴로워하는 게 사실은 엄청나게 재밌었으니까.

아직 우리는 애들이다. 나쁜 행동, 좋은 행동 이전에 재밌느냐, 재미없느냐였다.

나래도 깜박 잊어버렸던 빵을 우연히 발견하고는 '이건 맹순정한테 줘야지.' 하고 가방에 잘 챙겨 넣었을 것이다. 학교 오는 내내 그 생각이 머릿속에 가득 차 즐거웠겠지. 교실에 들어서서

흥분된 얼굴로 그룹 애들에게 빵을 꺼내 보였을 것이다. 애들은 순정이 등교하기를 애타게 기다렸을 테고.

보통 수고가 아니었구나. 좋은 의미든 나쁜 의미든 엄청난 관심이구나. 마음으로 직접 부딪혀 오는 것이구나.

하지만 괴롭다. 살아 있는데 있을 곳이 없다. 아무리 지쳐도 도망가고 싶지 않은데. 냄새나는 층계참에서 구겨진 얼굴로 혼자 울기는 정말 싫은데.

순정은 빵을 한입 베어 물었다. 나래의 얼굴이 굳어졌다. 평소처럼 울면서 교실을 뛰쳐나가리라 예상했겠지.

교실에 잠시 소리가 멈춘다.

"어, 수… 순정아. 이거…… 곰팡이 핀 거 안 보여?"

나래가 더듬거리며 말했다. 순정은 빵을 한입 더 베어 물고 대답했다.

"나래야, 오랜만에 순정이라고 불러 주네."

눈물이 터져 나와 어쩔 수 없이 교실을 뛰쳐나온다. 오늘도. 또 오늘도. 정말 도망치기 싫었는데 도망치고 만다.

하지만 수업이 시작되기 전 다시 교실로 돌아간다. 몸이 아주 작았으면 좋겠다. 서랍 속이나 어두컴컴한 신발장 속이나, 쥐구멍 같은 데라도. 어디라도 들어가 쉴 수 있을 만큼 몸이 작아졌으면 좋겠다.

재미없다. 정말로 재미없다.

선생님은 칠판 앞에서 성실하게 근무 중이시다. 왕따는 선생님 입장으로는 직장 내 트러블 정도일까. 사실은 선생님도 자기

네 반에 왕따가 있다는 사실 따위 모르고 싶겠지. 선생님이 끼어들면 직접적인 위해는 줄어들지 모르지만 형태만 바뀔 뿐. 오히려 더욱 비참해진다. 견뎌 내거나 아니면 뚝 부러지는 수밖에 없다.

수업이 끝나 순정은 다시 책상에 엎드렸다. 눈을 감고 10분이 빨리 지나가기를 기다리며 자신의 숨소리에 섞여 드는 이야기를 듣는다. 예림이가 남자한테 고백 받은 일이 화제가 되고, 마리모는 또 숙제를 빌리러 다닌다.

나래와 이주의 목소리도 들린다. 어쩐지 평소와 다른, 낮게 깔린 대화여서 절로 귀를 기울이게 된다.

"…이주는 올해 처음 같은 반이 됐으니까 모르는구나. 구미호개, 작년에 연습하다가 다치는 바람에 도(道)대회 못 나갔잖아. 올해가 마지막 기회니까."

"도대회 못 나가면 어때."

"도대회에서 입상을 해야 육상특기생으로 입학할 수 있잖아. 그런데, 육상부 애들한테 들은 건데 미호 기록이 점점 더 나빠지고 있대. 작년만큼도 못 달린다더라."

"그럼 특기생은 물 건너간 거 아냐. 방과 후에 맨날 연습한다고 우리랑 놀지도 않더니. 좀 재수 없단 생각 안 드냐?"

"그러게 말이야. 툭하면 화만 내고. 눈에서 빔 나올 것 같애."

혼자 쪼그리고 앉아 있던 미호의 모습이 떠올랐다. 순정이 늘 그러는 것처럼, 감싸 안은 무릎에 얼굴을 파묻고 폐품처럼 앉아 있던 모습.

언젠가 순정의 신발이 없어져 화장실, 소각장, 체육실…… 한참동안 혼자 찾으러 다녔을 때 창고 구석, 고장 난 전기난로 옆에 미호가 있었다. 창고 문 여는 소리에 주섬주섬 일어나, 놀라서 어쩔 줄 몰라 하던 순정을 스치면서 밖으로 나가 버렸다. 창고가 어두웠기 때문에 미호의 눈에 눈물이 맺혀 있었는지는 알지 못한다.

점심시간을 알리는 종이 울렸다. 친한 애들끼리 서로서로 도시락을 들고 움직이기 시작하면서 교실에 활기가 넘친다. 순정도 천천히 도시락을 꺼내고 딱히 보는 사람도 없는데 눈치를 보았다. 같은 공간에 있기는 하지만 같은 차원에 있는 것 같지는 않다는 생각이 들었다.

창문가라서 그나마 다행이다. 한쪽은 트여 있으니까. 시선을 오로지 창밖에 두고 밥을 먹을 수 있다.

순정이 앉아 있는 줄 맨 뒤편, 미호 자리를 중심으로 이주와 나래가 모여 있다. 이주가 말했다.

"나래랑 노래방 들렀다가 12시쯤 헤어지고 혼자 24시간 하는 레스토랑에 갔거든. 파르페 하나 달랑 시켜 놓고 대여점에서 빌린 만화책만 잔뜩 쌓아 놓고 앉았더니 자꾸 눈치를 주는 거야. 어쩔 수 없이 나와서 멍하니 달팽이빌딩, 왜 그 민달팽이 조각 있는 데 있잖아. 거기 앉아 있으니까 왜 그리 아저씨들이 자꾸 추근대냐. '학생, 갈데없어?' '아가씨 20만 원…….' '저 그런 애 아니에요.' 해도 '그런 애가 따로 있나.' 하면서 안 가고 계속 가격을 올리는 거야. 50만 원까지 갔을 때 내가 도망치지 않았으면 더 올랐을지 몰라. 아빠보다도 나이 많아 보이던데 정말 싫더라니까."

"너희 아버지도 그럴지 모르지. 남자는 다 똑같다잖아. 그보다 집에나 빨리빨리 들어가라."

"집에는 들어가기 싫은걸. 아…… 얼른 어른이나 되고 싶다."

이주는 학교 앞 제과점 마크가 찍힌 팥빵을 씹으면서 미호의 도시락에 눈길을 보냈다.

"나도 쌀 먹고 싶다."

반찬이 담긴 스티로폼 케이스의 뚜껑을 벗기던 미호는 "그래 봤자 편의점 도시락인데 뭘." 하고 대답한다.

"오늘은 무슨 도시락이야?"

"몰라. 지각할 것 같아서 진열대에서 아무거나 들고 뛰어왔거든. 어, 돈가스 도시락이네."

"미호야. 내 빵이랑 바꾸자. 나 돈가스 마니아야."

"어제는 제육볶음 마니아라며. 싫어. 나 아침도 못 먹었던 말이야."

"에이, 그러지 말고……."

이주가 미호의 도시락에 젓가락을 가져갔다. 돈가스 하나를 집으려 하다가 털썩. 반찬이 케이스째 바닥으로 떨어졌다.

미호는 들고 있던 나무젓가락을 소리 나게 내려놓으면서 의자 등받이에 한껏 몸을 기댔다. 냉랭한 표정으로 시선을 창밖으로 돌린다. 낮게 깔린 구름이 안개처럼 산 중턱을 감싸고 있었다.

"미, 미안해. 내 빵이라도 줄게."

"누가 빵 먹고 싶대?"

애들이 사라져 버린 듯 조용해진 주위에 어느샌가 점심 방송이 시작되어 있었다. 학생 진행자가 투고 사연을 소개하는 코너인데, 사연이 한 건도 없다고 노래만 틀어 댄다. 나래가 자신의 빨간 반찬통을 미호 앞으로 밀면서, "밥은 안 흘렸으니까 반찬은 내 거 같이 먹자."고 말했지만, 두 명이 먹기엔 턱없이 부족해 보였다.

"됐어. 배도 별로 안 고프고."

미호는 밥만 있는 자신의 도시락 스티로폼 뚜껑을 덮으면서 일어섰다. 그때, 좋은 생각이 난 듯 이주가 말했다.

"스페어 도시락이 있어. 잠깐 기다려 봐."

이주는 책상들 사이를 달려와 두어 젓가락 줄어든 순정의 반찬통과 밥통을 뺏어 들고는 경례를 했다.

"긴급 상황 발생으로 도시락 물자를 징집해 가야 합니다. 협조 부탁드립니다."

"아, 안 돼…… 싫어."라고 우물거리는 소리를 뒤로 하고 이주는 미호 자리로 간단히 돌아갔다.

"반찬 지원이 들어왔어."

"버러지 걸 사람한테 먹으라구?" 하며 미호는 순정 반찬통을 들여다본다. 조심스럽게 한 젓가락 입에 넣고는 "네 말대로 비상시니까……." 하며 말끝을 흐렸다.

"근데 밥은 왜 가져왔어?"

나래가 순정 쪽을 힐끔 쳐다보면서 물었다.

"굶으면 되게 서러운데."

"그래서 가져온 거야. 봐봐."

이주는 창문틀에 몸을 기대고 상체를 내밀었다. 나래도 덩달아 이주를 따른다. 내려다본 교정 화단 가에는 비둘기 서너 마리가 한가로이 배회하고 있었다.

이주는 순정의 밥통에서 밥을 조금 덜어 창문 너머로 솔솔 뿌린다. 비둘기들이 날갯짓을 하며 뒤뚱뒤뚱 걸어와 화단 바닥에 떨어진 밥알을 주워 먹었다. 뿌리는 양을 늘리자, 어디에 숨어 있었는지 꽤 많은 수의 비둘기가 엉겨들었다.

"버러지 하나 희생해서 열 마리 비둘기가 요기를 할 수 있다면 결과적으로 나쁘다고 할 수 없는 거 아냐? 난 저 녀석이 싫어. 사실 싫어하기 때문에 괴롭히는 건지, 괴롭히기 위해 싫어하는 건지는 모르지만, 싫어하는 사람을 그냥 내버려 두는 건 왠지 자기 자신을 배신하는 기분이야.

좋다거나 싫다거나 그런 것은 사람을 상처 입힐 이유가 될 수 없습니다……, 라고 어떤 드라마 속 선생님이 말했지? 하지만 좋다거나 싫다거나 그런 것으로 사람을 상처 입히지 못한다면, 그런 감정이 어떤 의미가 있을까.

저 녀석은 생각하겠지. '왕따 당하기 싫다. 더 이상 괴롭고 싶지 않다.' 그런 생각은 오직 저 녀석 자신만을 위해 하는 생각이야. 자기 자신만 생각하는 거라고. 그렇다면 그런 생각은 내가 '저 녀석을 괴롭히고 싶다. 저 녀석이 우는 걸 보고 싶다.'라고 나 자신만을 위해 하는 생각이랑 뭐가 다르지? 결과적으로 이건 옳다, 그르다의 문제가 될 수 없어."

이주와 나래의 뒤에서 카레소스 묻은 고기를 입으로 가져가던 미호가 중얼거렸다.

"······두 손으로 꽉 쥐고 매달릴 뭔가가 있다면 좋을 텐데. 모두들."

도시락이 사라져 버린 순정은 조용히 일어나 교실을 빠져나왔다. 유령처럼 학교 곳곳을 헤매다가 옥상 층계참에서 점심시간을 흘려보냈다.

점심시간 끝나기 5분 전쯤 들어와 앉아 있는 순정 눈앞에 미호가 도시락통을 내민다. 순정이 팔을 뻗어 받으려 하자, 미호는 그대로 손을 놓아 버렸다. 책상 위로 떨어지는 반찬통을 아슬아슬하게 잡아낸 순정 앞에 미호가 얼굴을 바짝 들이대며 허스키한 목소리로 속삭이듯 말했다.

"너, 도시락 직접 싼다고 했지?"

순정은 거북이가 목을 움츠리듯 움츠리며 고개를 끄덕였다.

"그거 어떻게 만든 거야? 레시피 자세히 적어서 가지고 있다가, 내가 달라고 할 때 줘. 알았어?"

수업 시간 내내 도시락 반찬으로 싸 왔던 카레고기감자조림을 떠올린다. 그저 엄마 하는 곁눈질로 배운 거라 글자로 옮기려니 의외로 어려웠다. 그래도 자신이 잘하는 걸 생각해서인지, 단순히 음식을 생각하기 때문인지, 교실이 조금 따뜻하게 느껴졌다. 배에서는 꼬르륵 소리가 났지만.

미호한테 줄 레시피를 고민해 가며 적고, 보너스로 냄비에서 감자가 목욕하는 그림을 그려 넣고 있는데, 갑자기 담임이 교장과 함께 들어와서 나래를 조용히 불러냈다.

"윤나래. 가방 챙겨 가지고 나와라."

분위기로 봐서 나래가 뭘 잘못했기 때문은 아닌 듯했다. 나래는 창백해진 얼굴로 가방을 들고 교실을 나갔다. 이주가 "뭐니? 뭐야?" 하고 물었지만 대답하지 않았다.

잠깐 멈췄던 수업이 다시 시작되고 얼마 안 있어 문득 창밖을 보니, 나래가 운동장을 걷고 있었다. 소매로 눈가를 연신 문지르면서 앞이 잘 보이지 않는지 휘청휘청 교문을 빠져나간다. 교문을 나간 나래는 어디로 가야 할지 모르는 듯 움직이지 못했다. 고개를 이리저리 돌리다가, 손으로 얼굴을 감싸고 운다. 그렇게 보였다.

그 애가 우는 이유를 순정은 알 것 같았다. 뒤쪽에서 "걔, 뭐 사고 친 거 아닐까?"라는 둥 잡담을 하던 이주에게 선생님이 주의를 주었다.

유성우가 내린다는 뉴스를 듣고 같이 구경하자며 나갔던 밤의 공원이 떠오른다.

"나래는 뭐라고 소원 빌 거야?"
"할머니 얼른 낫게 해 달라고."
"아, 그 입원해 계시다는 할머니?"
"응. 집중치료실에 계신데, 그저께는 잠깐 의식이 돌아오셔서 오랜만에 할머니랑 얘기할 수 있었어. 나, 할머니한테 순정이 얘기도 했다. 꼭 소개시켜 주고 싶어."

 착하고 예쁘고 다정하게 이야기하는 아이였다. 그 애가 해 주는 이야기를 통해, 순정도 어느새 그 애의 할머니를 좋아하게 되었다.
 그런 할머니가 돌아가셨다면 분명 무엇인가를 남겼을 것 같다. 막상 깨닫지 못하지만, 움틀 준비를 하는 씨앗 같은 것을. 언젠가 나래는 이렇게 말했었다.
 "이 세상 모든 일에 의미가 있다고 믿어."
 할머니의 죽음은 나래에게 어떤 의미가 될까. 나래는 무엇을 발견할 수 있을까.
 그것이 눈으로 보이지 않는 형태일지라도, 나래는 분명 조금은 더 어른이 되어 돌아올 것이다. 그런 생각이 들었다.

 엄마 심부름으로 시내에 들렀다 오느라고 벌써 서편에 노을이 끼기 시작했다. 순정은 엄마의 가죽 손목시계를 손에 들고 바라봤다. 고장 나 멈춰 있던 바늘이 한 칸 한 칸 성실하게 돌아가고 있었다.
 츄파춥스를 입에 물고 빙빙 돌리면서 버스에서 내렸다. 버스 정류장은 맨션단지 조금 못 미쳐 있다. 집까지 바로 가는 버스는 배차 시간이 길기 때문에 그냥 여기서 내려 걸어가는 게 빨랐다.
 길어진 그림자를 드리운 낡은 맨션 건물도, 길가의 가로수도 모두 얇은 금박을 입혀 놓은 조형물 같다. 맨션 창문에 깨어질 듯 강렬하게 해질녘의 태양이 비치고 있다. 모든 것이 조금은 느리게, 조금 나른하게 흘러가는 저녁이었다.

주머니 속에 츄파춥스가 두 개 더 들어 있다. 한 개는 놀이터 바보 꼬마를 주려고 한다. 언제 맘이 바뀔지 모르지만, 일단은 그 꼬마를 주려고 샀다.

어제, 가방으로 때리고 도망쳤을 때는 뭔가 막혔던 게 뻥 뚫리는 기분이었다. 어디든 발산하지 않으면 견딜 수 없었을지 모른다. 나쁜 행동이었다고 생각하지 않는다.

하지만 때릴 때의 감촉이, 맞았을 때의 그 꼬마 표정이 기억에 오래 달라붙어 있을 것 같다. 신발 밑바닥에 붙은 껌처럼 말이다.

그런 건 싫다. 그래서 그런 마음을 200원짜리 막대 사탕에 담았다.

꼬마는 한눈에 알아볼 수 있었다. 순정과 똑같은 교복을 입은 사람과 함께 놀이터 입구를 빠져나가고 있었다. 순정은 주머니 속에 사탕 봉지를 쥐고 꼬마 뒤로 다가갔다. 그리고 흠칫 놀랐다. 꼬마의 손을 다정하게 붙잡고 걷고 있는 건 미호였다.

"누나, 배고파." 꼬마가 어리광 부리듯 미호 손을 흔든다.

"기다려 봐. 오늘은 누나가 맛있는 거 해 줄게."

미호의 다른 쪽 손에는 슈퍼마켓 봉지가 들려 있었다. 반투명한 봉지 속으로 감자와 당근이 비쳐 보였다. 고형스프도 보이고, 고기팩도……. 저건, 카레고기감자조림 재료다. 순정이 적어 준 레시피에 적혀 있는.

"맛있는 거 뭐?"

꼬마가 어눌한 말투로 천진하게 물었다.

"감자조림고기카레."

미호가 의기양양하게 대답하는 소리를 들으면서 순정은 억지로 웃음을 참는다.

'바보네. 카레고기감자조림인데.'

순정은 미호가 눈치 채지 못하도록 천천히 걸음을 늦췄다. 사탕은 내일 줘도 될 것이다. 매일 누나를 기다리는 꼬마는 내일도 놀이터에 있을 것이다.

고추잠자리 한 마리가 꼬마 쪽으로 날아왔다. 꼬마가 멈춰 선다. 잠자리가 자기에게 앉아 주기를 바라는 것이리라. 잠자리는 꼬마의 어깨 위에 앉으려는 듯하다가 그대로 날갯짓하며 날아가 버렸다.

"아깝네, 도진이."

잠자리가 날아간 방향으로 고개를 돌려 바라보는 미호의 시야 끝자락에 순정이 걸렸다. 큰 눈이 더욱 크게 떠진다.

"맹순정……?"

"……."

"네가 여기 왜 있는 거야?"

당혹해 하는 뉘앙스가 알알이 묻어나는 말투로 미호가 묻는다. 주위를 온통 물들인 오렌지 빛 때문에 순정이 실제라는 확신을 채 가지지 못한 느낌이었다.

"이 자식, 이리 와." 미호는 순정의 멱살을 움켜쥐고 가까이 있는 담장 앞으로 끌고 갔다. 꼬마가 따라오자 "도진아, 먼저 들어가 있어." 하고 타이르듯 말했다.

"싫어. 집 깜깜해."

"금방 갈 테니까 들어가 있으라고. 맞고 싶어?"

미호가 소리쳤다.

꼬마는 울먹이며 혼자 터벅터벅 걸어갔다. 길어진 그림자를 조그만 신발과 조그만 등으로 질질 끌면서 담장 모서리를 돌아 사라진다. 이게 뭐야, 하는 표정으로 미호가 얼굴을 일그러뜨렸다.

"다른 사람한테 말하면 죽일 거야. 죽여 버릴 거야."

순정을 벽에 밀어붙이면서 험악하게 말했다. 눈동자가 순정을 뚫어 버릴 듯 노려본다. 투명한 눈동자다. 맑고, 커다랗고, 절실해 보이는 눈동자. 홍채 한 귀퉁이로 작아진 태양을 반사하고 있는 눈동자.

"왜 너 따위에게, 너 따위에게 들키느냔 말이야."

"제기랄, 제기랄." 회색 콘크리트 벽을 주먹으로 내리치는 미호의 입에서 진한 감정이 담긴 말들이 비어져 나온다. 한 가지 색깔이 아닌 검은색, 보라색, 남색, 흰색……, 여러 색깔이 뒤엉켜 한마디 한마디를 이루고 있었다.

"숨겨야 될 거라고……. 생각하지 않아."

순정이 말했다. 순정에게는, 미호가 답답하게 느껴졌다. 숨이 턱 막혀서 참을 수 없을 만큼 답답하게.

바보같이. 한심하게. 왜 그런 것도 모르는 거야.

"나쁜 거 아니잖아. 애써 숨길 만한 일 아니잖아."

미호의 시선이 가늘게 흔들린다. 목덜미의 옷깃을 쥐고 있던 손이 느슨해져 순정이 저절로 풀려났다. 비스듬히 가라앉아 가는 햇살이 붉은 기 섞인 음영을 새기고 있다. 미호의 오똑한 콧마루 한쪽에. 쇄골로 이어지는 목덜미에. 어깨 너머 해질 녘 하늘을 지나는 구름에.
　잠시 말이 없던 미호가 무릎으로 순정의 배를 찍었다. 순정은 눈물이 핑 돌아 숨을 멈추고 주저앉았다.
　"도진이는 내 착한 동생이야. 부끄럽지 않아. 절대로."
　대답하고 싶지만 숨이 잘 쉬어지지 않는다. 주저앉아 호흡을 가다듬는 시야 중간에서, 미호의 까만 신발이 뒤돌아선다. 간신히 고개를 든 순정의 눈에, 피가 흐르는 미호의 주먹이 보였다. 벽을 쳤을 때 조금 찢어진 거겠지.
　"미호야. 잠깐만."
　순정은 한 손으로 아픈 배를 누르면서 다른 손으로 주머니를 뒤져 무언가를 꺼냈다.
　"뭐야." 미호가 차갑게 묻는다.
　"이거……." 순정의 손에 들려 있는 건 핑크팬더가 그려진 반창고였다.
　"주먹에……."
　미호가 어이없다는 듯 피식 웃었다. 학교에서는 한 번도 그 애가 웃는 모습을 본 적 없었다. 처음으로 웃는 모습을 보자, 조금 기뻤다. '어이없는 웃음이건 비웃는 웃음이건 많이 웃었으면 좋겠다.'라고 순정은 생각했다. 왜 그렇게 생각하는지는 자신도 알

미호의 시선이 가늘게 흔들린다.
목덜미의 옷깃을 쥐고 있던 손이 느슨해져
순정이 저절로 풀려났다.
비뜰히 가라앉아 가는 햇살이
붉은기 섞인 음영을 새기고 있다.
미호의 오똑한 콧마루 한쪽에.
쇄골로 이어지는 목덜미에.
어깨 너머 해질 녘 하늘을 지나는 구름에.

수 없었다.

  순정이 내민 손에 무심코 팔을 뻗던 미호가 슬그머니 다시 팔을 감춘다.

"미쳤냐. 너 같은 버러지 걸 쓰게."

  순정은 미호 앞으로 한 걸음 다가서면서, 언제나처럼 소극적인 소리로 중얼거렸다.

"반창고는…… 버러지 아냐."

  미호는 아무 말 없이 반창고를 받아 들고 뒤돌아 걸어갔다. 하지만 몇 발짝 안 가 다시 돌아보며 불쑥 물었다.

"그 레시피에 쓴 거. '샐러드유 약간'이 어느 정도냐?"

"세 스푼 정도……."

  미호는 알았다는 듯 고개를 끄덕이고 담장 그늘을 벗어났다. 맨션 현관 앞에서 누나를 기다리던 꼬마가 쪼르르 달려온다.

"나 갈게." 하고 순정이 인사했다. 미호는 들은 척도 않는데 어쩐지 꼬마가 잘 가라며 손을 흔들었다. 미호와 동생이 맨션으로 들어가는 모습을 뒤로 하고 순정은 발걸음을 옮겼다. 꽤 예쁜 석양이 지상까지 가득 채우고 있었다. 자주색과 붉은색과 황금빛이 겹쳐진 석양에서 굵게 칠해진 물감 냄새가 날 것 같았다.

  그때 순정을 부르는 목소리가 들렸다. 맨션 건물 층계참에 난 작은 창으로 미호가 소리쳤다.

"맹순아, 뉴스에 나오는 바보 자식들처럼 자살 같은 건 하지 마라."

"응, 알았어."

"뭐라고?"

"알았다고."

"안 들리잖아."

"안 해. 그럴 생각 전혀 없어!"

큰 소리로 순정이 외쳤다. 순정은 아직도 자기가 다른 사람을 향해 큰 소리로 말할 수 있다는 사실에 조금 놀랐다.

즐거울 것 하나 없는데, 바뀐 건 아무것도 없는데 괜히 웃음이 났다. 해 지는 모습이 아름답다고 생각했다. 다시 뜰 때는 또 새로운 하루를 가져다주겠지.

"다행이네."

미호가 웃으면서, 이번에는 진짜로 웃으면서 말했다. 창문틀을 붙잡고 있는 손에 핑크색 반창고가 빛나고 있었다.

작가노트

우리 안의 호러

이 작품을 쓴 건 15년 전입니다. (학교에서 점심 도시락을 먹고, 편의점 도시락은 반찬 케이스와 밥 케이스가 따로따로이고, 천냥백화점에서 천 원짜리 우산을 사는 등 지금과 맞지 않는 장면이 나오는 건 그런 이유입니다.)

그때는 왕따도 성장의 계기가 될 수 있다고 믿었습니다. 애니메이션 같은 데도 자주 나오잖아요. 서로 주먹질하던 소년이 들판에 드러누워 아하하 웃으며 친구가 되는 장면.

왕따도 너와 나의 교류이고 어떤 식으로든 감정을 주고받는 거고 극복하면서 마음이 자라고 인생의 자양분이 되고…….

착각이었죠. 한없이 말랑말랑하고 낙관적인 착각.

작품 말미에 미호는 순정에게 외칩니다.

"뉴스에 나오는 바보 자식들처럼 자살 같은 건 하지 마라."

다시 읽으면서 부끄러워졌습니다. 괴로움을 견디다 못해 뛰어

내린 현실의 아이에게 저는 욕을 했네요. 적어도 미호 같은 가해자가 순정 같은 피해자에게 해도 될 말은 결코 아닙니다. 저는 왕따에 어떤 망상을 갖고 있던 걸까요.

왕따는 폭력입니다. 폭력을 통해 사람이 성장한다니, 그런 것이 가능할 리 없습니다. 그런 것이 제대로 된 성장일 리 없습니다. 결국 피해자와 가해자, 침묵하는 다수가 불행해집니다. 그렇다면 호러네요. 관계된 모든 사람이 불행해진다면 그보다 더한 호러가 있을까요.

어떤 이는 호러—폐색된 시대의 사람들과 사회가 지니는 '각종 문제들의 해결 불가능성에 의한 내적 파괴', 즉 '내부에서부터 붕괴되어 가는 것'이라고 정의하더군요.*

도망칠 곳도 피할 곳도 없는 폐색된 내부에서 자라나는 집단 괴롭힘은 이미 훌륭한 호러입니다. 학교를 지나 직장으로 이어지는, 우리 안의 호러요.

지금 다시 집단 괴롭힘을 소재로 글을 쓴다면 어떨까요.

피해자도 가해자도 무저갱의 구덩이에서 함께 무너져 내리는 꿈도 희망도 없는 작품을 쓰지는 않을까요. 일말의 성장은 가해자의 괴롭힘에 맞서 싸우는 투쟁의 과정에서만 존재할 뿐이라는, 이해심도 배려심도 없는 꼰대 같은 생각을 하면서요.

가해자도 인간이란 걸 잊지는 않았으면 하고 저 자신에게 바

---

* 다카하시 도시오, 《호러국가 일본》, 김재원 외 2명 역, 도서출판 b, 2012.

라 봅니다. 피해자의 고통이 너무나 크고 가해자의 행위가 피해자뿐 아니라 '우리'를 무너뜨릴 수 있기에 인간으로써의 가해자를 곧잘 망각하곤 합니다. 나이를 먹어 갈수록 망각은 점점 심해집니다. 하지만 적어도 15년 전의 이 작품에서는 그 사실을 잊지 않은 것 같습니다. 피해자도 가해자도 방관자도 다 같은 우리라는 사실을 말입니다.

  이 소설에 납득하든 납득하지 않든, 다시 한 번 이런저런 문제들을 떠올리는 계기가 되었으면 좋겠습니다. 우리는 누구나 피해자, 가해자, 방관자 중 하나(또는 그 이상)일 테니까요.

  이런 말랑말랑한 소설은 이제 쓸 수 없을 것 같습니다. 말랑말랑한 시절은 금방 녹아 없어지나 봅니다. 이제는 한없이 수동적인 '맹순정' 대신 헉헉대며 달리는 소녀를, 섬세한 문장 대신 하드보일드를, 근거 없이 이어 가는 희망 대신 완전히 무너진 자리에서 태어나는 해방감을 쓰고 싶습니다.

  뭣보다 읽으면서 '나 지금 국어 공부하니?' 하는 생각이 드는 작품은 싫어요.

  앞으로 호러소설로 독자를 뵙고 싶습니다.

인터뷰

착하지 않아도 아름다운

〈맑은 하늘을 기다리며〉는 언제, 어떻게 쓴 소설인가?

10년 전쯤 쓴 작품이다. 당시 〈청과 백으로 물색〉이라는 일본 드라마를 보고 감명을 받았다. 이지메를 소재로 한 이 드라마는 뚜렷한 사건의 해결이 없지만 이지메 당하는 학생이 건물 옥상에서 자살을 하려다 꽃 화분 하나를 들고 내려오는 것만으로 내면 성장을 표현했다. 이야기에 감명 받아 나도 좋은 이야기를 한 번 만들어 보고 싶었다. 플롯도 짜지 않고, 손 가는 대로 썼다.

〈맑은 하늘을 기다리며〉 왕따 문제를 다룬 소설이다. 소재적인 면에서 〈청과 백으로 물색〉에 영향을 받은 면이 있나?

소재에서 영향을 받았다기보다 이야기의 울림에서 영향을 받았다. 이지매, 왕따는 보편적 사회현상이다. 〈청과 백으로 물색〉이란 드라마에서 소재를 얻었다고 하기는 어렵다. 드라마를 보고 머리가 '띵' 했다. 그런 울림을 주는 이야기를 만들고 싶었다.

〈맑은 하늘을 기다리며〉에서 이야기하고 싶었던 것은 무엇인가?

어린 시절은, 인생의 뿌리라고 할 수 있을 것이다. 이 뿌리를 바탕으로 하여 사람은 성장한다. 어떤 식으로든 누군가의 뿌리에 흉터를 내거나, 흉터를 갖는 것은 잘못된 것이다. 하지만, 이 역시 여러 시행착오 중 하나일 것이다. 상처를 낸 사람과 상처를 받는 사람 모두 시행착오를 거쳐 성장한다. 뚜렷한 사건 해결이 없어도 성장하는 것이다. 성장에 대한 이야기를 하고 싶었다.

묘사가 섬세하다. 어떻게 연마한 것인가?

평소 일본 여성 작가의 소설을 많이 읽는다. 와타야 리사, 요시모토 바나나, 에쿠니 가오리 같은 작가를 좋아한다. 이들이 쓰는 소설은 특별한 사건 없이도 눈길을 끈다. 시처럼 한 문장 한 문장 버릴 것이 없다. 시를 모아서 소설을 만들었나 하는 생각도 든다. 섬세하고 아름답다. 사건 위주가 아닌 감성이 중심이 되는 소설이다. 이러한 소설을 많이 읽다 보니 자연히 묘사가 섬세해진 것 같다. 성격 탓도 있을 것이다.

내향적 성격인가?

그렇다. 내향적이라는 것은 관심의 방향이 내면에 있다는 소리다. 특히 인물의 내면 묘사는, 자신의 내면을 찬찬히 들여다본 사람만이 할 수 있다. 내향적인 성격이 사회생활 할 때는 불편하지만, 소설 쓸 때는 장점이다. 소설을 쓸 때 누군가와 상의하는 것도 아니고 혼자만의 세계에 빠져서 쓴다.

혼자만의 세계에 빠져 소설을 쓴다는 것을, 독자를 고려하지 않는다는 것으로 해석해도 되나?

읽는 이를 아예 염두에 두지 않는 것은 아니지만, 크게 신경 쓰지 않는다. 가끔 내가 쓴 것을 친구에게 보여 주기도 하지만, 친구들 의견을 받아들이지는 않는다. 이것저것 신경 쓰다 보면 내 스타일을 잃을 것 같다. 그리고 내가 글을 쓰는 이유 중 하나가 자기만족을 위해서이다.

소설을 쓰는 방식에 변화는 없나?

요즘 쓰고자 하는 것은 장르소설이다. 하지만 '따뜻함'과 관련된 궁극적인 지향점은 달라지지 않았다. 〈맑은 하늘을 기다리며〉에서 희망적인 결말을 냈다. 요즘 쓰는 장르소설도 이와 다르지 않다. 사람이 죽어 나가는 장르소설이더라도 희망이 담겨 있다. 비극이 희망을 잉태하고 있는 것이다. 불쾌한 비극이 아닌 비 오는 날 창밖처럼 서늘하고 맑은 비극이라고 할 수 있다.

장르소설을 쓰고자 하는데, 순수소설로 월간토마토문학상을 받았다. 이것이 갖는 의미는 무엇인가?

좋은 의미라고 생각한다. 내가 추구하는 장르소설은 순수소설이라고 우기면 순수소설이 될 만한 중간적인 것이다. '장르소설을 쓸 것인데 순수소설로 상을 받았으니 어쩌나.'라는 생각은 하지 않는다. 내가 가야 할 방향의 일부분이다. 장르소설로서의 재미와, 순수소설로서의 문학적 완성도를 동시에 지니고 싶다.

하나의 작품으로 순수문학잡지와, 장르문학잡지에 동시에 응모를 한 적이 있었다. 순수문학잡지에서는 그로테스크하며, 장르문학적 성격을 강하게 지녔다는 평을 받았고, 장르문학잡지에서는 순수문학적이라는 평가를 받았다. 어느 정도 목적을 이룬 셈이었다. 이런 중간적 성격을 유지하고 싶다. 어떤 사람이 읽어도 좋을 만한.

앞으로 어떤 작가가 되고 싶은가?

지금 말하는 것이 누구의 생각인지 모르겠다. 내가 직접 생각한 것은 아니다. 작품을 읽는 사람에게 아름다움을 불러일으키는 그런 작가가 되고 싶다. 바르거나, 착하지 않아도 아름다울 수 있지 않나. 아름다움은 모든 사람이 웃으며 행복한 세상과 별개이다. 우울하고 슬픈 것도 아름다움이 될 수 있다. 다시 말해, 읽는 사람 마음에 요동을 남길 수 있는 작품을 쓰고 싶다.

소설 쓰는 것 역시 투입이 있어야 결과가 있다. 많은 것들을 보러 다니고, 생각하고, 공부하며 노력할 것이다.

(2012년 1월)

어떤 기시감

김민지

작가노트 · 다다다다 자판을
인터뷰 · 소설, 해야 하고 하고 싶은 일

...

김민지

1981년 서울에서 태어났다. 대학을 졸업한 뒤 특허회사의 사무원, 방송사의 막내, 잡지사의 기자, 요가 강사 등으로 일했다. 문학은 스물 중반 직장 생활에 지쳐 갈 즈음 적적한 마음에 접하게 되었고, 지금껏 마음의 위안으로 품은 채 살아가고 있다. 지금은 대전에서 아이를 키우며 또한 적적하게 살아가고 있다.

어떤 기시감

경우는 레스토랑에 홀로 앉아 예인과 그녀의 남편을 기다리고 있었다. 시간이 지날수록 그는 더욱 초조해졌다. 마음을 가다듬기 위해 책을 펼쳐 들었지만 두 눈은 같은 문장 위를 서성일 뿐이었다. 흘깃 보아도 혼자 책 읽는 사람은 아무도 없었다. 그는 문득 후회스러웠다. 차가 막힐까 염려해 일찌감치 출발한 것, 그 탓에 약속 장소에 30분이나 먼저 도착해 버린 것, 셔츠 대신 그래픽 티를 입고 온 것도 모두 나쁜 선택이었다는 데 생각이 미쳤다. 이곳에서 면 소재로 된 옷을 입고 있는 건 오직 그뿐이었다. 더욱이 기분이 상하는 건 이 모두를 심사숙고한 뒤 결정했다는 사실이었다.

지리멸렬하고 난감한 나날이었다. 전셋집은 세 달 후 만료 예정이었다. 얼마나 올려 줘야 하나 걱정하던 차, 주인 여자는 월세로 전환하겠다고 했다. 많아야 30만 원을 예상했으나 주인 여자는 50을 불렀다. 그는 어이가 없어 고개만 설레설레 저었다. 크기는 넉넉하지만 꼭대기 층이라 여름엔 비가 새고, 겨울엔 난방비가 식비보다 많이 나오는 집이었다. 애교라도 부려 볼 셈으로 과일 바구니를 들고 찾아갔지만, 그녀는 벽에 걸린 달마도를 보며 염불하듯 반복할 뿐이었다. 아이 학원비 때문에……

여전히 분주한 날들이기도 했다. 많은 사람을 만나고 여러 작업을 진행하는 일상은 그대로였다. 3년 동안 스물세 번 고쳐 형태를 알아볼 수 없게 된 작품이 하나 있었고, 노무현 정부 때부터 '올해 내로 크랭크인 될 거'라는 작품도 진행 중이었다. 최근엔 오랜 지인인 한 PD로부터 실존했던 조선 초기 남장 여자 보부상의 성공담을 써 보자는 제의를 받아 자료 조사차 몇 주간 지방을 돌았다. 또 친한 후배 한 놈은 옴니버스 영화를 찍어 보자고 연락을 해 왔고 오랜만에 연락이 닿은 모 작가는 영화진흥위원회에서 지원 받게 된 시나리오가 있는데 같이 '디벨롭'해 보자고 제안했으며 에 또, 그리고 아무개 감독과 아무아무개 기획 PD와 아무아무아무개 작가도 전화를 걸어 왔으므로 이 사람 저 사람과의 각종 미팅은 끊이질 않았고 시나리오 수정·자료조사·인터뷰도 섭섭지 않게 줄을 이었다.

하지만 수중에 들어오는 돈은 고작 월 50 정도였다. 게다가 한 번에 들어오는 돈도 아니라 입금 후 며칠이 지나면 각종 공과금과 통신 요금으로 순식간에 빠져나갔다. 하루를 마치고 잠자리에 누우면 '오늘 하루 참 바빴네.'라는 생각에 이어 '근데 오늘 뭐 했지?' 하고 자문하게 됐다. 누구의 말마따나 이곳은 되는 일도 없고 안 되는 일도 없는, 그런 동네였다.

그는 스물세 살이던 15년 전, 처음 상업 영화에 발을 들였다. 서른둘에 로맨틱 코미디로 감독 타이틀을 땄고, 흥행 결과 또한 나쁘지 않았으니 시작은 괜찮은 셈이었다. 게다가 계주 바통처럼 연달아 찾아온 행운으로 입봉 후 쉼 없이 두 편의 영화를 찍을 수 있었다. 두 번째로는 또한 로맨틱코미디를, 그다음으로는 개가 나오지만 장르는 휴먼으로 분류되는 영화를 찍었다. 두 번째 작품도 적자의 마지노선을 넘겼지만 세 번째 작품은 조금 손해를 보았다. 하지만 그는 걱정하지 않았다. 영화사의 문을 닫아 버리고도 재기에 성공하는 감독들을 주변에서 여럿 보아 왔다. 6할의 승률이라면, 재기라는 말을 쓸 이유도 없었다.

네 번째 바통은 올 듯 말 듯 애간장을 태웠다. 구두 계약을 맺은 작품이 넷, 실제로 크랭크인까지 들어갔던 작품도 셋이나 됐지만 번번이 판권 소송, 배우 캐스팅 문제, 투자 철회, 표절 시비 중 어느 하나에는 꼭 걸려들었다. 몇 년간이나 정체된 필모그래피가 안타깝고 불안했지만 그는 최대한 긍정적으로 생각하기 위해 노력했다. 그래, 이럴 때 더 준비하는 거야. 뒷다리를 최대한 웅크린 개구리만이 더 높이 도약할 수 있는 거지. 그는 결과를 내지 못한 시간들에 의미를 부여했고, 초심을 잃지 말고 좀 더 내공을 쌓으라는 '누군가'의 뜻을 마음 깊이 새기기로 했다. 하지만 5년이 지나도록 뒷다리를 펼 만한 기회는 오지 않았다.

"일행 있으신가요?"

사람들의 시선이 일제히 한곳으로 쏠렸다. 예상대로 그들의 눈은 일제히 예인을 향해 있었다. 웨이터의 안내를 받은 그녀가 사뿐히 경우의 테이블로 걸어왔다. 수십 개의 눈동자를 의식한 경우가 호기롭게 일어나 그녀를 맞았고 그녀는 양 팔을 활짝 벌려 그를 살포시 안았다 놓아주었다.

"한 명 더 올 거예요." 웨이터는 그녀에게 시선을 고정한 채 테이블을 떠나지 않고 있었다. 예인은 메뉴를 테이블 한쪽에 놓은 뒤, 조금 뒤에 주문하겠노라고 말했다. 웨이터는 아쉬운 기색으로 자리를 떴고, 그런 그를 보며 경우는 작은 승리감을 느꼈다. 그녀를 독점할 수 있는 시간이라면 단 1초라도 뺏기고 싶지 않았다.

근황을 묻는 예인에게 경우는 과장되게 웃으며 대답했다. "뭐, 그냥 그래. 시나리오 쓰고 또 고치고 사람 만나서 술 먹고. 하하하." "엄지 주연한다는 영화, 크랭크인하는 거야?" 경우는 말없이 고개를 떨어뜨리고 엄지손가락을 모아 비비적거렸다. 잠시 후 고개를 들자 예인의 얼굴이 그의 앞에 성큼 다가와 있었다.

"미뤄졌구나?" 그는 입술을 동그랗게 모으고 침묵했다. 그녀의 다음 말을 기다리는 중이었다. "괜찮아. 그럴 수 있지, 뭐." 그녀는 길게 구불거리는 흑갈색 머리를 손으로 묶어 두어 번 흔든 뒤 내려놓았다. 턱선에서부터 쇄골까지 갸름하면서도 날렵하게 미끄러지는 목덜미가 드러났다. 경우는 흐려지는 정신을 애써 가다듬었다.

"잘될 거야, 넌. 재능이 있잖아." 그는 순간 온몸에서 힘이 쑤욱 빠져나가는 느낌을 받았다. 발끝까지 노곤해져 당장 이불 속으로 들어가 잠들고픈 이 느낌을 그는 사랑했다. "하지만 어쩌면 빛을 못 볼지도 몰라. 고흐처럼." 이어 투명한 빛이 스며들어 갈비뼈 구석구석을 채웠다. 예인이 경우를 격려하는 레퍼토리 중 그가 가장 좋아하는 문장이 바로 고흐를 운운하는 것이었다. 그녀가 말해 주는 저 한 문장을 듣기 위해 의정부에서 서초동까지, 아니 스무 살부터 지금까지, 아니 어쩌면 전생에서부터 현재까지 움직여 온 건 아닐까, 그는 생각했다.

"정말 그럴까." 그는 부러 한 번 더 반문했다. "그럼. 가끔 나는 내가 테오가 된 것 같아."

경우는 엄청난 삶의 에너지가 솟아나는 것을 느꼈다. 동시에 이곳에 있는 누구라도 붙잡고 속죄하고 싶은 강한 충동에 사로잡혔다. 아무리 힘들어도 포기할 수 없어. 그녀가 나를 인정해 주잖아. 예인에 대한 존경과 사랑과 감사와 기타 등등 인간이 느낄 수 있는 온갖 긍정적이고 행복한 감정들로 경우의 마음은 부풀어 올랐다. 그와 함께 점차 그의 페니스도 부풀어 오를 즈음, 예인이 동공을 한껏 키우며 그의 손을 잡았다. 힘내라는 뜻이었다. 순간 그의 중심은 한순간에 사그라졌다. 그녀는 그가 성적 대상으로 느낄 만한 대상도, 그래서도 안 되는 존재였다. 그에게 예인은 뮤즈였고, 에너지였고, 구체화된 희망이자 꿈이었다. 금방이라도 식사 값을 지불한 뒤, 그의 눈엔 보이지 않는 밧줄을 타고 올라가 버릴 것 같은 그녀였다. 그런 그녀의 눈을 차마

"잘될거야, 넌 재능이 있잖아."

그는 순간 온몸에서 힘이 쑥 빠져나가는 느낌을 받았다.

발 끝까지 노곤해져 당장 이불 속으로 들어가 잠들고픈 이 느낌을

그는 사랑했다.

똑바로 볼 수 없어 그녀의 가슴 섶에 시선을 고정했다. 정말로 그래서 그런 거였지, 절대로 가슴골에 눈이 가서 그런 것은 아니었다.

*

 그는 예인을 사랑했고 갖기를 열망했다. 하지만 그녀는 결코 그의 삶에 포함될 수 없는 거대하고 비물질적인 존재였다. 다른 남자와 결혼을 함으로써 그녀는 그 사실을 확실히 증명해 보였다. 하지만 그는 좌절하지 않았다. 오히려 그녀를 더욱 신격화함으로써 그녀로부터 더한 영감을 받았다. 그녀는 그에게 비빌 수 있는 마지막 언덕, 탕아를 보듬는 현자의 손길이었다. 백수와 다름없는 생활에 좌절하고 방황할 때, 제작 직전까지 들어갔던 영화가 엎어지고, 복잡한 소송에 얽힐 때도 언제나 그는 그녀를 찾아갔다. 그러면 그녀는 한동안 잊고 있던 그의 재능을 일깨워 주었고 고흐를 운운해 주었다. 단 몇 시간이라도 그녀와 마주하고 나면 어느새 그의 마음은 절대로 포기할 수 없다는 굳은 다짐으로 충만해졌다.

 둘은 같은 과 동기로 만났다. 예인의 아름다움은 입학 전부터 큰 화젯거리였다. 합격자 명단을 보러 온 그녀를 남학생 몇 명이 발견했고 이들로부터 '100년 만에 나올 만한 미인이 경영학과에 들어왔다.'는 소문이 퍼져나갔다. 소문이란 열에 아홉 진실보다 과장되기 마련이지만 예인은 정반대였다. 실물로 나타난 그녀의 용모는 그들의 기대를 충족시키기에 모자람이 없었다.

하여 그녀를 둘러싼 수컷 무리의 소동은 끊일 날이 없었고 여자들의 질투와 동경의 호르몬 또한 차고 넘쳐 경영학과는 언제나 축축한 상태였다. 그녀가 누구와 얘기를 나누고 밥을 먹었는지, 어느 학회와 동아리에 관심을 갖고 있는지 등 그녀의 일거수일투족은 언제나 감시되고 회자되었다.

있는 듯 없는 듯한 존재인 경우 또한 예인을 동경했지만 친해질 수 있으리란 생각은 감히 하지 못했다. 미인을 노리는 테스토스테론 무리에서 압사하고 싶은 마음은 추호도 없었다. 그저 멀리서 지켜보는 것만으로도 만족스러웠다. 브라운관에서 전지현과 송혜교를 보듯 멀찍이서 그녀를 보면 라라라, 편한 마음으로 입가에 미소를 머금을 수 있었다.

하지만 놀랍게도 퀸카는 '행인1'에게 관심을 보였다. 1학기 종강 엠티 자리, 자정이 넘어가자 다들 취기가 올라 자리를 바꿔가며 술을 먹기 시작했고 몇 번의 로테이션 끝에 경우가 그녀 옆에 앉게 되었다. 솜털이 보일 만큼 가까이에서 그녀를 보는 건 처음이었기 때문에 그의 긴장은 극에 달했다. 그녀가 컵을 내밀었고, 그는 벌벌 떨며 맥주를 따랐다. 떨리는 손이 창피했지만 그녀는 그다지 신경 쓰는 것 같지 않았다. 그녀의 시선은 그의 가방 앞섶에 달린 배지를 향해 있었다. 그가 겨우 용기를 내어 무얼 보느냐고 묻자 그녀는 완만하고 아름다운 눈썹을 한껏 치켜뜨며 말했다.

"나도 이 배지 있어!!" 모든 시선이 여신과 대화를 나누는 목동에게로 향했다. 당혹스러웠지만 그는 자신에게 집중된 시선이 싫지 않았다. 입학 이후 이렇게 주목 받아 본 건 처음이었다.

"이거 ET 20주년 행사에서 준 거잖아." "맞아. 너도 여기 왔었어?" 자연스럽게 행동하려고 했지만 힐끔거리는 시선이 느껴졌다. "이 행사, 우리 아빠 극장에서 했던 거야!" "극장? 아버지가 극장을 하셨니?" "아니, 극장 안에서 매점을 하셨거든. 이 배지 갖고 있는 사람은 나 말고 네가 처음이야."

그녀는 그의 배지를 만지며 어린 시절을 회상하듯 입가에 은은한 미소를 띠고 눈을 감았다. 그 모습이 어찌나 숭고했던지 남자들은 경우에 대한 질투를 잠시 잊은 채, 그녀의 올곧은 아름다움에만 집중했고, 여자들은 남자들의 시선을 빼앗긴 데 대한 질투를 잠시 내려놓고 아버지의 사랑으로 말미암아 가장 황홀했던 어린 날의 단 하루로 시간 여행을 떠났다.

투명인간이었던 경우는 그날 이후 예인의 반경에 머물며 피와 살을 갖춘 인간이 되었다. 자연스레 과 대항 축구팀에 소속됐고, MT 준비위원으로도 위촉됐다. 점심을 먹자거나 소개팅을 해 주겠다며 접근하는 여자애들도 생겨났다. 그녀들에겐 눈곱만 한 관심도 없었지만, 자신이 수요 있는 남자라는 사실을 인식하는 건 자신감 상승에 상당한 도움을 주었다.

둘은 자주 영화를 보러 다녔다. 하지만 그녀가 선택하는 시간은 조조 아니면 11시였다. 여행도 다녔지만 언제나 근교였고 무박이었다. 하지만 그는 조급해서는 안 된다고 스스로를 다잡았다. 남자답게 고백하고 싶은 순간도 많았지만 언제나 아직 때가 아닌 것 같았다. 그는 그녀에게 어울리는 남자가 되고 싶었다. 그녀와 그녀의 가족들, 주변 사람들은 물론 그 자신에게까지, 그가 예인에게 어울리는 남자라는 사실을 증명할 수 있을 때까지 차근히 준비하며 기다리고 싶었다.

겨울방학이 끝나갈 무렵, 그들은 단성사에서 화제의 영화 〈헐리우드 키드의 생애〉를 봤다. 예인은 첫 장면부터 폭 빠져들어 상영 내내 스크린에서 눈을 떼지 못했고, 경우는 여느 때처럼 영화 속 여주인공보다 아름다운 그녀의 옆모습에 더욱 집중하고 있었다.

영화가 끝난 후 그들은 자연스레 종로 2가를 향해 걸으며 영화에 대한 이야기를 나눴다. 그가 영화가 재미있지 않았느냐고 묻자 예인은 "그렇긴 한데."라고 말한 뒤 한동안 침묵했다. 평소와 달리 뭔가 골똘히 생각하는 듯한 모습에 경우는 긴장했다. 마침내 그녀가 애잔한 눈빛으로 그를 보며 말했다. "엔딩이 너무 슬픈 것 같지 않니?" 그는 그제야 안심하며 맞장구를 치려고 했으나, 예인이 들뜬 목소리로 말을 이어 갔다. "난 해피엔딩이 좋아. 전체적으로 슬퍼도 엔딩만큼은 안 그랬으면 좋겠어. 이 영화도 그랬으면 어땠을까? 〈시네마 천국〉처럼 말이야. 음, 갑자기 아빠 극장에서 〈시네마 천국〉 봤던 게 기억나네. 너무 재밌어서 다섯 번 넘게 봤던 것 같아. 영화감독들은 정말 대단한 것 같지 않니? 어떻게 저런 재밌는 이야기를 생각해 낼까?"

"나도 이야기 잘 만드는데." 생각지도 못한 말이 경우의 입에서 툭, 떨어져 나왔다. "정말?" "고등학교 때 내가 쓴 대본으로 연극한 적 있어." "너가 글을 썼다구?" "바닥본색이라고, 학원 액션 느와르였지. 맞다, 나 그때 KBS에도 나왔어. 고등학교 축제가 변하고 있다, 뭐 그런 주제로 찍는 다큐였는데. 나도 한 10초 나왔지 아마, 하하하."

조금 과장하긴 했지만 사실이었다. 〈영웅본색〉, 〈천장지구〉 등 당시 유행하던 홍콩 영화를 본 후 친구들과 장난으로 끼적였던 대본이 우연히 연극반 선생님 손에 들어가 축제 무대에 올랐다. 세 명이서 공동 집필했단 얘기는 안 하는 게 좋겠다고, 경우는 생각했다.

"나, 영화감독 해 볼까?" "진짜? 정말? 할 수 있어?" 그녀는 해바라기처럼 활짝 피어난 얼굴로 그의 팔에 매달렸다. "너무 너무 너무 멋있을 것 같아! 근데 어떻게 하면 되는 거야?"

생각보다 격렬한 반응에 경우는 어떻게 반응해야 할지 몰라 망설였다. 망설임은 그녀보다도 그 자신을 향한 것이었다. 영화감독…… 이라니?

주말의 명화는 가급적 놓치지 않으려고 했고, 좋아하는 영화를 녹화해 이경우 컬렉션을 만들기도 했다. 하지만 그뿐이었다. 또래 친구들보다 조금 더 좋아하는 정도, 그 이상도 이하도 아니었다. 연대기를 줄줄 꿰는 영화광도 아니었고 몰래 극장에 잠입하는 헐리우드 키드도 아니었다. 그가 아는 감독이란 스티븐 스필버그와 오우삼뿐이었다. 영화감독이 스스로 택할 수 있는 직업이라고는 생각해 본 적 없었다. 누가 되는 건지, 어떻게 되는 건지 아무것도 알지 못했다.

하지만 우연처럼 내뱉은 단어는 점차 그를 움직였다.

까짓 거, 한번 해 볼 수 있지 않을까? 어차피 마땅히 되고 싶은 것도 없잖아.

그는 우선 비디오 가게에 구비된 신간 소개지부터 꼼꼼하게 읽기 시작했다. '마약 문제에 얽혀 온 가족이 몰살된 후 혼자 남겨진 소녀 마틸드는 같은 아파트에 사는 킬러 레옹의 도움으로 목숨을 건지고, 점차 그에 대한 사랑을 키워 가는데…….' '거리의 매춘부 비비안은 백만장자 에드워드를 만나 상류사회를 경험하고, 점차 그를 사랑하게 되지만 자신의 신분 때문에 포기하려 하는데…….' 요약된 줄거리를 읽다 보니, 별로 어려울 것 없어 보였다. 그는 《스크린》, 《로드쇼》 같은 영화잡지들, 《영화감독의 길》, 《세계 영화사를 움직인 100가지 사건》 같은 책에 이르기까지 영화와 관련된 것들은 모조리 손에 쥐고 탐독하기 시작했는데, 얼마 지나지 않아 자신이 영화감독에 적합한 사람이라는 결론을 내리게 됐다. 책들에 따르면 영화감독은 사람들과의 협동을 즐기면서도 홀로 시간을 가지며 창작에 매진할 수 있는 사람이어야 한다고 했다. 음, 난 둘 다 좋아하는 것 같은데, 그럼 통과. 또 감성적인 동시에 이성적인 사람이어야 한다고도 했다. 음, 그렇기도 해. 통과. 문학, 그림, 음악 등 예술에 대한 조예는 물론 사회 전반을 볼 수 있는 눈도 있어야 한다고도 했다. 음, 뭐 깊이 알지는 않지만 두루 관심은 있으니, 이것도 통과.

자질은 충분하다는 생각이 든 그는 다음으로 영화 동아리를 찾아 고개를 디밀었다. 전 학년을 합해 다섯 명이 고작이었지만, 고전 영화를 보기 위해 전국 비디오 가게를 뒤지고, 캠코더 마련을 위해 방학 내 막노동도 불사하는 열정 분자들이었다.

2학년 말, 한 선배가 '제1회 서울단편영화제' 포스터를 들고 왔다. 대학 부문 상금이 꽤 크니 각자 쓴 시나리오 중 한 편을 뽑아 작품으로 만들자는 것이었다. 경우는 예인을 생각하며 시나리오를 썼다. 한 남자가 식당 웨이트리스를 보고 사랑에 빠진다. 하지만 얼마 지나지 않아 도서관 사서를 보고 또 한 번 사랑에 빠진다. 그다음엔 옆집으로 이사 온 여자, 미용실 여자, 비디오 가게에서 만난 여자에게 차례로 사랑을 느낀다. 그는 어떻게 다섯 여자를 사랑할 수 있을까 괴로워한다. 하지만 알고 보니, 그를 사랑한 여자가 그의 눈에 자주 띄기 위해 변장을 하고 여러 장소를 돌아다녔던 것. 결국 남자는 자신이 한 여자를 사랑했다는 것을 알게 돼 기쁜 마음으로 사랑을 성취한다는 내용이었다.

그의 시나리오는 한 표를 받았다. 하지만 다섯 명 모두 한 표씩을 받았기 때문에 아직 기회는 있었다. 경우는 시나리오 뒤에 예인의 사진을 붙여 다시 제출했고, 만장일치로 뽑혔다.

경우는 은상을 수상했다. 트로피와 상금을 받는 자리에는 예인도 함께했다. 당시 행사장에 모인 감독들은 너나 할 것 없이 그녀를 찾아와 명함을 건넸지만 그녀는 차분한 음성으로 "제 꿈은 현모양처예요."라고 말해 모두를 패닉 상태에 빠뜨렸다. 그들은 '이제 그만 밭 갈러 가야 해서요, 이만 총총.' 하고 떠나는 오드리 헵번을 목격한 듯 넋을 잃었지만, 그녀는 "명함은 저 말고 제 친구에게 주세요."라며 그들을 경우에게로 이끌 뿐이었다.

경우는 그렇게 영화판에 입성했다. 졸업장은 중요치 않았다. 어차피 다른 직업에 대해 뚜렷이 생각해 본 적 없는 그였다. 그는 바로 휴학계를 내고 연출부에 들어갔다. 믿기 힘든 기회, 라고 그는 말하고 다녔다. 지방에 계신 부모님께도, 예인에게도, 그 자신에게도.

그는 최선을 다하기 위해 최선을 다했다. 온갖 방법으로 용돈을 벌고 시간을 쪼개 영화를 보고 글을 썼다. 하나둘 취직해 근사하게 변해 가는 동기들이 부러울 때도 있었고, 별 성과 없이 굴러 가는 날들이 괴로운 때도 많았다. 하지만 포기할 수 없었다. 조금씩은 좋아진다는 느낌 때문이었다. 글 솜씨는 갈수록 느는 듯했고, 충무로를 지날 때면 아는 얼굴 둘 이상은 만날 정도로 인맥도 넓어졌다.

물론 무엇보다 큰 힘이 되는 건 예인이었다. 그녀 덕분에 영화를 찍을 수 있었고, 수상할 수 있었으며 이름 있는 감독들에게 얼굴 도장을 찍을 수 있었다는 사실을 경우는 늘 상기했다. 고민이 생기거나 슬럼프를 겪을 때면 항상 그녀를 찾아가 그녀가 건네는 위로와 격려를 섭취했다. 가끔은 역(逆)이 아닐까, 생각했다. 그녀 덕분에 할 수 있는 것이 아니라, 그녀 때문에 하고 있는 것은 아닐까. 그녀로 인해 시작됐고, 그녀가 좋아하므로 노력하는 것은 아닌가. 그러나 경우는 어느덧 닭이 먼저인지 달걀이 먼저인지 알 수 없는 시간까지 자신의 삶을 진행시켰다. 어느 순간부터 그 둘은 별개로 보이지만 실은 나눠 생각할 수 없는 샴

쌍둥이 혹은 끝도 시작도 없이 아득한 사랑의 뫼비우스의 띠처럼 심오하게 느껴졌다.

"뭐라고 설명해야 하나? 음...... 예술이라는 게 말로 해야 하는 게 아니잖아? 느낌이 좋아. 내 이야기 같기도 하고 재밌어. 아무튼 내 친구가 영화감독이 된다니, 진짜 멋질 거야."

경우는 머잖아 자신이 친구에서 애인 그리고 남편으로 바뀔 거라 믿었다. 하지만 결국 손에 쥔 건 다정한 원앙 한 쌍이 그려진 청첩장이었다.

직접 물어볼 용기는 없었다. 그녀는 아무렇지도 않게 대답할 것 같았고, 그러면 그는 더 크게 상처 받을 것 같았다. 동창들로부터 들려오는 소문을 모은 결과, 그녀는 대단한 집으로 시집을 가는 듯했다. 남편 될 사람은 연매출 천 억이 넘는 건축 자재 업체를 운영하는데, 아버지인 H건설사 회장이 물려준 자회사라고 했다. 예비 시아버지는 현 대통령의 사돈의 팔촌이며, 시어머니는 미스 춘향 출신으로 왕년에 CF와 드라마에도 출현했다는 둥 있는 집 혼사답게 이런저런 소문도 무성했다.

하지만 이상한 일이 있었다. 그녀의 결혼식은 물론 출산과 그 아이의 첫 돌 행사까지 지켜보았음에도, 그는 여전히 그녀의 마음이 자신에게로 향해 있다고 믿었다. 처음에는 현실적인 이유에서 그녀가 다른 남자를 택했다고 생각했으나 점차 이루지 않음으로써 완벽해지는 사랑을 그녀가 실천하고 있다고 굳게 믿게 되었다. 그런 그의 믿음에는 예인의 태도 또한 한몫했다. 그녀는 결혼 후에도 변함없이 경우를 대했다. 전화도 잦았고 한 달에 한 번 이상은 만났다. 아이가 없을 땐 결혼 전과 다름없이 영화도 자주 보러 갔다. 그의 작업 현황을 물어봐 주고 재능을 일깨워 주고 격려해 주는 대화 패턴도 변함없었다.

반면 결혼생활에 대해서는 자세히 말하지 않았다. 남편과 아이의 안부를 물을 때면 간단히 "응, 별 일 없어."라고 답할 뿐이었다. 아이 사진을 보여 주며 귀여움에 대한 동의를 구하는 일도, 가족 단위 해외여행에서 일어난 에피소드를 들려주는 일도 없었다. 앞날의 행복을 과장하지도, 반대로 미래를 막연히 불안해하지도 않았다. 그녀의 정서는 도무지 갓 결혼한 여자의 것이라고는 믿기 힘들었다. 하지만 경우가 그의 이야기를 시작하면, 그녀의 눈빛은 젊은 여성의 그것으로 되살아났고, 이는 그녀의 사랑이 변함없이 그를 향해 있다고 믿을 만한 충분한 근거가 됐다.

*

"얼마 전 시공 맡으면서 알게 된 사람이 있는데, 그 사람 동생이 영화사를 운영한대. 얘기하다 보니 네 생각이 나서 소개시켜 주고 싶었나 봐. 알지? 내가 네 얘기 많이 했다고 했잖아. 한번 만나 볼래? 근데 영화사 이름이 뭐였더라? 씨네… 뭐였는데. 아, 맞아. 씨네로라고 했어. 들어 봤니?"

예인과 통화 중이던 어느 날, 그녀는 씨네로를 언급했고 그는 놀라 수화기를 놓칠 뻔했다. 그녀가 대단치 않게 언급하는 씨네로는 명실공히 대한민국 최고의 영화사였다. 최근 5년간 해외 유수 영화제에 올랐던 한국 영화 중 80퍼센트는 씨네로의 작품이었다. 최근 제작한 〈평양에는 냉면이 없다〉는 1,500만 관객을 모아 〈괴물〉을 제치고 역대 흥행 1위에 올랐고, 씨네로의 전 대표는 영화진흥위원회 위원장으로 임명됐다. 영화판에서는 '입봉보다 중요한 건 씨네로 입봉'이란 말이 나돌 정도였다. 씨네로에서 찍은 단 한 편으로 스타 반열에 오른 감독도 적지 않았다.

놀라움이 다소 가라앉자 이번에는 의구심이 들었다. 그녀의 남편이 씨네로에 연줄을 댈 줄 만큼 대단한 사람인가, 만약 그렇다 하더라도 굳이 자신에게 그만한 호의를 베풀 이유가 있는가. 마지막으로 예인은 어째서 씨네로를 모르는지에 대한 의문이 들었다. 갖가지 궁금증과 의심, 질투 어린 감정들은 그의 마음을 복잡하게 했다.

"미안, 남편 조금 늦는다네."

통화를 끝낸 예인이 자리로 돌아왔다. 어느새 레스토랑은 빈자리 하나 없이 들어차 있었다. 여성들은 크리스털과 실크, 립스틱과 아이라인으로 한껏 치장하고 있었지만, 남자들은 어떻게든 예인만을 힐끔거렸다.

"정말 너무해. 너랑 밥 한번 먹자고 한 게 언젠데, 이제야 시간을 내다니."

"괜찮아. 많이 바쁠 텐데 만나 주는 것만 해도 고맙지."

아차, 혀를 뽑아 버리고 싶은 심정이었다. 그저 다정하게 한마디 하려던 것뿐인데, 생각과는 달리 너무 비굴하고 절박한 문장을 만들어 버리고 말았다.

이틀 전 예인이 전화를 걸어 남편과 함께 저녁을 먹자고 말했을 때, 경우는 드디어 올 것이 왔다고 생각했다. 부인의 가장 친한 친구가 남자라는 사실을 기분 좋게 받아들일 남자는 없을 거라고, 경우는 늘 생각해 왔다. 이를 의식한 경우가 연락을 자제하기도 하고 집엔 가지 않겠다고 에둘러 말하기도 했지만 그녀는 그다지 신경 쓰는 것 같지 않았다. 답답한 마음에 남편의 생각은 좀 다르지 않겠느냐고 물은 적이 있었는데 그때도 "아티스트 친구를 뒀다니 부러워한다."고 간단히 말할 뿐이었다.

하지만 진심일 리 없다는 게 그의 생각이었다. 그로써는 헤아리기 힘든 이해심이었다. 자신의 존재를 부러 부정하고 있었을 거라고, 예인이 여러 번 언급했음에도 자신과의 식사 자리를 7년 넘게 미뤄 온 데는 그러한 이유가 있었을 것이라고 그는 생각했다.

"안녕하세요, 이경우 감독님. 저 감독님 작품 무척 좋아하는데, 이제야 뵙네요."

그녀의 건장한 남편과 그 뒤를 따라 들어오는 날카로운 인상의 남자를 본 순간, 모든 감정들은 파쇄되고 말았다. 씨네로 신화의 일등공신, 박일홍 PD였다. 예인의 남편은 경우에게 간단히 눈인사를 한 후 한 발 뒤로 물러섰다. 자기보다 박PD에게 신경 쓰라는 배려였다.

"아, 저를 좋아하신다구요……. 아, 네… 저도, 제가… 아… 그러니까……."

몸은 경직됐고 제멋대로 움직이는 혀는 제어할 수 없었다.

"안 그래도 요즘 감독 때문에 고민하고 있는 영화가 있는데 잘 됐네요."

경우는 박PD의 명함을 받아 든 뒤에야 겨우 현실로 돌아왔다. 우아한 미소를 머금은 예인이 경우의 어깨를 두드렸고, 그녀의 남편은 인자한 표정으로 그녀의 동그란 어깨를 쓰다듬었다. 예상했던 장면과 그렇지 못했던 감정들이 한데 뒤엉켜 경우는 달뜬 혼란에 빠졌다.

*

이리저리 채널을 돌리던 수연이 갑자기 볼륨을 줄이며 물었다. "돈 있어?" 잡지를 뒤적이던 그는 눈동자만 굴려 그녀를 보았다. "돈 있냐구?" 그녀가 약간 더 높은 톤으로 물었다. 그는 침묵한 채 검지에 침을 묻혀 페이지를 넘겼다. "빌려줘?" 이번에도 답이 없자 그녀가 다가와 그의 허벅지를 꼬집었다. 아얏, 하지 마. 그는 어떻게 답해야 할지 난감했다. 빌려 달라기엔 자존심이 상했고, 거절하기엔 난감했다. 그들의 침묵 사이로 대부업체 광고가 연달아 지나갔다.

"500이면 돼?" 그는 반대쪽으로 돌아누우며 크게 중얼거렸다. "그렇지, 뭐." "뭐야, 웃겨. 빌려 달라는 거야, 말라는 거야." 그의 얼굴이 수치심으로 화끈 달아올랐다. 그의 등 뒤에서 수연은 아무렇지도 않은 듯 채널을 바꾸고 있었다.

한 달이 지났지만 별다른 일은 벌어지지 않았다. 경우가 할 수 있는 일이라곤 곧 연락 주겠다던 박PD의 말을 계속 곱씹으며 지옥과 천당을 오가는 것뿐이었다. 그날 주고받은 이야기를 떠올려 보라구. 분명 나에 대한 확신이 있었어. 그렇잖아? 표정과 말투, 제스처도 내게 호의적이었다구. 하지만 영화판에서 작품 한번 하자는 말은 밥 한번 먹자는 말처럼 관용적 표현인데 이 바닥 한두 해 있었던 것도 아니고 내가 왜 바보같이 그 말에 혼자 들떴을까. 아직도 나는 너무 순진해…… 아니지, 박PD는 분명 나한테 호의적이었어. 다른 작업 때문에 아직 진행을 못하고 있는 거라구. 어머, 나 이러다가 봉준호나 박찬욱처럼 되는 거 아냐. 갑자기 너무 유명해지면 좀 불편하지 않을까. 차도 없어서 대중교통 이용해야 하는데, 음, 아니지, 그 정도 되면 당연히 차는 한 대 살 수 있을 거고 말야. 차는 요새 뭐가 좋지. 요새 좀 무너지긴 했어도 아직까진 H사가 동급 최강이지…….

수연을 만난 건 지난 가을 부산영화제 뒤풀이 자리에서였다. 해운대 포장마차에서 호프집으로 다시 주점에서 나이트까지 밤새도록 쏘다닌 사람들은 동 틀 무렵 다시 해운대 포장마차로 모여들었다.

경우와 수연은 마지막까지 남아 일출을 맞이한 3인 중 2인이었다. 몽롱한 취기와 따뜻한 어묵 국물로 몸을 데운 두 사람은, 나머지 1인이 용변을 보러 간 틈을 타 술집을 빠져나왔다.

그녀는 10여 년 넘게 영화 홍보, 마케팅 분야에서 굴러다닌 '통뼈'이며, 2년 전 이혼해 혼자 살고 있다고 자신을 소개했다. "현재 만나는 남자는 네 명, 이제 너까지 다섯이네." 세 번째 만나 네 번의 섹스를 마쳤을 때 그녀는 손가락을 천천히 접으며 이렇게 말했었다. 부담스러운 관계는 피하고 싶었던 그에게 그보다 만족스러운 멘트는 없었다.

처음엔 그 화통하고 솔직한 성격에 끌렸다. 영화·요리·음악·책은 물론 후년 대선 판도와 전 세계적 공황의 원인, '이대호 없는 롯데'가 보강해야 할 전략까지 분석하는, 전 분야에 걸쳐 두루 박식한 그녀였다. 업계에선 일 잘하는 베테랑으로 정평이 나 있었고 수도권에 아파트도 한 채 있었다. 심지어 상환금도 얼마 전 모두 갚았단 얘기에 그는 그녀와의 앞날을 그려 보기도 했다.

하지만 그녀에겐 결정적 결함이 있었다. 그녀는 그가 원하는 것을 줄 수 있는 여자가 아니었다. 그에게는 칠전팔기의 용기를 줄 수 있는 여자가 필요했다. 물론 그런 여자는 온 우주를 통틀어 예인이 유일할 거라 믿었다. 그녀와 수연을 견준다는 것 자체가 불경스러운 일이었지만 그래도 작은 기대가 있었던 건 사실이었다.

"자기는 안 돼."

만난 지 5개월쯤 되었을 때였나. 나른할 만치 평범한 하루가 저물어 가던 어느 저녁, 수연이 돌연 젓가락을 내려놓으며 중얼거렸다. 경우는 무슨 말인가 싶어 긴장했다. "지금 추세랑은 안 맞아. 옛날 감성이야. 생각하는 거, 관심사, 전부 올드해." 그는 너무도 당황한 나머지 들고 있던 숟가락을 올리지도 내리지도 못한 채 얼어붙어 버렸다. 그런 그가 불쌍했는지 그녀는 조금은 다정한 목소리로 말을 이었다.

"다른 좋은 재능이 많은데, 안타까워."

"내가 어떤데……?"

겨우 정신을 되찾아 물었지만, 그녀는 대답할 마음이 없어 보였다. 그저 아랫입술을 깨물며 독백하듯 덧붙였다.

"나도 이 바닥 뜰 거야. 지겨워. 다들 정신없이 뛰어다니는데, 전부 흐리멍덩해."

그 후로도 그녀는 그가 재능이 없다는 말을 꽤 자주 반복했고 덧붙여 자신도 다른 일을 하고 싶다고 했다. 그는 반박도 해 보고, 논쟁도 벌였지만 번번이 패했다. 그럴 수밖에 없었다. 경우는 감정적이었지만, 수연은 차분하기만 했다. 게다가 그에게 재능 없음을 세뇌시키듯 반복하다가도 다른 장점들을 늘어놓으며 마무리를 지었다. "대신 자기는 인내심이 강하고, 성실해. 감독 중에서 자기처럼 약속 잘 지키는 사람은 본 적이 없어. 호감 가는 외모에다 매너도 좋고……." 그러면 더 이상 언쟁할 이유도, 기운도 없어지기 마련이었다. 어느 순간 그는 입을 다물어 버렸다.

수연은 자기 욕망에 솔직한 데다, 수준급의 요리사였다. 김치

공장을 운영하는 부모님 덕에 일찍이 요리 자격증들을 두루 섭렵했다. 경우는 그녀와 한 달간의 냉전을 치른 후, 섹스와 요리만으로도 그녀를 만날 이유는 충분하다고 결론지었다. 그녀가 없다면 그의 육체는 다시금 상시적인 욕구불만 상태로 되돌아갈 것이었고, 그것은 별로 좋지 않을 것 같았다.

수연이 하나하나 정성스레 발톱을 깎다 문득 생각난 듯 말했다. "이자는 8프로면 되겠지? 1년 상환?" 한동안 둔탁하게 튕겨나가는 발톱 소리만 둘 사이를 오갔다. "그거 고리대금 아냐? 은행 이자가 5프론데." 그녀가 코웃음을 쳤다. "자기 정말 세상 물정 모르는구나. 그건 예금 이자고. 요샌 학자금 대출도 8프로면 거저야." "우리 사이에 무슨 이자를 받아?" 수연이 알 듯 모를 듯한 미소를 지으며 우리 사이?라고 반문했다.

그때, 경우의 전화벨이 울렸고, 가까이 있던 수연이 무릎걸음으로 다가가 핸드폰을 집어 들었다. "씨네로?" 그녀가 액정을 보며 중얼거렸다. 그 순간 경우는 달려가 그녀의 손에서 전화를 낚아챘다. 씨네로 박PD 사무실. 액정 위 글자를 확인하는 순간 목울대가 뜨거워졌다. "이경우 감독님 핸드폰이죠?" 주위를 환기시키는 낮고 굵은 저음, 처음 만났을 때의 전율이 그대로 전해졌다.

박PD는 두어 마디 의례적인 안부를 전한 뒤 용건을 전했다. 당장 세 달 내로 완성해야 하는 영화가 있는데 그의 스타일과 제법 잘 맞을 것 같아 연락을 했다고, 자세한 얘긴 만나서 나누고 싶다는 요지였다.

 통화가 끝난 뒤에도 경우는 얼떨떨한 마음에 전화기를 꼭 쥐고 있었다. 갑작스레 찾아온 행운인 만큼 또 홀연히 날아가 버릴 것만 같았다. "왜, 씨네로에서 작품 해?" 수연이 여전히 발에 시선을 고정한 채 물었다. 발톱 하나가 톡, 높은 포물선을 그리더니 그의 무릎 앞에 착지했다. 그 순간 경우는 온몸에 소름이 돋았다. 그녀가 갑자기 출현해 방 한구석에 웅크리고 있는 바퀴벌레처럼 느껴졌다. 서늘한 이물감, 나와는 소통할 수 없는 다른 종(種) 같았다.

 "계약서 꼭 써. 거기서 뒤통수 맞은 초짜 감독 몇 명 봤어." "초짜? 내가 초짜야?" "그래. 그건 아니지, 미안." 그녀는 그제야 고개를 들어 그를 보았다. 그는 더 대꾸할 마음이 들지 않았다. "D감독 알지? 재작년인가, 촬영 5회 남기고 잘렸잖아. T배우가 같이 작업 못 하겠다고 엎는 바람에. 자기도 알지? T가 성질 더러운 걸로 좀 유명하잖아. 아무튼 1년 넘게 매달렸는데 각색료만 500 먹고 떨어지라고 했대. 그래서 소송까지 갔지, 아마? 지금도 안 끝났을 거야. 걔네들이 그래. 겉으로 보기엔 달라 보여도, 그 동네가…… 자기, 어디 가?"

 경우는 조용히 웃옷을 집어 들고 문지방을 넘었다. 행선지를 묻는 그녀의 목소리가 꼭뒤에 와 닿았지만 무시했다.

 지가 뭘 안다고, 시작도 안 했는데 초를 쳐. 지가 씨네로 근처에나 가 봤어? 맨날 잘난 척은……. 그는 화를 삭이기 위해 최대한 큰 보폭으로 걸었다. 공원에 다다랐을 때, 그는 가장 아늑해 보이는 벤치를 골랐다. 성스러운 기분이 들 때까지 수십 번 호흡을 가다듬은 후에야 그는 전화기를 꺼냈다.

예인의 따뜻한 음성을 듣는 순간 마음 한편에 쌓였던 어두운 감정들이 휩쓸리듯 빠져나갔다. "그것 봐. 넌 잘될 거라고 내가 항상 말했잖아! 그때 같이 만났을 때도 느낌이 좋았어. 내 느낌은 한 번도 틀린 적이 없다니까! 지금 우리 같이 있으면 얼마나 좋을까." "어쩔 수 없지 뭐, 너무 늦었으니까." 경우는 내심 그녀가 전혀 늦은 시간이 아니라며 한 걸음에 달려와 주지 않을까 기대를 품었다. 그러나 그런 일은 없었다. 그녀는 그에게 좋은 꿈 꾸라며 마지막 인사를 남겼다. 그래, 유부녀에게 그런 걸 기대하는 건 부도덕한 일이지. 그는 이 기쁨을 더 나눌 사람이 없다는 것을 못내 아쉬워하며 집으로 돌아왔다.

수연은 돌아가고 없었다. 뒤늦게 미안한 마음에 맛있는 걸 해놓고 가진 않았을까 내심 기대하며 냉장고를 열었지만 특별한 건 없었다. 그녀가 덮고 있던 담요만이 구부정한 형체로 남아 방 한쪽 벽에 기대어 있었다.

미팅은 채 20분이 안 걸렸다. 경우가 소파에 앉기 무섭게 박 PD는 시나리오를 건네며 설명을 시작했다. "구면이니 바로 일 얘기로 들어가도 되겠죠? 얘기는 간단해요. 암 선고를 받은 20대 여자가 한 남자를 만나 사랑에 빠지는데, 그도 곧 암 진단을 받아 함께 투병생활을 하고 그 와중에 병원에서 만난, 역시 시한부

인생의 여자와 삼각관계에 빠지는 내용이에요. 상큼한 신파 멜로로 만들 생각입니다."

상큼한 신파 멜로라니, 언뜻 이해하기 어려웠다. 하지만 그는 '숲 속에 두 갈래 길이 있었고, 나는 사람이 적게 간 길을 택하였으며, 그리고 그것 때문에 모든 것이 달라졌다.'는 로버트 프로스트의 시를 떠올렸다.

"일단 읽어 봐요. 다음 주엔 작가랑 같이 미팅합시다. 같은 요일, 같은 시간 괜찮죠?"

당황스러울 정도의 급진전은 여배우 A 때문이었다. 얼마 전 종영된 드라마로 일약 스타가 된 그녀가 출연 의사를 밝혀 왔는데, 내년 봄 대형 사극이 걸려 있어 시간이 촉박하다고 했다. "너무 급하게 진행해서 미안해요. 대신 연출비는 최대한으로 책정해 볼게요."

그는 갑작스러운 행운이 불안했지만 예인은 행복한 고민은 접어 두라며 그를 안심시켰다. 그즈음 그는 자주 서점에 들러 희망과 용기를 주는 얇은 책들을 훑어보았다. 어떤 책들은 '성공할 수 있단 믿음을 추호도 의심 말라.' 했고 또 어떤 책들은 '불안한 감정을 있는 그대로 바라보라.'고 했으므로 그는 누구 말을 들어야 할지 다소 헷갈렸다. 그럴 때면 다시 예인에게 문자를 보내거나 보관함에 넣어 둔 그녀의 예전 문자를 꺼내 정독하기도 했다.

모든 일이 순조롭게 진행되자 그의 마음도 조금씩 편안해졌다. 계획대로 한 주 후엔 작가를 만났고, 또 며칠 후엔 촬영감독과 배우 미팅을 가졌다. 심지어 연출부와 제작부는 열흘 안에 모두 꾸려졌다.

15년간 영화판 어디에서도 본 적 없는 일사분란함이었다. 등기부등본 떼듯 순서에 따라 무리 없이 진행되는 모습에 그는 큰 감명을 받았다. "영화판 다 거기서 거기."라며 퉤, 침을 뱉던 씨니컬 한 지인들 몇몇이 생각나 연민이 들기도 했다.

보름 만에 놀러온 수연의 손에는 살아 있는 꽃게가 들려 있었다. 그녀는 들어서자마자 부엌으로 직행해 손질을 시작했다. "웬 거야?" 지난 번 다소 어색하게 헤어졌던 터라 제법 쌀쌀맞게 물었지만 수연은 여느 때와 다름없이 무심하게 대답했다. "맛있는 거 해 주려고." 소매를 걷어붙이고 서걱서걱 칼질을 시작하는 그녀를 보자 미운 감정이 조금은 누그러졌다. 며칠 과음 후 제대로 해장 한번 못 했던 탓에 얼큰한 국물 생각도 간절했다. 그는 문득 재미난 얘기가 생각났다는 듯 박수를 크게 한 번 치고 말을 꺼냈다.

"우리 그저께 회식했거든. 어디서 했게?" 그녀는 대답하지 않고, 마지막 사투를 벌이는 냄비 속 꽃게들만 바라봤다. "힌트! 신사동 일식집!" "몰라. 그냥 말해." 그녀의 말투에 짜증이 묻어났으나 경우는 개의치 않았다. "일미횟집, 알지? 차병원 사거리에 펜타곤 건물처럼 생긴 데 있는 거 말야. 거기 참치회 코스가 10만 원이 넘는데, 머릿수대로 시키더라니까. 제작부 연출부 다 합쳐서 서른 명이 넘었으니까. 가만 있자, 얼마야? 300만 원이 넘었네?"

그녀가 조용히 미나리를 썰고 양파를 다듬는 동안에도 경우는 끊임없이 조잘댔다. 사람들이 괜히 대기업 찾는 거 아니더라.

겪어 보니까 알겠어. 대형마트며 놀이공원이며 학교며…… 다른 데 같으면 섭외만 한 달이야. 너도 알지? 근데 팩스 하나 넣으니까 오케이야. A도 얼마나 공손한지 몰라. 걔 소문 너도 들었지? 어린 게 발랑 까져 가지고는 벌써부터 감독들 찜 쪄 먹는다고. 근데 씨네로라서 그런가, 시간 약속도 잘 지키고 또래 스태프한테도 아주 예의 있게 해. 아 참, 연출료는 최대한 많이 책정해 준다고 지금 회의 중이라는데, 얼마 정도 줄까? 정말이지 이런 환경이면 평생 막내만 해도 나쁘지 않겠어. 그렇지 않니? 동의하니? 굉장하지 않니? 멋지지 않니? Isn't it great?

수연이 갑작스레 예인이 누구냐고 물었다. "우연히 본 거야. 문자 소리가 요란해서." 그가 미간을 찌푸려 불쾌함을 표시했지만 그녀는 허리를 꼿꼿이 세우며 되물었다. "애인?" 그는 최대한 심드렁하게 친구라고 대꾸했고, 그녀는 의심스러운 듯 정말이냐고 물었다. "그래. 뭐가 더 있겠어? 결혼도 했어." 그녀는 어두워지는 그의 낯빛을 읽었지만, 그는 밝아진 그녀의 낯빛을 읽지 못했다.

"긍정의 화신이더라, 그 여자. 단어마다 희망이 퐁퐁 솟던데." "무슨 말이 하고 싶은 거야?" "남자들이란, 그저 칭찬해 주면……." "불이나 줄여. 물 넘친다."

서너 마디의 정적 후 먼저 입을 연 건 그녀였다. 그녀는 2주 전, 회사를 그만뒀다고 말했다. 경우가 놀라자 그녀는 어깨를 으쓱하며 전부터 얘기하지 않았느냐고 반문했다. 부연 설명을 원하는 그를 뒤로 하고 그녀는 찬장을 열어젖혔다. 마음에 꼭 드는 게 없는지 이것저것 꺼내보고 도로 넣길 반복했다. 마지못해 민무늬 대접 하나를 꺼낸 그녀는 꽃게탕을 옮기며 물었다. "와인 안주로 꽃게탕, 어떨까?"

*

 크랭크인이 보름 앞으로 다가오자 숙면하기 힘든 밤이 이어졌다. 하지만 불면 같은 게 걱정될 리 없었다. 경우는 '누구나 인생에서 세 번의 기회를 맞게 된다.'는 말을 생활신조 중 하나로 삼았다. 중학교 2학년, 전교생이 흠모하던 도덕 선생님이 들려준 말로 출처는 불분명했지만 그의 심장을 뛰게 하기엔 충분했다.
 "'누구나'라는 말에선 모든 인간이 평등하다는 인본주의를 읽을 수 있지? 그리고 3은 완벽한 숫자야. 불안정하게 느껴지기도 하지만 다리가 셋인 의자가 절대 흔들리지 않는 것처럼 말야."
 예인과 친구가 되었을 때 그는 첫 기회를 맞았다고 생각했다. 마지막 기회가 무엇이며 어떤 일로 다가올지 짐작하기 어려웠지만, 확실한 건 두 번째 기회가 지금 이 순간 그의 곁에 찰싹 붙어 있다는 것이었다.
 첫 촬영 로케이션을 위해 경우와 조연출, 촬영감독과 부원들은 서울 중심부에 위치한 테마파크를 찾았다. 홍보팀 직원을 따라 정문을 지나는 순간 그는 예상보다 훨씬 더 큰 두려움에 사로잡혔다. 인파 통제는 제대로 될까, 촬영 동선이 클 텐데 시간 내에 마칠 수 있을까, 지미집, 크레인 장비 활용은 가능할까······.

촬영지를 돌아보던 촬영감독 또한 자이로드롭 앞에 멈춰선 채 난감하다는 듯한 고개를 좌우로 흔들고 있었다.

"동선 나옵니까? 하이 앵글 되겠어요?"

"글쎄요, 해 봐야 알죠."

촬영감독은 심술을 부리거나 부러 기선 제압을 시도 않는 젠틀맨이었다. 한 번 촬영감독에게 밀리기 시작하면 끝까지 끌려다닐 가능성이 크다는 것을 경우는 잘 알고 있었다. 적어도 촬영감독과의 신경전은 염려 않아도 되겠단 생각이 들자 그의 마음은 한결 평안해졌다.

동선을 보며 콘티를 구상하던 중 수연에게서 전화가 걸려 왔다. 그녀는 저녁에 뭘 하느냐고 물었고, 그는 다소 거들먹거리며 당연히 현장에 있을 거라고 말했다. 무슨 일이냐고 묻자 그녀는 대뜸 가게 자리를 보러 간다고 말했다. "가게? 무슨 가게?" 그녀는 별일 아니라는 듯 와인 바를 차릴 거라고 말했다. 경우는 지난 번 그녀가 꽃게탕을 만들며 "와인에 치즈만 어울린다는 건 고정관념이야."라고 말했던 일을 기억해 냈다. "오래 안 걸려. 세 군데 찍어 놨으니까, 한 시간이면 될 거야." 경우는 갑자기 회사를 그만두고 와인 바를 차린다는 둥 한마디 예고도 없이 불쑥 거사를 치르는 그녀가 멀게만 느껴졌다. "왜 놀라? 전에 얘기했잖아." "얘기 안 했는데?" "꽃게탕 해 주면서 물어봤잖아. 잘 어울리냐구." "그게 그거랑 같아?" "뭐라고 한들, 귀 기울여 들었겠어?" 투정 섞인 그녀의 목소리가 그의 마음을 누그러뜨렸다. 그는 많이 늦을 텐데, 라면서 한 번 더 거드름을 피웠다.

수연은 경우를 태우자마자 네비게이션에 주소를 찍었다. 그녀가 찍어 둔 세 공간은 각각 장단점이 뚜렷했다. 한 곳은 공간적 개성은 없지만 입지가 좋았고, 또 한 곳은 천장이 높아 세련된 느낌을 줬으며, 마지막으로 본 곳은 넓은 홀과 작은 룸들이 방사형으로 놓여 있어 안정감을 주었다.

그는 두 번째 가게를 나서며 말했다. "상상력을 부르는 공간이네. 조명을 이용하면 밤엔 노천 분위기도 낼 수 있을 것 같아." "그런가?" 그녀는 가벼운 발놀림으로 자전거에 길을 터 주며 경우의 팔에 팔짱을 꼈다. "샴푸 바꿨어?" "아닌데?" 그녀가 가방을 추스르며 그에게 더 깊게 기대어 왔다. 오른 가슴이 그의 왼 팔꿈치를 뭉근하게 밀어냈다. 그의 심박이 빨라졌다. 생리할 때 됐나, 가슴이 커졌네. 그는 수연을 좀 더 당겨 안았고 그녀는 순순히 따라 주었다.

엉덩이에 기분 좋은 간질임이 느껴졌다. 뒷주머니에서 꺼낸 폰에 박PD 이름이 적혀 있었다. 통화 버튼을 누르고 여보세요, 를 끝까지 말하기도 전, 짐승 같은 고함이 들려왔다.

"이정철 사장, 부도내고 잠적했다는 데 사실이에요?"

뭐라고요? 수연이 무슨 일이냐는 듯 그를 빤히 바라봤다. 이정철 사장이 누군데요? 그가 되물었다.

*

예인의 전화는 일주일 내내 꺼져 있다가 딱 하루, 자정 넘어

두어 시간 신호가 갔다. 그 사이 수십 번 통화를 시도했지만 소용없었다. 담배 한 대를 태우고 온 사이 전화는 다시 꺼져 버렸다. 급기야 8일째 되던 날엔 지금 거신 번호가 없는 번호라고 했다. 집으로 찾아가 보았지만 누구의 지인이냐, 임금 체불에 대해 어떻게 생각하느냐는 취재진의 질문 공세에 오히려 도망 나와야 했다.

그녀와 연락할 방도가 없다는 사실은 그에게 커다란 공포감으로 다가왔다. 하지만 사점을 지난 마라토너처럼 어느 순간 그에겐 사명감이 생겨났다. 드디어 예정된 때가 온 것이며 이 시련은 그들의 사랑을 완성하기 위한 마지막 장애물이란 생각이 들기 시작했다. 마치 모든 일들이 지금을 위해 계획된 것처럼 느껴졌다. 지금의 시련은 그들의 사랑을 완성시킬 마지막 조각인 것만 같았다. 그리고 강력한 접착력으로 인해 조각들의 경계는 원래부터 없었던 듯 사라지고 영원히 완성된 그림으로만 남을 것 같았다.

그녀의 행방을 쫓기 위해 동기들에게 연락을 돌려 봤지만 그들의 대답은 하나같았다. 네가 모르는데 누가 알겠니. 예인이 찾으면 힘내라고 전해 주련. 그는 기억을 더듬어 그녀가 결혼 전 살던 집을 기억해 냈다. 명륜동 공원 부근 주택가라는 건 확실했지만 어느 집인지는 어렴풋했다. 그녀의 친정 부모님께서 아직 살고 계실지 몰랐다. 몇 십 군데에서 문전박대를 당한 후에야 그는 예인의 어머니와 친했다는 한 여자를 만날 수 있었다. 여자는 연신 고개를 갸웃거리며 핸드폰을 찬찬히 살핀 뒤 번호 하나를 알려 줬다.

  37-8번지라, 이쯤 되면 나와야 하는데. 그는 메모한 주소와 주택 현관을 연신 비교해 가며 부지런히 걸음을 옮겼다. "네가 경우니?" 서너 집 위 으리으리한 빌라 앞에 한 중년 여인이 서 있었다. 그녀를 보는 순간 다리 힘이 풀려 제대로 걸을 수가 없었다. 그녀를 만났으니 이제 안심이었다. 어머니! 그는 울 것 같은 표정으로 그녀를 끌어안으며 외쳤다. "예인이랑 많이 친했나 보구나. 이렇게 수소문해 찾아와 줄 정도니." 순간 그는 몹시 당황했다. "저 모르세요? 어머니, 저 이경우입니다." 그녀는 기억하지 못해 미안하다는 듯 그의 어깨를 토닥이며 말했다. "기억 못해 미안하네. 예인이가 원체 친구가 많잖니." 그의 표정이 일그러졌다. 그가 알기로 예인은 사교적인 사람이 아니었다. 게다가 그는 16년간 자타공인 예인의 가장 친한 친구였다. 더욱이 그녀의 어머니를 만날 일도 꽤 자주 있었고 그때마다 대화도 나눴었다. 경우는 그녀가 혹시 큰 충격을 받아 기억력에 이상이 생긴 건 아닌지 의심스러웠다. "영화감독 하는…… 아시죠?" 어머니는 아무 말 없이 그의 등을 토닥이며 그를 집 안으로 이끌었다.

  방 안으로 들어간 그녀는 한참 동안 나오지 않았다. 옥신각신 다투는 소리도 들렸다. 짐작건대 예인이 그를 만나지 않겠다고 하는 듯했고 어머니는 그녀를 설득하는 듯했다.

  왔니. 그녀는 얼굴만 빠끔히 내놓은 채 침대에 모로 누워 있었다. 그가 반가운 마음에 안으려 하자 그녀는 징그러운 것을 보앉을 때처럼 몸을 뒤로 빼냈다. 그는 서운했지만 잠자코 기다렸다. 어떻게 여기까지 왔니? 고생했어. 걱정 많았지? 같은 대사들이 연이어 나와 주기를. 하지만 그녀는 만사 귀찮다는 표정으로 눈만 끔뻑였다.

"너무 상심하지 마. 어떻게든 되겠지. 오히려 기회일 수 있지 않을까? 너도 그렇게 생각하지? 내가 힘들 때 너도 그렇게 위로해 주었잖아. 기억나지? 네 말대로 좌절하지 않고 기다리니까 내게도 또 기회가 왔어. 그러니까 너도 방법이 있을 거야." "무슨 방법 말이야?" 그녀가 힘겹게 눈꺼풀을 들어 올리며 물었다. "그러니까, 일단 돈이 필요한 거잖아. 뭐, 나 같은 무일푼은 잘 모르지만, 네 남편은 능력이 있고 원래도 돈이 많은 집안이잖아? 그러니 우선은······." "뉴스 안 봤니. 전부 넘어갔어." 그는 너무나도 차가운 그녀의 목소리에 아무 말도 할 수가 없었다. "아버님, 남편, 시아주버님 회사까지 전부."

그도 잘 알고 있었다. 언론에서는 며칠째 E건설사 및 자회사 연쇄 부도와 100억 대 임금 미지급에 대해 다루고 있었다. "전 재산을 내놓고도 안 돼. 남편은 구속될 거야." 그녀는 깊은 숨을 내쉬더니 이렇게 말했다. "완전히 끝난 거야."

그녀는 다시 눈을 감았고 그에게 등을 보이며 돌아누웠다. 그가 알던 예인은 그곳에 없었다. 고고한 자태, 인자한 눈빛, 완만하고 부드럽게 이어 가던 말투, 긍정의 어휘로만 만들던 그녀만의 문장. 그 모든 게 증발되고 남은 앙상한 육체는 낯설기만 했다.

"그만 가 줄래. 좀 자야겠다." 용기를 내 그녀의 어깨에 손을 올렸지만, 그녀는 슥 어깨를 돌려 밀어낼 뿐이었다.

시간 날 때마다 와 주지 않으련? 예인의 어머니가 눈물을 글썽이며 그를 배웅했다. 그는 얼빠진 표정으로 그러겠노라고 대답했다. 그녀는 끝내 '그래, 기억났어, 네가 경우구나.'라고 말하지 않았다. 경우 또한 기다리던 그 말을 듣지 못했다는 사실은 까맣게 잊어버렸다.

집을 나선 그는 몇 걸음 가지 못해 주저앉고 말았다. 그를 매몰차게 밀어내던 그녀의 손길, 완전히 끝난 거야, 라면서 힘없이 감아 버리던 눈, 갈라진 입술이 잔상으로 남아 시야를 흔들었다.

그는 절대적이고 압도적인 공포를 느꼈다. 세상의 질서가 뒤집히고, 그가 알던 모든 것들이 거짓으로 밝혀진 기분이었다. 그녀가 아니라면, 도대체 누구로부터 구원의 손길을 받을 수 있을까? 그녀가 아닌 다른 누군가에게서도 긍정과 희망을 들을 수 있을까? 지금부터의 세상은 그가 이제껏 인지했던 것과는 전혀 다른 방식이 될 거라는 직감이 엄습했다. 그는 그렇게 한참 동안 무릎을 옹송그린 채 밭은 숨을 내쉬었다.

제작은 중단됐다. 두 번째 촬영을 마친 후였다. 예인의 남편과도 얽힌 문제라는 걸 경우는 그제야 알게 됐다. 그의 주선으로 투자를 결정했던 회사들이 몇 있었는데, 그의 회사가 무너지며 투자자들에게도 상당한 손해가 간 모양이었다. 몇 십 억대 대금을 못 받게 된 투자자들이 영화에서 손을 뗀 건 당연한 수

순이었다.

"이 감독, 너무 상심하지 마. 새로운 투자자 구해지면 바로 재개할 거니까. 대기하고 있으라고."

별일 아니라는 듯 대범하게 말하는 박PD가 고마웠다. 이후 몇 주는 일이 없어도 사무실에 나가 함께 점심을 먹고 담배를 피우며 새로운 투자자에 대한 가능성을 논의했다. 하지만 3주 정도 지나자 이상한 낌새를 감지할 수 있었다. 평소 외부 약속이 없을 땐 으레 경우와 점심을 먹던 박PD가 어느 순간부터 샌드위치나 김밥을 사 와 혼자 먹기 시작했다. 다른 직원들도 다른 시나리오를 검토한다는 둥, 미팅이 잡혔다는 둥 다들 비슷한 핑계를 대 가며 그를 피하는 느낌이었다.

어느 날 늦은 점심을 먹고 사무실에 나가 보니 모르는 여자가 그의 자리에 앉아 담배를 피우고 있었다. "미안해, 새로 검토하는 시나리오 작가야. 잠깐 자리가 필요해서. 괜찮지?" 박PD는 그에게 곧 연락을 줄 테니 사무실엔 나오지 말고 좀 쉬라고 했다. 그는 양순하게 고개를 끄덕이고 집으로 돌아와 전화를 기다렸다. 지루한 하루가, 무료한 이틀이, 초조한 사흘이 지나도 박PD에게선 문자 하나 없었다. 오늘은 연락이 오겠지? 오늘이야말로 오겠지? 오늘도 안 오진 않겠지? 그는 하루하루가 속절없이 지나가도 매일 아침엔 희망을 품으며 일어났다.

열흘 정도 지나 먼저 전화를 걸었지만 회의 중이니 연락을 주겠다는 말밖에 듣지 못했다. 2주 후 다시 전화를 걸었을 땐 연결이 되지 않았다. 오전 오후 여러 번 걸었지만 소용없었다. 참다

못한 그가 영화사에 찾아갔을 때, 그는 이미 새로운 투자자를 구해, 촬영이 재개됐다는 충격적인 이야기를 들었다.

"정말 미안해. 새로운 투자자가 감독을 직접 고른다기에, 어쩔 수가 없었어. 진작 얘기했어야 하는데 정말이지 눈코 뜰 새 없이 바빴어. 이해하지? 한 번 굴러가기 시작하면 밤낮 없잖아. 이 감독, 너무 상심하지 말고 시나리오 써 둔 거 있으면 이메일로 좀 보내 봐. 괜찮은 아이템 있으면 디벨롭해 보자구."

급한 용무도, 소속감도 없어지자 시간은 두 배 속으로 흘러갔다. 불규칙한 생활 습관도 금세 익숙해졌다. 아무 때나 자고, 더 이상 누워 있기 힘들 때 일어났고, 종일 아무것도 먹지 않다가 다음 날 다섯 끼를 먹기도 했다. 대소변을 볼 때를 제외하면 거의 TV 앞에 있었다.

울적과 무기력을 오가던 어느 날, 그는 문득 중얼거렸다.

"여러 번 겪어 본 일이잖아? 뭐, 새로울 거 있겠어?"

그는 곧 알게 되었다. 달라진 게 있었다. 절망하고 무기력할 때마다 따라붙던 예인의 위로와 희망의 메시지가 이제는 없었다. 그 둘은 떨어질 수 없는, 함께 있어야만 성립이 가능한 인과 관계, 혹은 전후맥락 같은 거였다. 하지만 이제 그는 위로 받을 수 없었다. 위로는커녕, 그녀와 연락하는 것마저 쉽지 않았다. 임금을 받지 못한 노동자들, 미수 대금 때문에 연쇄 부도 위기에 놓인 하청업체 직원들이 친정집까지 찾아와 다른 곳으로 거처를 옮긴 상황이었다. 신문을 통해 그녀의 시아버지와 남편의 형제들은 해외로 도피했으며, 그녀의 남편만 수감된 채 재판을 앞두고 있다는 사실을 알게 됐다. 갖고 있는 건 그녀의 이메일 주소뿐이었으므로. 그는 매일 그녀에게 편지를 썼다. 수신확인을 통해 첩첩산중에 숨은 것은 아니란 것도 알게 됐다. 메일의 내용은 매일 비슷했다. 그녀의 안부를 묻고, 자신의 노곤한 일상을 토로하고, 그녀의 부재를 괴로워하는 내용으로 마무리됐다. 달라질 이유가 없었다. 그녀의 소식은 듣지 못했고, 그에겐 별다른 뉴스가 없었기 때문이다.

무기력한 날들이 익숙해질 즈음 매혹적인 여인이 찾아왔다. 담요를 뒤집어쓰고 하염없이 티비를 보고 있던 그는 문 열리는 소리에 화들짝 놀랐다. 미인은 무작정 들어와 커튼을 걷어 젖혔고 전화를 왜 안 받느냐고 다그쳤다.

수연은 못 본 새 시선을 사로잡는 여자가 돼 있었다. 통통하던 몸매는 군살 없이 날렵해졌고 피부는 갓 빚은 송편처럼 윤기가 흘렀다. 심플한 정장 스타일을 고수하던 예전과는 달리 착 붙는 실크 소재의 검은 원피스로 몸매를 더욱 풍만하게 드러내고 있었다.

수연은 자신에게서 시선을 떼지 못하는 경우를 향해 고양이처럼 유연하게 다가와 말했다. "결혼하자. 결혼해서 와인 바 같이 하자." 그는 영문을 알 수 없어 그녀의 다음 말을 기다렸다. "와인이라지만, 그래도 물장사야. 여자 혼자 힘들어." 그는 자기는 장사 같은 건 생각해 본 적 없노라며 쭈뼛거렸다. "잘될 거야. 일단 자기랑 내 인맥만 활용해도 영화계 단골은 꽤 모으겠지. 안 그래?"

"그렇지만, 나는……." 경우는 자신이 무슨 말을 하는지도 모른 채 말을 시작했다. "자기, 뭐?" "알잖아, 나는……." 그녀가 답답해하며 말을 재촉했다. 잠시 주저하던 그는 마침내 힘주어 말했다. "나는 꿈이 있잖아."

수연이 고개를 떨궜다. 우는 건가? 기다려 봤지만 미동이 없었다. 잠시 후 그녀는 어깨를 흔들기 시작했다. 가까이 다가갔을 때 그녀는 시뻘게 진 얼굴로 웃고 있었다. "왜 이래. 뭐가 웃겨?" 참다못한 그가 한 손으론 팔을, 또 한 손으론 얼굴을 꼭 쥐며 외쳤다. "그만해. 재미없어! 그만하래도!!" 그의 고함에 수연이 겨우 웃음기를 거두며 말했다. "너야말로 그만해. 모르겠어? 지금 자기한테 어떤 기회가 왔는지? 꿈같은 소리 집어치우고 거울이나 봐."

그녀는 옷가지와 가방을 들고 차분하게 일어났다. 현관에 선 그녀는 하이힐에 발을 넣으며 나지막이 말했다. "생각해 보고 전화해. 일주일 시간 줄게."

그는 몸에서 무언가가 쑤욱 빠져나가는 듯한 느낌을 받았다. 그는 화장실로 달려가 거울을 봤다. 검고 무성했던 머리는 온데간데없이 이마가 휑하니 드러나 있었다. 낯빛은 암 환자의 그것 같았고 입술은 푸르스름했다. 그는 스스로의 모습에 놀라 뒤로 물러섰다.

그날 경우는 새로운 내용으로 이메일을 쓸 수 있었다. '친구가 가게를 함께 해 보자고 하는데, 네 생각은 어떠니.'로 시작한 메일은 언제나처럼 '조만간 보자, 예인아.'로 마무리됐다. 그리고 바로 그날부터 그녀는 더 이상 이메일을 확인하지 않았다.

'올해는 맘씨 좋은 선녀가 복을 나눠 주는 형국이니, 어떤 일을 하더라도 만사형통이로다.'

경우는 무려 거금 만 원을 내고 인터넷 토정비결을 보았다. 하지만 컴퓨터를 끄는 순간 여전히 그의 옆에 웅크린 암담함과 마주해야 했다.

며칠이 지나도록 그는 결정할 수 없어 괴로웠다. 수연과 결혼해 함께하는 일상도 제법 괜찮을 것 같았다. 가족도, 뚜렷한 일터도 없이 온종일 홀로 지내는 일상은 힘겨웠다. 세상 밖으로 나가고 싶다는 생각도 절실했다. 그녀의 말마따나 이건 그의 인생에 주어진 마지막 기회일지 몰랐다. 하지만 그녀를 사랑하지 않는다는 게 문제였다. 그에게 사랑은 지상 최고의 가치였다. 그가 여태껏 사랑한 여자는 예인뿐이었다. 다른 여자를 사랑하고 싶은 마음도 있었으나 그건 그가 그녀를 예인만큼 사랑할 때만 가능하리라고 생각했다.

그는 베란다에 처박아 둔 박스를 꺼내 왔다. 그가 여태 만들었던 작품들을 모아 둔 것이었다. 그는 'Final' 표시가 붙은 것들만 솎아 한 줄로 세웠다. 아르바이트로 찍은 각종 돌, 회갑, 웨딩 영상부터 예인을 주인공으로 찍은 단편영화들, 처음 상업 영화 연출부로 들어가 참여한 작품부터 입봉작, 최근 극장에 걸린 개봉작까지 일렬로 세워 하나씩 틀기 시작했다.

그는 종일 누워 모든 테잎을 관람했다. 어떤 걸 볼 땐 영 부끄러워 숨고 싶었고 또 어떤 작품을 볼 땐 내가 찍은 게 아닌 듯 낯설기만 했다. 마침내 더 이상 틀 것이 없어졌을 때 갑작스런 두통이 시작됐다. 며칠 동안 움직이지 않고 누워 있었더니 몸을 일으키는 것도 쉽지 않았다. 간신히 감기약을 꺼내 먹었지만 어쩐지 더 추운 느낌이었다. 그는 몇 알을 더 삼킨 뒤 이불을 전부 꺼내 덮었다.

— 정말 딱 일주일 채우려는 거야?

어떻게 답문을 보내야 할지 망설이던 그는 잠시 핸드폰을 내려놓고 눈을 감았다.

"왜 내 문자 씹어?" 그녀가 입술을 앙 다물고 그를 노려보고 있었다. 변명하려 했지만 입이 열리질 않았다. 그는 손을 뻗어 그녀를 더듬었다. 왜 이렇게 얼굴이 얇아? 손가락에 힘을 싣자 그녀의 얼굴은 힘없이 우그러졌.

뭐야, 휴지잖아. 그는 흠칫 놀라 눈을 떴다. 한 손에 구겨진 크리넥스가 놓여 있었다. 그는 안도했다. 꿈이었구나. 그러나 핸드폰을 열어 보니 그 문자는 실제로 도착해 있었다. 그새 잠든 모양이네. 아, 어떡하지. 뭐라고 해야 할까…….

그는 한참을 미끄러져 내려갔다. 문득문득 섬광이 보일 뿐 주위는 온통 어두컴컴했다. 끝이 보이지 않는 긴 미끄럼틀을 탄 것 같았다. 어느 순간 그는 지상에 도달해 물컹한 무언가 위에 엎드려 있는 듯한 느낌을 받았다. 그는 손으로 찬찬히 더듬어 보다가 씨익 웃었다. 그가 삽입 후 조금씩 움직이자 두 다리가 그의 허리를 감싸 안았다.

문득 그는 이 여자의 정체가 궁금해졌다. 촉각 이외의 감각은 뚜렷하지 않았다. 그는 손을 뻗어 얼굴을 더듬었다. 둥그런 이마를 지나 날렵하게 뻗은 코, 적당히 두툼한 입술과 매끄러운 턱선에 손끝이 닿았을 때, 그는 울음을 터뜨리며 그녀 위에 스러지고 말았다. 예인이 인자한 미소를 지으며 그를 쓰다듬고 있었다.

잠시 후 그는 예인 대신 수연을 안고 있었다. 포도향을 머금은 수연이 그의 얼굴을 잡아끌어 키스했다. 등을 톡톡 두드리는 느낌에 돌아보니 예인이 있었다.

그는 어느새 풀밭에 누워 있었다. 오월의 정오 같은 햇볕이 따사롭게 내리쬐고 있었다. 그가 바로 누워 양팔을 펼치자 예인과 수연이 그의 겨드랑이를 하나씩 파고들어 왔다. 셋은 마치 한 사람처럼 사랑을 나눴다. 그는 오감의 완벽한 환희를 만끽하며 눈을 감았다.

보드랍던 손과 혀가 묵직하게 느껴진 건 한순간이었다. 눈을 떠보니 그를 압도하는 크기의 구렁이 두 마리가 그를 짓누르고 있었다. 한 놈은 목 주변을 휘감았고 또 한 놈은 다리를 감은 채 급소를 짓누르고 있었다. 비명을 지르려는 순간 목을 누르던 놈이 거대한 혀를 휘둘러 그의 뺨을 내리쳤다. 의식을 잃으며 Fade out.

난 누군가, 또 여긴 어딘가. 꿈속 몇 장면은 여전히 생생하게 떠올랐다. 압도적인 무게감 역시 그대로였다. 그는 겹겹이 싸인 이불더미를 겨우 헤치고 나와 가쁜 숨을 몰아쉬었다.

핸드폰 속에는 수십 통의 부재중 전화와 메시지 세 개가 도착해 있었다.

　—전화도 안 받네. 좋아. 자기가 선택했으니 후회 없길 바라. 사업 파트너와 결혼 상대로는 자기 대신 P를 택하기로 했어. 축하해 줘.

　—부고 박예인. 20일 고양시 일산병원 장례식장 10호실, 발인 22일.

　—서운하게 생각지는 마. 1순위는 자기였으니까. 개업하면 놀러 와.

*

　수중의 돈만으로 방을 얻기 위해서는 좀 더 북쪽으로 올라가야 했다. 그는 마을버스를 타고 한 정거장씩 거슬러 올라가며 부동산을 찾았고 결국 일곱 번째 정류장에서 100에 20짜리 괜찮은 옥탑방을 구할 수 있었다.

　단출한 짐을 몇 가지를 들고 집을 옮기던 날, 한동안 소식 없던 작가와 감독들이 약속이라도 한 듯 동시에 연락을 해 왔다.

　—작업 하나 같이하고 싶어서 연락했는데 안 받네요. 전화 주세요.

　—별일 없어? 예전에 묵혀 둔 각본 하나 디벨롭해 볼까 생각 중인데, 같이 안 할래?

　—전에 우리 얘기했던 작품 있잖아, Q영화사에서 판권 샀어. 전화 줘.

그는 무심한 표정으로 메시지를 모두 삭제했다. 마트에 들른 그는 두루마리 휴지 중 가장 저렴한 것을 하나 골랐다. 먹은 것 없이도 똥은 나오는구나. 그는 호주머니에 양손을 깊게 찔러 넣은 채 다시 오르막길을 걸었다.

*

정확히 764,800원이었다. 시급 5천 원×20시간×주 5일에서 제세공과금 4.4퍼센트를 제외한 금액이었다. 다시 계산해도 결과는 같았다. 처음으로 접한 시급의 세계에 그는 당혹감과 신비로움을 느꼈다. 격렬한 논쟁, 더 나은 결과를 위한 노력, 누군가에게 잘 보이기 위한 전략 중 아무것도 필요치 않았다. 그저 자리에 앉아 있으면 그만이었다. 대단한 칭찬이나 성취감은 없었지만 반대의 경우도 없었다. 무미건조한 만큼 단순명쾌한 세계였다.

그는 한 달 전부터 편의점 알바를 시작했다. 근무 시간은 자정부터 오전 9시까지, 대부분 카운터를 지켰지만 퇴근 전 30분가량은 재고를 파악해야 했다. 전표와 창고 수량을 맞추는 작업이었다. 다른 알바생들은 각종 핑계를 대며 미루는 일이었지만 그에겐 가장 기분 좋은 시간이었다. 1.5리터 오렌지 주스 마흔세 개, 빼빼로 네 박스, 말보로 라이트 100개……. 전표와 품목 수가 정확히 맞아떨어질 때면 그는 괜한 요의를 느끼곤 했다.

의미를 알 수 없는 날들이었다. 예인의 장례식에 다녀온 뒤에도 그는 그녀의 영원한 부재를 실감할 수 없었다. 내가 할 수 있는 것은 아무것도 없다. 이렇게 사느니 영원히 잠 들고 싶다. 아이를 부탁한다…….

유서는 짧았다. 그는 이해할 수 없었다. 그녀가 할 수 있는 것이 정말 아무것도 없었을까? 지성과 미모를 겸비한 그녀가 일할 수 있는 곳을 찾는 게 불가능했을까?

물론 감당하기 어려운 일들이 일어난 건 사실이다. 남편은 실형을 선고 받았고 재산은 압류됐다. 하지만 미리 사태를 파악하고 해외로 도주한 시아버지와 형님이 구속 전까지 몇 십 억을 빼돌려 놓았다는 소문도 들렸다. 이를 압류해 임금으로 지급하라는 노동자들의 시위가 연일 이어지는 것으로 보아 근거 없는 얘기는 아닌 듯했다.

장례식장에서도 그녀의 아름다운 용모는 화제에 올랐다. 장례식장의 담당 직원은 그녀의 영정 사진을 보며 믿을 수 없다는 듯 한숨을 내쉬었고, 구부정한 노인네들은 미인박명이란 말이 괜히 나온 게 아니라며 수군거렸다.

전처럼 고고하진 않더라도 살아남는다는 것, 그것만으로도 그녀의 가치는 충분히 빛나지 않았을까. 그녀가 살아남길 선택하지 않았다는 것이 대체 뭘 의미하는지 그는 알 수 없어 고통스러웠다.

그녀가 곧 삶의 지표였다는 것을 깨닫는 데는 오랜 시간이 걸리지 않았다. 그의 삶은 곧 혼돈 그 자체가 되었다. 처음에는 거창한 질문들이 그를 압도했다. 앞으로 어떻게 살아야 하는가,

나는 누구인가. 그러나 질문들은 점점 소소해졌다. 지금 낮인가 밤인가, 안인가 밖인가. 어느 시간과 장소에 위치해 있는지조차 인식할 수 없는 커다랗고 검은 혼란의 시간이 몇 달간 계속되던 어느 날, 그는 더 이상 현금 카드로 돈을 뺄 수 없다는 사실을 확인했다.

그가 첫 월급을 받은 후 얼마 지나지 않아 새로운 알바생이 들어왔다. 세화라는 이름의 그녀는 눈에 띄는 미모는 아니었으나 동그란 눈과 웃을 때 패는 보조개가 귀여운 인상을 줬다. 붙임성 좋은 그녀는 한눈에 봐도 나이 차가 꽤 나는 그를 스스럼없이 오빠라 불렀다.

"오빠는 몇 살이에요? 나이도 많은데 왜 여기서 일해요? 원래 다른 일 했어요? 무슨 일 했는데요?" 그 애는 난감한 질문을 불쑥 던지고도 천진한 표정을 지었다. 전에 교대하던 알바생과는 인사도 하는 둥 마는 둥이었고, 종일 듣는 말이라곤 "얼마예요."뿐이었다. 누군가와 정면으로 마주보며 말을 하는 게 낯설 정도였다.

"뭐, 이것저것······." 그는 어물쩍 넘어가기 위해 말끝을 흐렸으나 그녀는 포기하지 않고 더 가까이 다가왔다.

"오빠, 원래 뭐 했는데요? 고시생? 아니면, 장사했어요? PC방 같은 거?" "뭐가 그렇게 궁금한 게 많니." "그냥요. 잘생겨서?" 그녀는 두 눈을 반달처럼 구부리고 두 손으로 입을 가리며 수줍게 웃었고, 그 모습에 경우의 마음이 무장 해제됐다.

"너 〈애정만만세〉라는 영화 알아?" "김지우 나오는 거요?" "응. 그거 오빠가 만든 거야." 그녀는 못 알아듣겠다는 듯한 표정을 지었다. "만들다니요? 오빠 영화감독이에요? 아, 말도 안 돼! 대박, 대박!" 그녀는 바코드를 쥐고 겅중겅중 뛰었다. 귀여운 소녀 앞에서 우쭐해진 그는 최대한 엄숙하게 말했다. "조용히 해. 손님 있잖아." 그러자 그녀는 그가 시키는 대로 조용히 두 손을 모으고 가까이 다가와 물었다.

"그럼 다음 영화 찍으려고 쉬는 거예요?" "뭐…… 그런 셈이지." "아 대박, 나 완전 소름 끼쳤어요." 그가 의아해하자 그녀는 진지하게 말했다. "저는 배우 될 거거든요." 확장된 그녀의 동공 속에서 그는 한없이 작아만 보였다. "오빠, 깜짝 놀랐죠?" 그녀가 입을 귀엽게 오므리며 애교스럽게 물었다.

"근데 아무한테도 말하지 마세요. 우리 엄마 알면 죽어요. 어차피 볼 일도 없겠지만, 암튼 비밀이에요. 혜진이랑 오빠밖에 몰라요. 비밀 지켜 주는 거예요!"

그녀는 그의 손을 낚아채듯 쥐고 새끼손가락을 걸었다. "여기 알바도 연기 학원 다니려고 하는 거예요. 엄마는 도서관 가는 줄 알거든요. 방학인데도 아침마다 도서관 간다고 용돈도 올려 줬어요. 암튼요! 오빠 다음 영화에 나 써 주면 안 돼요? 네? 다음 영화는 뭐예요?"

이후 세화는 출근 시간보다 한 시간씩 일찍 도착해 경우를 따라다니며 온갖 이야기를 떠들어 댔다. 박모 여배우 알아요? 진짜 글케 이뻐요? 최모 배우 알아요? 걔 영화제마다 엄청 파인 거 입잖아요. 왜 그래요? 가슴 수술한 거 다 티 나는데.

시시콜콜한 신변잡기 외에 제법 진지한 이야기도 했다. 저는 브리짓 바르도 존경해요. 저도 강아지 키우거든요. 애견잡지에서 인터뷰 봤어요. 그 여자처럼 배우도 되고 동물 애호가도 될 거예요. 물론 한국 사람들 개고기 먹는다고 뭐라고 한 건 좀 이상했어요. 오빠는 그 여자 알죠? 영화감독이니까. 제 친구들은 아무도 몰라요. 얼굴 보여 줬더니 이상하대요.

그런데, 오빠 솔직히 저 어떤 것 같아요? 얼굴은 좀 괜찮지 않아요? 눈이랑 코는 어차피 할 거니까. 키랑 몸매가 문제예요. 가슴도 하면 되긴 하는데. 좀 무서워요. 아, 다이어트도 해야 되는데 너무 힘들어. 크리스피 도너츠 완전 좋아해서 큰일이에요. 근데요, 저 연기는 좀 하는 것 같아요. 아, 학원 선생님이 그랬어요. 제가 뭐랄까, 약간 느낌이 있대요. 근데 그건 아무한테나 있진 않대요. 어쩌면 외모보다 더 어려운 거래요. 그리고 혜진이도 제가 진짜 유명해질 거래요. 걔는 내가 진짜 예쁘대요. 신세경보다도 예쁘대요. 푸하하. 웃기죠, 완전? 나도 그건 좀 웃겨요. 근데 걔 되게 똑똑한 애예요. 지난번 모의고사에서 연대 경영학과 점수 나왔어요. 그런 애가 하는 말이니까, 믿어도 되지 않을까요? 오빠는 어떻게 생각해요? 제가 어떤 것 같아요? 가능성이 있어 보여요?

주말 저녁 2호선 순환열차는 학창 시절 조례를 연상시켰다.

앞뒤 좌우 어디에나 새카만 머리들이 떠다녔다. 그는 실로 오랜만에 대중교통을 이용한다는 사실을 깨달았다. 손잡이를 잡지 않아도 흔들리지 않을 만한 만원 지하철은 더더욱 오랜만이었다. 가까이 붙어 선 이들에게서 불쾌한 숨소리와 습기가 전해졌다. 경우는 벽에 붙은 지하철 노선표로 시선을 돌렸다. 아직도 목적지까진 열 정거장 이상 남아 있었다. 에어컨 튼 거야, 만 거야? 에이 씨발, 그는 쓸데없이 욕설을 내뱉는 남자를 피해 겨우 다음 칸으로 이동했다.

인파를 헤치고 지상으로 올라온 뒤 카드 속 약도를 확인했다. 'Deep breath 개업식 & 이수연 웨딩 파티', 합정역 6번 출구 옆 자전거 가게에서 좌회전해 직진.

자전거 가게를 돌자 화려한 조명을 밝힌 카페들이 2차선 도로를 따라 우아하게 늘어서 있었다. La dolce vita, Astro, Luminous, Let me in…… 하나같이 필기체로 그려진 영어 간판을 읽으며 경우는 천천히 걸었다. 이 카페엔 녹색 자전거를 세워 놓았군, 여긴 화분이 많네, 조화인가? 오른쪽 카페와 왼쪽 카페는 주인이 같은가? 하나는 Jules, 하나는 Jim이고 인테리어도 비슷하네. 음, 그런데 나 여기 와 본 것 같아. 상당히 눈에 익는데. 언제 와 봤더라?

5분 정도 걷다 오른편에 걸린 현수막을 발견했다. '이수연& 백성일 Wedding Party' 백성일. 그는 소리 내어 이름을 읽었다. 그녀가 언급했던 다섯 명의 남자친구 중 한 명이었을까? 나와 같은 후보군이었을까? 아니면 새롭게 만난 남자일까?

온통 검은색으로 꾸민 단층 건물이었는데, 알록달록한 주변 카페들과 대조돼 오히려 도드라져 보였다. 단순한 정육면체 모양의 외관에 마름모꼴 간판을 달아 도도하고 차가운 느낌을 주었다. 내부도 온통 검정 일색이었지만, 높은 천장에 매달린 샹들리에가 요란하게 빛을 반사해 이국적이면서도 에로틱한 분위기를 자아냈다.

"방명록 써 주시겠습니까?"

카페 입구에 앉은 남자가 경우를 멈춰 세웠다. 경우는 남자가 시키는 대로 방명록에 그의 이름을 적었다. 그러자 남자는 옆에 놓인 상자를 눈짓으로 가리켰다. 뒤를 보니, 한껏 멋을 낸 커플이 지갑을 열어 돈을 세고 있었다. 축의금을 내라는 우회적인 표현이라는 걸 그는 그제야 알았다. 그는 지갑을 열었다. 3천 원이 전부였다. "전…… 선물을 했어요." 남자는 미안했는지 손을 공손히 모아 안으로 들어가란 표시를 했다.

웅성거리는 곳을 따라가 보니 살구색 드레스에 붉은 부케를 든 수연이 사람들에 둘러싸여 있었다. 모두가 그녀의 아름다움을 칭송하고 있을 때 멀리서 땅딸막한 남자가 다가와 그녀의 어깨를 감싸 안았다. 남자의 외모를 본 하객들의 얼굴에 실망의 기색이 스쳤다. 경우는 자신이 그 자리에 있다면 훨씬 더 보기 좋은 그림이었을 거라는 생각을 했다.

한참 만에 그를 발견한 수연이 다가와 그의 손을 잡았다. 그는 더듬더듬 축하의 인사를 건넸다. 땅딸보는 연신 그녀를 감싸

안은 채 웃고 있었다. 수연은 온화하게 웃으며 "다 자기 덕분이지."라고 말했다. 내 덕분이라고? 왜? 그는 속으로 중얼거렸다.

"자기는 어떻게 지내? 영화 새로 들어가?"

그는 말문이 막혔다. 이렇게 근사한 공간을 꾸미고 결혼을 하는 그녀였다. 더군다나 그 모든 것을 그에게 제안했던 그녀에게 '편의점에서 알바 중'이라고 말한다면 어떤 반응을 보일까. 이 모든 것을 놓쳤지만 여전히 난 쾌활하다는 걸 보여 줄 수 있게 재치 있는 말을 해야 하는 걸까? 그냥 바쁘다고 대충 둘러 대면 되는 걸까? 혹, 아니면······.

문득 그녀가 그의 어깨에 손을 올리며 말했다.

"괜찮아. 잘되겠지, 뭐. 마음 편히 가져."

그녀는 레이스 장갑을 낀 우아한 손가락으로 그의 어깨를 톡톡, 가볍게 쳤다. 그는 당황해 한 걸음 물러나다 뒷사람을 밀치고 말았다. "미··· 미안합니다." "경우씨, 괜찮아? 왜 그래?"

수연이 그를 부축하며 말했다. 그는 혼란스러웠다. 그가 알던 수연은 이토록 부드러운 말투로 말하고 인자한 표정을 지을 수 있는 사람이 아니었다.

곧이어 수연은 다른 손님을 맞으러 자리를 떴다. 혼자 남겨진 그는 묘한 기분에 휩싸였다. 그 기분은 분명 그가 아는 종류의 것이었는데, 그것을 무어라 부르는지 잘 기억이 나지 않았다. 그리고 그 감정의 상태는 항상 묘한 기분과 함께 그 이름이 생각나지 않는다는 것, 그럼으로써 답답한 마음이 점점 증폭돼 나중에는 감정의 선후관계조차 헷갈리는 특징이 있다는 것도 상기했다.

잠시 후, 그는 카페에서 나와 담배 두 개비를 연이어 피웠다. 꽁초를 짓눌러 불씨를 꺼뜨렸을 때 그의 머리에 섬광이 지나갔다. 그 기분의 이름을 알아낸 것이다.

"기시감!" 그는 허공에 대고 외쳤다. "맞아, 기시감이야, 기시감!"

그는 저도 모르게 자꾸만 웃었다. 그만 멈추려고 생각해도 그럴 수가 없었다. 그는 담배 한 대를 더 꺼내 입에 물었다. 멀리 걸어오던 행인 한 명이 그를 발견하곤 옷깃을 여민 채 방향을 틀었다.

*

똑같군, 똑같아.

그는 편의점 테이블에서 컵라면을 먹고 있는 세화와 혜진의 뒷모습을 보며 중얼거렸다. 또래 평균보다 약간 작고 마른 체구, 높이 올려 동그랗게 묶은 머리, 몸매가 최대한 드러나게 줄여 입은 조끼, 무릎에서 두 뼘가량 올라오는 교복 치마 그리고 흰색 N브랜드 운동화까지 둘은 데칼코마니 혹은 하나를 둘로 늘여 놓은 착시 거울 같았다.

퇴근 시간까지는 30분이 남아 있었으나 세화가 왔으니 일찍 들어가야겠다고 생각했다. 며칠째 불면증에 시달려 체력이 바닥난 듯했다. 온몸이 진득한 액체처럼 늘어졌고 명치끝이 죄여 왔다.

옥신각신하는 세화와 혜진의 목소리가 들린 건 그가 주변을 주섬주섬 정리하며 일어서려던 때였다. 둘은 문득 생각난 듯 카운터에 앉은 경우에게 쪼르르 달려왔다.

"오빠, 저 물어볼 게 있어요. 솔직하게 대답해 주세요, 네?"

세화가 몸을 배배 꼬며 코맹맹이 소리를 냈다.

"뭔데?"

"저 성형 어디 해야 될 것 같아요? 진짜로, 진짜, 진짜 솔직하게요."

그럴 필요 없다고 말하려던 순간, 그는 그녀의 앳되고 순진한 눈망울을 똑바로 보고 말았다. 그녀의 영혼이 흔들리고 있었다. 그는 가방을 정리하던 손놀림을 멈췄다. 그녀는 진심으로 묻고 있었다. 당장은 괴로울지라도 진실을 알고 싶다는 눈빛이 간곡했다. 사람이 인생에서 그러한 마음가짐을 갖는 순간은 그리 많지 않다는 것을 그는 알고 있었다. 그는 겁이 났다. 그의 말이 한 소녀의 미래를 바꿀 수도 있다는 생각이 들었던 것이다.

"솔직히 말해도 되니?" "네!" "너는……."

네 개의 눈동자가 빨려 들어갈 듯 그의 입술에 시선을 모으고 있었다.

"성형해도 안 될 것 같아. 너무 평범해."

네 개의 동공이 한꺼번에 멈춰 섰다. 모두들 숨만 쉴 뿐 아무 소리도 내지 않고 있었다.

"와, 이 오빠 완전 대박 웃겨. 너무 웃겨서 눈물 나."

문득 혜진이 침묵을 깨고 과장되게 웃기 시작했다. 세화는 머리와 두 팔을 축 늘어뜨린 채 서 있었다. 경우는 마음의 준비를 했다. 부모보다 친구가 중요한 열일곱이었다. 가장 친한 친구의 마음을 아프게 한 대가로 이제 그는 응징을 당할 것이었다.

예상은 빗나갔다. 그녀는 그를 비난하지도, 반박하지도 않았다. 그저 세화의 어깨에 팔을 두른 뒤 문을 밀고 나가며 괄괄하게 말할 뿐이었다. "너는 하나도 안 고쳐도 돼. 지금도 대박 예뻐. 너는 지금도 완전 슈퍼스타야. 걱정하지 마." "정말 그럴까?" "당근이지. 너 근데 프로필 사진 언제 찍는댔지?" "아직 모르겠어. 생각보다 너무 비싸." "얼만데? 내가 빌려 줄까?"

세화의 얼굴에 옅은 미소가 다시 자라나는 것을 경우는 놓치지 않았다. 마침내 그들은 문밖으로 사라졌고, 더 이상 아무 말도 들을 수 없었다.

그는 또 한 번의 기시감을 느꼈다. 갑자기 그의 온몸이 부들부들 떨리기 시작했다. 분노는 혜진을 향했다. 니깟 년이 뭘 안다고 나불대는 거야. 그 애는 안 돼. 누가 봐도 나오는 답이잖아? 넌 공부를 잘한다고 했지. 그러니 기분이 좋은 거야. 그러니 다른 사람한테도 기분 좋은 말을 해 주는 거라고. 그렇다고 아무 말이나 지껄이면 된다고 생각해? 나쁜 년...... 속으로 중얼거리던 욕은 어느 순간 입 밖으로 흘러나왔다. 그는 그녀의 배에 올라타 얼굴을 마구 때려 주는 상상을 했다. 혜진이 살려 달라며 소리를 질렀다. 그래도 분은 풀리지 않았다. 어느 순간 그의 주먹은 세화의 얼굴을 짓이기고 있었다. 혜진과 달리 그녀는 저항

조차 하지 못했다. 그의 분노가 치솟았다. 그는 다리에 힘을 주어 그녀를 꼼짝 못하게 만든 다음 목을 졸랐다. 니 인생이야, 상황 파악 똑바로 하라구, 병신 같은 년…….

얼마 후 세화와 혜진은 서로의 팔에 매달린 채 콧노래를 부르며 편의점으로 돌아왔다. 그리고 예상치 못한 장면을 보았다. 경우가 양손을 바스러질 듯 쥐고는 알아듣기 힘든 혼잣말을 지껄이고 있었다. 이를 갈기도 했고, 욕설을 내뱉기도 했다. 그녀들은 영문을 알 수 없어 서로를 쳐다봤다.

마침내 그가 그 모든 행동을 멈추더니 카운터에서 달려 나왔다. 그는 거칠게 문을 밀고 나와 거리를 질주하기 시작했다.

*

호흡과 맥박은 가라앉을 줄 몰랐다. 손은 어디로든 휘두르고 싶었고 발로는 무엇이든 짓이기고 싶었다. 그는 빠르게 부딪히는 윗니와 아랫니를 멈출 수 없었다.

그는 한 시간째 예인의 무덤 앞에 서 있었다. 그는 살의를 느끼는 한편, 죽은 사람에게도 살의를 느낄 수 있다는 데 신기함을 느꼈다.

작가노트

다다다다 자판을

다다다다 자판을 열심히 두드리기만 하면 화창한 문학의 레드카펫이 펼쳐질 줄 알았다. 풍운의 꿈을 안고 각종 신춘문예와 문예지 공모에 도전했지만 주르르 낙방이었다. 무슨 자신감이었는지 20대 끝자락에 와서야 처음으로 재능에 대해 자문했다. 그렇게 스스로에게 질문하며 써 간 소설이 〈어떤 기시감〉인데, 이것으로 내 생애 첫 문학상을 받았다. 재능에 대한 자문으로 쓴 글이 그에 대한 인정으로 이어지니 기분이 묘했다. 10대와 20대를 통과하는 나의 마음에는 언제나 분노가 들끓고 있었다. 30대 중반을 넘어가는 지금, 다시금 그때의 내가 써 내려간 작품을 돌아보니 다른 이가 쓴 듯 낯설고 보듬어 주고 싶을 만큼 안쓰럽다. 그 시기를 함께 거쳐 간 〈어떤 기시감〉이 이제 많은 독자들과 만나게 되다니 정말이지 감회가 새롭고 가슴이 두근거린다. 잊고 있던 문학에 대한 짝사랑을 새삼 일깨워 주신 월간토마토 편집부에 감사의 말씀드린다.

인터뷰

소설, 해야 하고 하고 싶은 일

　모두 놀랐다. 당연히 남자일 거로 생각하고 확신했던 〈어떤 기시감〉을 쓴 이는 여자였다. 그것도 긴 생머리와 하얀 피부로 여성스러움이 물씬 묻어나는. 제4회 월간토마토문학상 수상자 김민지 씨를 만났다.

축하합니다. 혹시나 수상을 예상했는지요?
　아니요. 근데 혹시나 하는 마음에 '전화 와라. 와라.' 했어요. 번호를 외우고 있었거든요(웃음). 근데 발표가 한 달 늦춰져서 똥줄 탔어요. 계속 기다렸어요. 가작이라도 전화가 왔으면 좋겠다 하고요.

월간토마토문학상은 어떻게 알게 되셨나요?
　남편이랑 결혼하면서 대전에 왔는데, 처음 어디선가 보고 알게 됐어요. 대전에 산 지는 2년 됐어요.

그럼 글은 예전부터 쓰셨던 거예요?
글 쓴 지는 7~8년 됐어요. 예전에 잡지사에서 기자로도 일했고요. 소설에 쓸 아이디어는 많은데 근성 가지고 쓰는 게 어려워요. 그래도 이야기 만드는 걸 계속하고 싶어요.

〈어떤 기시감〉을 보면 배경도 그렇고, 주인공 직업도 영화감독으로 나오는데요. 영화에 관심이 많으신가요?
원래는 시나리오를 쓰려고 했었어요. 시나리오 창작 수업을 들으려고 했는데……. 수강료가 비싸서 소설 창작 수업을 들었어요. 근데 소설이 시나리오보다 더 나은 거 같아요. 시나리오는 그것으로 끝이 아닌데 소설은 마지막이잖아요. 그런 책임감이 좋았어요.

그래서 그렇게 영화판 이야기가 사실적으로 그려졌나 봐요(웃음).
영화제에도 있었고, 그쪽을 좀 기웃기웃했어요. 영화에 관심이 있어서 친구들하고 만들어 보기도 했어요. 근데 영화는 사람도 많고, 복잡하잖아요. 촬영 나가서 조명도 설치하고요. 그런 과정이 저랑 안 맞았어요. 에너지가 막 넘치는 타입이 아니라서 뭘 하면 좀 쉬고 그래야 해요.

남자주인공이다 보니 다들 남자가 썼을 거로 생각했는데요. 남자를 주인공으로 한 이유가 있나요?

  의식하지 못했는데 소설을 계속 남자 주인공으로 써요. 딸만 셋인 집에서 자라서인지 남자가 여자를 동경하는 것처럼 그런 것 같아요. 연애할 때도 '남자는 이렇구나.'라고 문득 놀랄 때가 많았어요. 신기하고 궁금해서 쓰는 것 같아요. 혹시 〈낮술〉이라는 영화 아세요? 제 주위에 남자들이 그 영화를 좋아하는데요. 그걸 보면 '남자는 욕망이 강하다.'라는 게 느껴져요. 여자보다 남자가 일상적으로 더 갈등하고, 욕망하는 것 같아요. 그래서 여자주인공보다는 남자주인공이 재밌어요.

캐릭터 설정은 어떻게 하셨어요? 개인적으로는 '수연'이가 인상 깊었어요.
  쓰면서 생각했어요. 그동안 작품 쓰다가 반쯤 쓰면 접고 이런 게 많았는데 놀라웠던 게 이번 작품은 생각이 그렇게 흘렀어요. '수연'은 개인적으로 저랑 많이 닮았어요. 입에 발린 말은 안 하고, 독설하는 편이죠. 저도 친한 사이에는 솔직하게 말해요. '너 이렇게 하면 잘할 텐데.' 하고.

근데 독설이랄까, 솔직한 걸 좋아하는 사람은 별로 없잖아요. 경우(남자 주인공)도 수연이보다는 예인이를 좋아했고요. 물론 끝에 가서는 죽은 예인이를 다시 죽이고 싶을 만큼 미워하지만요.
  경우는 헛된 긍정, 헛된 희망 속에 있었어요. 진짜 자신을 위한 건 수연이라는 걸 몰랐죠. 그렇게 공중에 떠다니는 말을 믿다가 예인이가 죽으면서 정신이 든 거죠. 내가 한 번도 주체적으로 생각한 것이 아니라 달콤한 것만 주워 먹고 살았구나 하는. 〈어떤 기시감〉을 재능에 관한 이야기라고 생각하는데 꼭 그런 건 아니에요. 휘둘리지 말고, 생각하고 살자는 거예요. 사회가 못 하게 하지만 스스로 생각할 시간이 있어야 해요. 내가 결정하고 생각해서 하루하루를 보내야 해요. 한 친구가 〈어떤 기시감〉을 보고 기분이 안 좋았다고 했어요. 희망찬 내용이 아니니깐요. 근데 전 그게 마음에 들었어요. 뭔가 마음에 파문이 드는 느낌이 었을 테니깐요.

지금 쓰고 있거나 앞으로 쓰고 싶은 소설 있으세요?
　소설 《파이이야기》처럼 이야기 원형이 간단하지만, 이야기 자체만으로도 결도 많고 흥미로운 걸 쓰고 싶어요. 지금은 고양이를 키우는 남자가 갈등하는 소설을 쓰고 있는데, 완성될지는 모르겠어요(웃음).

어떻게 월간토마토문학상이 계속 글 쓰는 데 힘을 좀 드렸나요?
　그럼요. 공인된 상은 처음이라……. 지금까지 얼떨떨해요. 묘한 게 17살 때부터 막 썼거든요. '민지가 누구를 만났다.' 이렇게요. 근데 공모전에 10~15번 내다가 안 돼서 너무 매달리지 않고 취직도 해 보고, '그게 아니면 내 인생이 끝이다.'라고 생각 안 하니깐 받았어요. 묘해요. 20대 받았다면 어떨지 몰라도 지금은 그저 해야 할 일, 하고 싶은 일이에요.

마지막으로, 예비 월간토마토문학상 수상자에게 해 주고 싶은 말 부탁합니다.

제가 이런 말을 해도 될지 모르겠지만요(웃음). 직장 다닐 때는 그만두고 글만 쓰면 단행본 몇 권은 쓰겠다 했는데요. 아니더라고요. 대전 와서 소설만 썼는데 시간이 있다고 해서 되는 거 같진 않아요. 시간도 중요하지만 여러 경험을 해 봐야 할 거 같아요. 사람들 속에서 싸우기도 하고, 고민도 하고, 좌절도 하면서요. 글 쓰면서 그런 생각을 했어요. 하루에 글 네 줄 쓰고 TV에서 아프리카 어린이가 기아로 죽어 가는 걸 보면서 내가 왠지 쓰레기 같고, 하루 노동력을 허비했구나 하는. 근데 글 쓰는 게 안 쓸 때보다 생활이 활기차고, 술을 덜 먹고, 밤거리를 덜 배회하게 된다면 쓰는 게 좋아요.

(2013년 2월)

검은빛의 도시

신유진

작가노트 · 어느 쓸쓸한 날의 위안
인터뷰 · 검은빛의 도시에서 보내온 편지

⋰

신유진

1982년 전주에서 태어났다. 동덕여대 문예창작과를 중퇴하고 프랑스 유학을 떠나 파리 8대학 공연예술학과 학사와 연극학과 석사를 졸업했다. 2009년 《문장21》 단편소설 부문 신인작가상을 수상했다.
현재 번역가로 일하고 있고 틈틈이 극단 활동도 하고 있으며 뭐가 될지 모르겠지만, 어쨌든 단편소설이나, 짧은 글들을 계속 써 나가고 있다.

검은빛의 도시

 고딕양식 대성당의 그림자가 잿더미 같은 광장에 누웠다. 시커먼 돌담, 어두침침하고 좁은 골목, 그곳에서 흐느적거리는 가느다란 생명들. 사람들은 이곳을 검은빛의 도시라고 불렀다.

 빵집은 그 광장이 시작되는 작은 골목에 있었다. 매일 아침 6시, 나는 그곳으로 출근한다. 한참을 걷다 보면 풀이 함부로 자라난 공장이 나왔고, 찬 새벽 공기를 마시며 공장의 담벼락에 적힌 서투른 욕설과 외설적인 사랑의 글들을 더듬더듬 읽어 내려간다. 어젯밤 공장 마당에 머물렀던 이들의 식어 버린 체온이 목덜미를 서늘하게 덮친다.
 거기, 그들이 있었다. 달빛을 등지고 보드카에 콜라를 섞어 마시고 배낭 안에 숨겨 놓은 마약을 하나씩 꺼내면서 이 밤을 지킨 검은 히피들. 그들은 기타를 들고 아침이 올 때까지 노래를 한다. '우리는 세계를 향해 걷는다.' 그런 가사가 반복되었던가. 그들이 묻는다. 너는 어디를 향해 걸어가는가? 나는 입을 다물었다. 그들은 제자리에서 세계를 향해 걷는다.

6시 10분 전, 사장이 나오기 전에 빵집의 문을 열고 청소를 한다. 제빵사, 자크는 첫 번째 빵을 굽는다. 밤 동안 식어 버린 화덕을 달구면 빵집에 서서히 온기가 돌기 시작했다. 자크가 굽는 빵 냄새는 주방에서부터 거리까지 퍼져 나가 이 도시의 구석구석을 깨운다. 그리고 어느 누군가에게는 돌아가신 엄마를, 떠나 버린 아내를, 달아나 버린 어린 시절의 향수를 불러일으키다가 도시의 첫 소음 속으로 사라져 버리는 것이다.

아침 태양이 입을 벌려 단내를 풍기면 비둘기 떼들이 모인다. 청소차가 한바탕 휩쓸고 지나가기 전에 쓰레기통을 뒤지며 먹을 만한 것들을 찾아내겠지. 도시의 비둘기들은 점점 이상한 모습으로 변해 가고 있다. 뚱뚱한 닭이 되어서 날지 못하고, 땅만 바라보며 햄버거 부스러기, 감자튀김, 과자 등을 쪼아 댄다. 이제 아무도 먹이를 던져 주지 않는 이곳에서, 비둘기들은 스스로 생존하며 괴물이 되어 간다. 기름이 잔뜩 낀 내장을 품고, 철새들이 무리를 지어 마지막 비행을 하고 떠날 때, 비둘기들은 무거운 배를 땅에 붙이고 울었다. 구구구, 아직 우는 법을 잊지 않은 것이다. 첫 번째 전차가 승객들을 토해 내면 자크가 있는 주방의 문이 닫힌다. 열기로 뿌옇게 덮인 그곳에서 자크는 머리에서 발끝까지 흠뻑 땀에 젖은 채로 문밖을 향해 소리친다.

"이곳은 너무 더워."

어느덧 가을을 향해 가고 있다. 나는 파리의 가을을 사랑했다. 들뜬 여름의 기운이 다시 가라앉으면 텅 빈 박물관은 또 한 번 나이를 먹는다. 공원 곳곳에, 지중해 해변에서 묻혀 온 모래 발자국 위로 낙엽이 쌓였다. 아이들이 떠난 놀이터에서 노인들은 여위어 가고, 공동묘지에는 기억에서 사라진 시를 읊조리는 영혼들이 떠돌아다닌다. 여름 내내 우리는 파리에서 자랐고, 가을의 문턱에서 헤어졌다. 파리는 우리들의 만남과 이별을 지켜보았다. 곳곳에 뿌려 놓은 정액 묻은 휴지와 콘돔으로 몸살을 앓던 파리는 이제 이별 후, 홀로 남은 그들에게 고독의 시를 들려준다.

그가 말했다. 찬란한 센 강에는 부패한 시체들이 흐르고 있다고. 썩은 살을 먹고 자란 물고기들은 이름을 알 수 없게 변했고, 이제 아무도 센 강에서 헤엄치지 않는다고.

그와 나는 작은 반지하에서 함께 살았는데, 낮에는 아르바이트를, 밤에는 센 강에서 기타를 치며 여름을 보냈다. 이마에 끈적거리는 공기가 달라붙어 떨어지지 않았던, 참으로 긴 여름이었다. 다시는 찬바람을 맞을 수 없을 것만 같았다. 어느 날 그는 집주인에게 준 보증금과 불법으로 아르바이트를 해서 모아 놓은 세 달 치 집세를 들고 사라졌다. 텅 빈 집 안에서 아무리 생각해 보아도 그의 진짜 이름도, 한국 주소도, 전화번호도 아무것도 아는 것이 없었다. 그건 그저 유령 같은 시간들이었던 것이다. 그리고 그가 사라진 집에서 매일 밤, 악몽을 꾸었다. 시체들과 함께 물속으로 가라앉는 꿈.

반지하에 물이 새기 시작한다. 침묵 속에 규칙적인 리듬을 타고 떨어지는 소리, 똑똑똑. 감정이 배제된 시간이 흐르는 소리, 똑똑똑. 내 안의 무엇인가 천천히 빠져나가는 소리, 똑똑똑. 그렇게 악몽에서 깨어나면 파리를 떠나야 한다는 생각이 간절했다. 간소한 짐을 들고 기차에 올라탔을 때, 내 인생의 한 장면이 끝이 난 것이라고 생각했지만 반지하의 습하고 무거운 여름 냄새는 머리카락에, 옷자락에 여전히 그대로 배어 있었다.

내게 아무것도 남은 것이 없다는 것은 차라리 잘된 일인지도 모른다. 남은 것이 있었다면, 또 어리석은 희망을 붙잡았겠지. 그 끈적거리는 여름 냄새가 달리는 기차의 창문으로 씻겨 나갈 때마다 몇 번이고 큰 소리로 비명을 질러 대듯 울고 싶었던 것은 무엇 때문이었을까.

3일째 빵집 앞에 농성이 이어지고 있다. 그들은 시청부터 빵집 앞까지 텐트를 치고 돗자리를 깔았다. 이제 불법 이민자들은 숨어 지내는 대신에 거리로 나오는 것을 택한 것이다. 좌파 시장이 당선이 되었으니 조금 달라지는 것이 있지 않을까, 그런 막연한 희망을 품었는지도 모르겠다. 거리에 나온 여자들은 텐트를 열어젖히고 아이들에게 젖을 물린다. 익숙한 일인 듯, 쇼윈도의 마네킹처럼 무표정한 얼굴로 그녀들은 부풀어 오른 가슴을 드러내고 동전 떨어지는 소리를 기다린다. 어차피 말도 통하지 않는 이곳에서 아이들은 마지막 무기다. 닥치는 대로, 갓난아이부터 세 살, 다섯 살까지, 그녀들의 가슴 밑에서 커다란 눈동자들이 반짝인다. 몸집이 제법 큰 아이들은 엄마의 젖을 무는 시늉을 하다가 광장이 한산해지면 비둘기들과 함께 쓰레기통을 뒤졌다. 재수가 좋으면 맥도날드 앞에서 어린이 메뉴에 딸린 장난감을 줍기도 하고, 빵집 앞에서 제법 긴 담배꽁초를 줍기도 했다.

아이들은 비둘기를 싫어한다. 햄버거 조각을 쪼아 놓고, 담배꽁초에 똥을 싸는 비둘기들에게 돌을 던진다. 구구구, 돌을 맞아 날개가 부러진 비둘기들은 날아가는 시늉을 하다가 쓰레기통으로 고꾸라졌다. 아이들과 비둘기들은 도시의 찌꺼기를 먹으며 자라난다. 발톱이 부러지고, 다리를 절뚝거리며, 날개가 부러진 채로 무럭무럭.

손님들이 커피를 마시고 남겨 놓은 팁을 주머니에 몰래 넣었다. 사장이 봤다면 화를 냈을 것이다. 사장은 손님들이 남겨 놓은 팁에 종업원이 손을 대는 것을 도둑질이라고 했다. 나는 손님들의 빵 찌꺼기와 동전을 쓸어 담고 사장은 신문을 읽는다. 오페라 개막식에 참석한 새로 당선된 시장의 사진이 신문 1면에 실렸다.

개막식은 어제였다. 식의 시작과 함께 광장 곳곳에서 불꽃이 타올랐다. 시청 관계자들과 경찰은 텐트촌 사람들과 실랑이를 하다가 아예 접근을 막으려고 텐트촌 주위에 바리케이드를 설치했다. 텐트촌 아이들은 그 위에 포도송이처럼 매달렸고, 경찰들은 번쩍이는 봉을 휘두르며 매달린 것들을 떼어 냈다. 개막식의 하이라이트는 세계적으로 유명한 행위 예술가의 외줄 타기였다. 바람에 불꽃이 흔들리면 그가 입고 있던 18세기 예복의 옷자락도 흔들렸고 사람들은 조용히 숨을 죽이며 그를 보다가 탄성을 지르거나 큰 소리로 웃기도 했다. 텐트촌 아이들은 바리케이드 밖의 사람들과 야광봉을 구경하기에 바빴다. 예술가가 곡예를 마치고 시장과 시민들을 향해 손을 흔들자 모두가 열렬히 환호했고, 갑자기 분위기가 달아오르자 아이들이 바리케이드를 넘기 시작했다. 경찰들은 봉을 휘둘렀다. 형광 불빛이 번쩍일 때마다 텐트촌 아이들은 그것을 '마법의 검'이라고 외치며 낄낄거렸다. 자! 지금부터 즐거운 오락 시간! 면도칼로 주머니를 찢어 보아요. 콧노래를 부르며, 찢기만 하면 마법처럼 선물이 쏟아지지요!

어젯밤 바지 뒷주머니를 찢긴 사장은 얼굴을 찌푸리며 말한다.

"15유로가 문제가 아니야. 뒷주머니가 찢어져서 바지를 버려야 한다고. 그 쥐새끼 같은 놈, 잡을 수 있었는데 이리저리 잘도 빠져나가더군. 잡히면 다리 한쪽은 부러뜨리려고 했어. 어쨌든 저 녀석들은 조만간 모두 철수하게 될 거야. 곧 시장 취임식인데 그냥 두지는 않겠지."

"도시가 엉망이에요. 더럽고."

단정하게 금발 머리를 매만진 여자가 사장에게 인사를 건네며 말했다.

"오셨네요. 그러게 말이에요. 눈 뜨고 봐 줄 수가 없습니다.

인권단체다 뭐다 해서 저런 녀석들 편을 들어주니까 계속 넘어오는 겁니다. 또 오면 얌전히 있나요? 공장 주변에는 아이들이 다닐 수가 없어요. 위험하고 더러워서."

사장의 말에 여자는 고개를 끄덕이며 눈을 동그랗게 떴다.

"도대체 내가 어디에 사는지 모르겠어요. 이곳이 프랑스인지, 아프리카인지, 중동인지, 중국인지."

사장은 '중국'에 유난히 힘을 주며 말하는 여자의 의도를 알아챘는지 내 손에서 바게트를 빼앗아 직접 포장을 해서 여자에게 건넸다.

"그러니까요. 물론 이렇게 공부하면서 합법적으로 아르바이트를 하는 외국인들에게는 기회를 줘야겠죠. 프랑스인만큼 모든 문화에 열린 국민들은 없으니까요. 안 그렇습니까?"

여자의 파란 눈이 나의 노란 살결을 훑었다.

"맞아요. 이런 젊은이들이 우리 프랑스 문화를 배워서 고국으로 돌아가 좋은 일을 해야죠. 그럼요. 그건 중요한 일이에요. 그나저나 저 사람들은 어디로 갈까요?"

"본국으로 돌려보내겠죠. 어디서 왔던 간에."

그들은 비밀 이야기라도 나누는 듯 목소리를 낮춘다.

"이거 봐요. 이 텐트촌을 치우는 것도 다 우리 세금이에요."

여자의 말에 사장은 고개를 끄덕인다. 그들은 다시 세금에 대한 이야기를 한참 나누다가 인사를 나누고 헤어졌다.

"빌어먹을!"

자크가 주방에서 소리를 지른다. 빵을 모조리 태운 모양이다.

사장은 못마땅한 시선으로 주방을 바라본다. 자크는 며칠째 같은 실수를 반복하고 있다. 사장이 입술을 몇 번이나 더 깨물며 참아낼 수 있을지 아무도 모를 일이다.

종소리와 함께 문이 열렸다. 그가 들어온다. 매일 바게트를 사 가는 단골손님이다. 그는 사장과 예의상 주고받는 인사 외에는 특별한 대화를 나누지 않는다. 사장이 친근함의 표시로 날씨 이야기를 꺼내며 말을 붙여 보아도 그저 고개만 한두 번 끄덕이는 게 다였다. 자크는 그를 재수 없는 백인 놈이라고 불렀다. 자크는 말했다.

"저런 놈들하고 붙으면 지루하기 짝이 없어. 30분 전부터 한 방 날리겠다고 예고를 해 대지. 내가 한 대 친다. 조심해, 한 대 친다. 넌 죽었어. 조심해. 그러면서 끝없이 떠들어. 우리는 아니야. 우리는 입이 열리기 전에 주먹이 먼저 나가."

자크의 주먹이 빵 반죽을 가격하자 하얀 밀가루 먼지가 날렸다. 자크의 그 재수 없는 백인 놈은 매일 아침, 그가 만든 빵을 먹는다. 이 도시의 많은 사람들이 그가 만든 빵을 먹지만 아무도 그를 알지 못한다. 주방의 문은 닫혀 있다. 환풍기 소음만이 새어 나오는 곳에서 자크는 전설의 괴물이 되어 가고 있는 것이다.

주방에는 마리화나가 숨겨져 있었다. 주방 뒷문으로 열네 살짜리 소년이 일주일에 한 번씩 마리화나를 배달해 주는데, 자크는 그 소년을 쥐새끼라고 불렀고 가끔 너무 타 버렸거나 모양이 망가진 빵과, 남은 케이크를 주곤 했다. 그리고 그것을 눈감아 주는 대신, 나는 자크에게 일자리를 제공 받았다. 밤마다 그의 아이들을 돌보는 일이다. 아이들의 엄마는 재혼을 해서 떠났고 자크가 밤에 포커를 치러 나갈 때 아이들을 돌봐줄 사람이 필요했는데, 정식 계약은 아니어서 월급은 늘 현금으로 받았다. 학생 비자로 일주일에 26시간 이상 일을 할 수 없기 때문이기도 했고, 자크에게도 신고를 하지 않는 것이 경제적으로나 행정적으로 유리한 듯했다. 나는 결국 생활비와 집세를 벌기 위한 아르바이트 때문에 학교에 자주 나가지 못했다. 수업료가 가장 저렴한 사립학교에 등록을 했는데 사실상 학교라기보다는 동네 학원에 가까운 곳이었다. 몇몇 프랑스인 선생님들을 제외하고는 학생의 대다수와 직원들이 중국인이었고, 모두 사정이 비슷한지 불어 실력이 뛰어난 사람은 없었다. 오히려 학교보다는 빵집과 자크의 아이들에게서 더 많은 불어를 배웠다.

어쩌다 학교를 간다고 해도 수업의 진도는 더뎠다. 선생님들은 늘 같은 질문을 했다. "너는 왜 프랑스에 왔니?"

물론 초반에는 성실하게 대답했지만, 점점 질문하는 사람도 대답하는 사람도 지겨워져서 어느 순간부터 이야기를 꾸며 내기 시작했다. 처음에는 영화를 공부하러 왔다고 했었나? 그러다가 패션을 공부하러, 또 연극을 하려고, 특히 남편이 프랑스 사람이어서 불어를 배운다고 대답하면 나이든 아줌마 선생님들이 좋아했다. 그렇게 대답을 지어내다 보니, 그때마다 새로운 인생을 사는 기분도 들었다. 진짜 내가 누구인지, 무엇을 위해 이곳에 왔는지, 아무도 모른다는 것이 좋았다. 어쩌면 나조차도 내가 누구인지를 잊었는지도 모르겠다. 내가 왜 이곳에, 이렇게 있는 것인지, 타당한 이유들이 생각나질 않는다. 얼마 전에는 새로운 이름을 얻었다. 몇몇 사람들이 나를 소피라고 부르기 시작했고 그 이름이 꽤나 마음에 들었다. 그러니까 나는 소피가 되고 싶었다. 본래의 나와는 전혀 다른, 아니 내가 아니라면 그 누구도 좋다.

나는 그의 빵을 포장한다. 그가 팁으로 잔돈을 줬지만, 사장이 뚫어지게 바라보고 있어서 주머니 속에 넣을 수가 없었다. 동전은 팁을 담는 통 안에 모두 넣어야 한다. 사장은 이것으로 불우이웃을 도울 것이라고 했지만 그 돈이 어디로 가서 어떻게 쓰이는지 아무도 알지 못한다. 빵집에서 일하게 된 첫날에 사장은 마치 어린아이를 가르치듯 통을 가리키며 남의 것을 도둑질하는 것은 명예롭지 못한 일이라고 말했다. 그리고 내가 처음으로 팁을 주머니에 몰래 찔러 넣었던 날, 자크는 이렇게 말했다. "내 것을 내가 훔쳐야 얻을 수 있는 빌어먹을 세상이지."

"빌어먹을!"

자크가 주방에서 다시 한 번 소리를 지른다. 오븐의 타이머가 고장이 났다. 자크가 몇 번이나 사장에게 이야기를 했지만 사장은 바꿀 생각을 하지 않는다. '빌어먹을.'은 자크가 가장 자주 쓰는 말이다. 그리고 어제 자크의 아들, 마튜가 티브이를 보며 말했다.

"빌어먹을! 백인 놈들."

둘째 실비가 마튜를 따라했다.

"빌어먹을, 중국 놈들."

그리고 나를 보며 묻는다.

"넌 중국인 아니지?"

나는 고개를 젓는다.

"난 중국 사람이 아니야. 절대로."

빌어먹을! 난 중국인이 아니다. 실비가 중국어로 말을 건다. "니하오!" "빌어먹을! 입 좀 닥쳐." 마튜가 소리를 지른다. 자크가 들어온다. 마튜가 실비를 향해 소리쳤다. "어서, 숨어!" 아이들이 사라지고 나는 혼잣말을 중얼거린다. "엉망인 집구석이군." 자크가 밀가루 때가 낀 손으로 자신의 머리를 쥐어뜯으며 말했다. "빌어먹을! 몽땅 다 잃었어."

"빌어먹을! 아침부터 시작이 굉장하군. 빵이란 빵은 죄다 태워 먹지그래?"

사장이 소리치며 나가 버렸다. 사장은 거리의 아이들에게 소리를 지르며 쓰레기통을 발로 찬다. "빌어먹을! 이봐!" 건너편에 있던 청소부가 소리를 질렀다. 꿈꿔 왔던 프랑스는 타 버린 빵처럼 현실에서 재를 뒤집어쓴다. 빌어먹을! 지나가던 개가 가게 앞에 똥을 쌌다. 나는 자크를 향해 소리친다.

"빌어먹을! 프랑스인들은 왜 도대체 강아지 똥구멍도 해결하지 못하는 거지?"

자크가 주방의 문을 열고 대답했다.

"동양 아가씨, 불어 실력이 많이 늘었어! 대신 '빌어먹을.' 할

신유진 검은빛의 도시 159

때 조금 더 혀를 굴려 봐. 네가 너 자신을 조롱하듯이."

내가 나를 조롱하듯이

"빌어먹을!"

사장은 하루 종일 돌아오지 않았다. 자크는 주방을, 나는 가게를 정리하고 퇴근 준비를 했다. 자크는 주방의 불을 끄기 전에, 숨겨 놓았던 마리화나에 불을 붙인다. 자크가 피우는 마리화나에서는 한 번도 맡아 본 적이 없는 풀 냄새가 났다. 자크는 주방 문을 사이에 두고 말했다.

"오늘은 집에 오지 않아도 돼."

나는 문에 몸을 바짝 붙이고 대답했다.

"알았어. 집으로 갈 거야?"

"응. 오늘은 집에 가서 잠을 자야겠어. 며칠째 잠을 제대로 자지 않았더니 더 잃기만 하는 것 같아. 재충전을 할 시간도 필요하지."

"잘 생각했어. 오늘은 애들한테 피자 먹이지 마."

"이봐! 피자는 이태리 고급 요리야."

"네가 주문해 주는 피자는 이태리 고급 요리가 아니야. 정체 모를 치즈 가루를 뿌려 놓은 냉동피자지. 너 제빵사 맞아?"

자크는 실실거리며 웃는다. 오늘 처음으로 자크가 웃고 있다.

"난 말이야. 쓰레기를 뒤지면서 자랐어. 요즘 아이들은 너무 배가 부르다니까."

"또 그 이야기. 이젠 지겨워."

"지겹다. 프랑스 사람처럼 말하는군. 지겹다는 말, 프랑스 사람들이 제일 많이 하는 말 중에 하나야. 한국 사람들은 어때?"
"비슷할 거야."
자크는 주방의 환풍기 버튼을 누르며 말했다.
"빌어먹을, 온 세계가 지겨움에 몸살을 앓는군."
자크가 떠나고 난 후, 주방에는 환풍기 소리만 남았다. 가만히 환풍기를 바라본다. 회전하는 날개가 공기에 부대끼며 웅웅대는 소리, 어쩌면 저 속으로 빨려 들어갈지도 몰라. 그리고 이상한 나라의 앨리스가 되는 거지. 싫은가? 시간이 됐다. 환풍기의 정지 버튼을 누르고 주방문을 닫는다. 이상한 나라로 가는 길은 막혔다.

빵집의 문을 걸어 잠글 때, 어느덧 해는 지고 말았다. 여름날, 그 길고 지루했던 해는 더 이상 늦장을 부리지 않고 산 너머로 사라져 버린다. 텐트촌 사람들이 하나, 둘 모여든다. 사장 몰래 가져온 남은 빵들을 텐트촌 앞에 내려놓는다. 열 발자국 떨어져서 지켜보던 아이들이 빵 앞으로 하나씩 달려들자 어른들이 혼을 낸다. 어른들은 그들 세계의 질서대로 빵을 나눌 것이다. 누군가는 많이 갖고 또 누군가는 적게 갖게 되겠지.

텐트촌을 지나서 시청 뒷골목으로 향했다. 금요일 밤, 사람들은 레스토랑에 모여 있다. 와인을 마시고, 촛불이 켜져 있고, 음악이 흐르고, 따뜻한 음식, 테라스에서 마시는 시원한 맥주, 손님들 틈에서 연주를 하는 사람들, 꽃을 파는 사람, 꿈꾸던 프랑스는 어쩌면 저기인지도 몰라. 마치 성냥팔이 소녀가 첫 번째 성냥을 켜면 나타나는 풍경처럼, 그러다가 성냥이 꺼지면 사라질 것 같은 그런 세계.

그는 이 골목에 산다. 소녀의 다락방 같은 카페가 있는 건물의 마지막 층, 한 사람만 겨우 들어가는 작은 엘리베이터에 탑승해서 6층을 누른다. 안락감을 느낀다. 딱 한 사람밖에 타지 못하는 엘리베이터, 혼자라는 것이 당연하고, 정당화되는 순간. 이 지극히 당연한 혼자인 시간과 공간에서 외로움이 사라진다. 진짜 외로움을 느끼는 순간은 사실은 누군가와 함께할 때며, 사람들 속에 섞여 있을 때다, 같이 살던 남자가 떠나기 전, 그의 불안한 눈빛을 마주하는 순간이다. 외로움을 느끼지 않아야 할 순간에 찾아오는 외로움은 당황스럽다. 그리고 그의 방문이 열리는 순간, 나는 지독한 당황스러움을 느낀다.

그는 편안한 옷차림이었다. 빵집에서 손님과 직원으로 마주할 때보다 지금 이 모습이 오히려 나를 경직되게 만들었다. 언젠가 퇴근 후 술집에서 만났고, 몇 번 섹스를 했고, 그 모든 것이 우연이었으나 그저 나눌 것이라고는 몸밖에 없는 사람들처럼 자연스러웠다. 가끔 정말 그와 자고 싶은 욕구가 있는지 스스로에게 물을 때도 있었다. 그렇지만 배가 고프지 않아도 때가 되면 밥을 먹듯이, 어떤 남자를 만나서 때가 되면 몸을 주고받는 것이 당연해졌다. 스무 살을 생각해 보자면, 그때, 섹스는 하나의 세계였는데, 그 세계로 향하는 문턱을 넘어설 때, 나는 두려웠고, 서툴렀고, 커다란 안도의 한숨과 함께 쓴맛을 삼켰다. 그리고 이제 그 세계는 커다란 물음표에서 느낌표가 아닌 무미건조한 마침표로 변해 버렸다. 이제 서른두 살이 된 나는 벌거벗은 남자를 두려워하지 않고, 섹스에 어떤 의미도 부여하지 않는다. 그렇게 나는 너무 많은 것들의 의미를 잃어버렸다. 물론 껍데기만 남은 그것들은 한없이 편안하고 가볍다. 껍데기 속에 있다가 유연하게 빠져나오는 유충. 그리고 그는 그런 유충 같은 나를 소피라고 불렀다.

"소피, 왜 프랑스에 왔어?"

나는 대답한다.

"혁명가가 되려고."

그는 웃으며 말한다.

"혁명이라. 2013년의 혁명가라! 그것도 한국에서 온 혁명가!"

"섹시하지 않니?"

"그래. 섹시해. 네 살 냄새처럼. 너한테서는 달콤한 빵 냄새가 나."

"달콤한 빵 냄새와 혁명은 어울리지 않잖아."

"혁명은 결국 빵 때문인 거 몰라? 누가 더 맛있고 많은 빵을 갖느냐 그것이 문제지."

"누가 더 많이 갖는지는 상관없어. 그냥 난 혁명가가 될 거야."

"무엇을 위해서?"

"네모난 세계를 위해서!"

"네모난 세계?"

"응. 그러면 한 바퀴를 열심히 돌아서 제자리에 돌아오는 일은 없을 것 아니야. 모퉁이 어딘가에서 잘 살아갈 수도 있다고."

딱 한 사람밖에 타지 못한는 엘리베이터,
혼자라는 것이 당연하고, 정당화되는 순간.
이 지극히 당연한 혼자인 시간과 공간에서 외로움이 사라진다.
진짜 외로움을 느끼는 순간은
사실은 누군가와 함께 할 때며, 사람들 속에 섞여 있을 때다.
같이 살던 남자가 떠나기 전,
그의 불안한 눈빛을 마주하는 순간이다.

"재미있군. 빵집 아가씨와 혁명을 도모해 볼까?"

"그거 좋군. 뭐부터 하지?"

"글쎄, 페이스북? 트위터?"

"클래식한 혁명은 아니군. 난 클래식한 게 좋은데."

"2013년의 혁명은 모두 SNS에서 이뤄지잖아. 모두 각자 작은 방 안에 박혀서 컴퓨터를 바라보면서 분노를 하지. 빌어먹을 세상!"

"그러니까 클래식한 혁명이 필요한 거야."

의미 없이 던지는 혁명이라는 단어에 그의 눈이 반짝거린다. 프랑스인이다. 프랑스인에게 혁명은 빵 냄새 같은 것이다. 진한 향수이지만 입에 넣는 순간 칼로리 덩어리로 사라져 버리는 그런 것.

"너 서점에 가 봤니? 21세기 혁명은 개인에 의한 개인을 위한, 개인만의 혁명이야. 그런 건 이제 너의 작은 사고를 긍정적으로 바꿔서 더 많은 성공과 돈을 끌어오는 것에만 사용되는 단어지."

여기 서른 살이 넘은 남녀 두 사람이, 옷을 벗고 섹시한 척, 심오한 척, 지적인 척, 가벼운 척, 그런 놀이를 하고 있다. 어릴 때 소꿉놀이처럼, 행위 외에 아무것도 남지 않는 이 시간에 연기를 하며 장단을 맞춘다. 우리는 지독히 심심했던 것이다. 그는 그다지 뛰어나지 않은 연기력으로 극을 이어 갔다.

"그래. 실제로 혁명이 일어나는 곳이 존재하지. 아이들이 총을 들고 거리로 뛰어나오고, 사람들은 피를 보면서 앞으로 진격하고."

틀린 말은 아니지. 신문의 한 귀퉁이, 국제 소식란에 혁명은 아직도 빨갛게 흐르고 있으니까. 그렇지만 더는 대꾸하지 않기로 하자. 여기서 더하면 심각해지니까. 심각한 건 질색이다. 혁명 놀이도 슬슬 지겨워졌다. 혁명 같은 걸 내가 어떻게 알아. 1982년 서울에서 태어난 나에게 혁명이란 사회 시험지 10번 문제의 답 같은 것이다. TV의 시대극 속 진로 소주병 같은 소품인 거지.

"텐트촌이 금방 철거될 거래. 광장에서 새로 당선된 시장 취임식이 있거든."

그는 거실의 커튼을 닫으며 말했다.

"그 사람들은 어떻게 될까?"

나는 정말 궁금했다.

"반은 돌려보내지고, 반은 좀비처럼 살아남아서 도시를 떠돌겠지."

"그나저나, 당신은 말이 많은 사람이었군. 빵집에 올 때는 한마디도 하지 않더니만."

"난 그 사장이 마음에 들지 않아."

정작 그를 싫어하는 것은 사장이 아닌, 제빵사 자크인데, 왜 우리는 늘 어긋난 대상을 향해 감정을 소비하는 것일까? 사실은 대상이 중요하지 않은지도 모르지. 소비, 살아 있다는 유일한 증거, 그것이 필요한 것인지도 모르겠다.

"왜? 우리 사장은 당신이 단골이라서 좋아하는데."

"그 사람은 극우파야. 난 극우파들이랑은 말을 섞지 않아."

"그걸 네가 어떻게 알아?"

"네 사장이 보는 신문. 극우파들이나 보는 신문이지. 그런 놈들은 빗장만 걸어 잠그면 안전한 줄 알아. 세상의 모든 악은 내 대문 밖에 있는 줄 안다고."

"그럼 나는? 나는 좌파라고 생각해?"

"넌 상관없어. 외국인이니까."

"어째서?"

"난 외국인에게는 관대해. 좌파든 우파든."

그는 관대하게 냉장고에서 샴페인을 꺼내 잔에 따라 줬다.

우리는 샴페인을 마시면서 천천히 욕조 속으로 들어간다. 게으른 사람들처럼, 손에 쥐면 으스러질 것 같은 새처럼 천천히 조심스럽게 서로의 몸을 만졌다. 나는 그의 이름을 불렀다.

"자크."

"응?"

"우리 가게 제빵사 이름도 자크야."

"그 아랍 남자 말이지?"

"어떻게 알지?"

"꼬맹이에게 마리화나를 사는 걸 봤어."

"그 사람도 극우파라면 싫어할래?"

"그럴 리가 없잖아. 아랍인인데."

"어째서? 그리고 자크의 국적은 프랑스인이야."

"그래도 상관없어."

"다른 인종에게는 관대하군."

"그런데 말이야. 이상해. 내가 아는 아랍 사람들 중에 자크란 이름은 없었어. 하산, 자칼 같은 그 나라식의 이름을 사용하지. 프랑스에서도 전통 의상을 입고 다니는 사람이 많잖아. 자신들의 문화에 대한 자부심이 강하다고."

"할아버지가 알제리 사람이지만 자크는 프랑스인이야."

"그래? 도대체 왜 프랑스인이 되고 싶은지 모르겠어. 난 중국인이 되고 싶어. 일본인도 좋아. 역겨운 향수 냄새를 풍기는 프랑스인이 아니라면 뭐든 괜찮겠어. 소피, 넌 어느 나라 사람이지? 진짜 이름은 요코, 미카, 뭐 그런 건가?"

나는 대답하지 않는다. 대답할 이유도, 할 말도 찾지 못했다.

"어쨌든 상관없어. 소피든, 요코든."

결국 자크는 그렇게 결론을 내리고 내게로 미끄러졌다.

우리는 아주 오랜 시간 욕조 속에 머물렀다. 물은 천천히 식어갔지만 서로의 체온으로 따뜻했다. 두 사람이 들어갈 수 있는 욕조에서 피부가 하얗고 털은 온통 금색인 남자와 샴페인을 마시는 이 순간은 낯설다. 이런 것이 소피라는 이름을 가진 여자에게 어울리는 삶이 아닐까? 그런 생각을 하다가 갑자기 궁금해졌다. 내가 되고 싶은 소피는 어떤 사람인가? 나는 누가 되고 싶은 것일까?

욕조에서 나와 발가벗은 채로 샴페인을 마시며 커튼을 열고 거리를 바라보았다. 맞은편 아파트에서 커튼 사이로 나를 훔쳐보고 있는 백발의 노인과 시선이 마주쳤다. 노인의 시선이 어디에 머무르든, 상관하지 않기로 했다. 뒤에서 나를 바라보는 자크의 시선 역시 피하지 않는다. 그렇게 실오라기 하나 걸치지 않은 온전한 나인 채로, 다른 내가 되어서 그 자리에 서 있다. 거기에는 수치심도 성적인 흥분도, 외로움도, 서글픔도 없다. 그곳에 머물 수 없는 그러나 사라지지도 않는 언제까지나, 막연하게 떠도는 존재인 채로, 다시 흩어질지라도, 나는 지금 막 완성되었다.

그때 벨이 울렸다. 그는 가운을 걸치고 문을 열며 나에게 윙크를 하며 말했다.

"배달."

문밖에 서 있는 그 누군가의 존재가 위협적으로 느껴졌다. 그래야 할 이유가 없음에도 불구하고 숨소리를 삼킨다.

"팁이야."

"감사합니다."

아이가 대답했다. 익숙한 목소리다. 숨지 않았더라면, 저 문 앞에 내가 서 있었더라면 아이와 나는 서로를 알아봤을지도 몰라. 숨은 것은 잘한 일이다. 내 눈으로 아이의 얼굴을 확인하지 않아서 다행이다.

그는 아파트 문은 닫고 창문을 열고 담배를 마리화나 잎과 함께 능숙하게 말기 시작했다. 집 안 가득 풀 냄새가 퍼질 때 자크의 주방을 생각했다. 더운 바람이 회전하던 환풍기 대신 서늘한 바람이 커튼을 흔들었고 형체가 없는 그것은 집안 구석구석을 돌며 자꾸만 흔적을 만들려고 애를 썼다. 그는 나에게 한 모금을 권했지만 내가 거절하자 강요하지는 않았다.

"대마초도, 담배도 안 피우나?"

"안 피워."

"건전한 혁명가네."

"그럼. 혁명은 건전해야 해. 타락하는 순간 내부의 적들이 밀려오지."

허락을 구하지도 않고 샴페인을 잔에 가득 따라서 마시자 그가 비웃었다.

"술은 타락이 아닌가?"

"이 정도는 맛보기라고 해 두자. 나라면 장바구니에 절대 담을 수 없는 술을 냉장고에 몇 병이나 넣어 두는 삶에 대한 맛보기."

샴페인은 달콤하지만 싱거웠고, 차갑지만 온몸을 따뜻하게 만들었다. 그와 나는 다시 옷을 주워 입는다. 섹스를 한 후 다시 옷을 주워 입는 순간에 멋진 사람은 없다. 벗을 때는 순식간이었던 팬티, 양말, 셔츠, 바지, 벨트가 하나씩 몸에 걸쳐지는데 길고 어색한 시간이 흐른다. 온몸을 구석구석 살피던 사람들이 갑자기 선악과를 따 먹은 아담과 이브처럼 수치심을 느끼며 서로 등을 돌린다. 옷을 다 입은 그가 소파에 앉아서 손을 내밀어 인사를 청했지만 잡지는 않았다. 그러는 편이 좋을 것 같았다. 그 대신에 지갑에서 빠져나와 널브러져 있는 지폐 몇 장과 크리스털 조각상을 쥐고 나왔다. 밥을 먹듯이, 우리가 섹스를 했듯이, 자연스럽게 또 작은 욕망에 몸을 맡겼을 뿐이다.

밤에는 버스가 다니지 않아서 한참을 걸어야 했다. 파리에서도 지하철이 끊기면 센 강을 따라 걷는 일이 많았다. 열 발자국

밖에서 바라보는 파리 센 강은 동화 속의 한 장면 같았다. 엽서처럼 아름다운 가로등, 가로수, 짙고 깊은 센 강, 거기에서 들리는 악사들의 연주, 연인들. 그러다가, 다시 그 안으로 열 발자국 들어가서 손을 뻗으면 어느새 사라져 버린다. 내게 달려드는 것은 술에 취해 욕설을 지껄이는 사람들, 몸을 가누지 못하는 여자, 그리고 그 여자를 노리는 남자, 마약을 파는 아이들, 그리고 동화 같은 강물에 몸을 맡기려던 누군가의 외로움이었다. 어느 인생이 그렇지 않을까? 열 발자국 떨어져서 바라볼 때, 내 것이 아닐 때, 그것은 아름다웠다.

아름다운 이들은 사라졌다. 레스토랑도 마지막 조명을 끄고, 예쁘게 옷을 차려 입은 부인들도, 악사들도 없다. 이제 다시 검은 히피들의 세상이다. 낮 동안 어디에서 숨어 있었는지 알 수 없었던 그들은 불법 이민자들의 텐트촌을 어슬렁거리다가 시청 분수 앞에 자리를 잡는다. 그리고 늦은 시간, 이곳을 지나가는 이들에게 반가운 인사로 욕망을 묻는다.

"솔직해지는 시간이잖아. 아저씨, 마리화나는 없어. 우린 한 방이니까. 코카인은 어때? 아니면 여자? 깨끗하게 씻겨 놓으면 제법 괜찮아. 거기 동양 아가씨? 아가씨는 무엇을 원하지?"

나는 대답한다.

"새로운 살."

그들이 웃는다.

"껍질이라도 벗겨 달라는 거야? 이봐 난 평화주의자야. 그보다도 다 함께 사랑을 나누는 것은 어때? 더 재미있지 않겠어?"

그들은 큰 소리로 떠들었지만 다가오지는 않았다. 자크의 말이 맞다. 진짜 주먹이 나가는 사람들은 예고를 하지 않는다. 그들이 위협적이지 않은 것은 말이 너무 많아서이다. 그때 커다란 손이 내 어깨를 감쌌다. 제빵사, 자크였다. 자크는 마치 보호자라도 되는 듯, 자연스럽게 어깨에 손을 올리며 그들을 향해 소리친다.

"빌어먹을! 꺼지라고!"

그들은 어떤 대꾸도 하지 않았다. 그저 노래인지 시인지 소음인지 모를 말들을 뱉어 냈을 뿐. 우리는 세계를 향해 간다. 그들의 말이 텅 빈 광장에 울려 퍼졌다.

"이봐, 아르바이트를 쉰다고 이 시간에 이렇게 돌아다니면 위험해."

광장을 빠져나오자 자크가 손을 내리며 말했다.

"아이들은 어떻게 하고?"

"재우고 나온 거야."

"어디 가는 거야?"

"집에 가만히 누워 있는데 아무래도 오늘은 딸 수 있을 것 같았단 말이지."

"그래서 지금 가는 거야?"

"응. 그런데 너를 만났으니까, 일단 너를 집까지 데려다주는 게 좋겠어. 늦은 밤에 여자 혼자가 다니기에 안전한 곳은 이 세상에 어디도 없거든. 아가씨."

"애들만 두고?"

"자고 있겠지. 문은 잠그고 나왔어. 걱정하지 마."

나는 더 이상 말하지 않았다. 시청 광장을 지났고, 자크가 살고 있는 빈민촌 아파트도 지났다. 그와 나는 이 공간에서 여자도 남자도 고용주도, 동료도 아닌, 잠시 함께 걷는 사람들일 뿐이다. 밤의 거리에서는 고단한 얼굴도 늘어진 어깨도 감출 필요가 없다. 그가 오늘 뜨거운 공기 앞에서 흘렸던 땀과 밤새 뒤척이던 시간의 무게가 고스란히 전달됐다. 집 근처 공장에 초승달이 걸렸다. 창은 깨지고, 벽돌은 검게 변했고, 달빛이 비추는 곳곳마다 뿌연 먼지가 시간이 흘린 가루처럼 내려앉았다. 나는 자크에게 물었다.

"저 공장은 언제부터 저렇게 비어 있던 거야? 어마어마하게 큰 공장 같은데."

"저거? 한때는 이 도시의 사람들이 모두 저 공장에서 일을 했었어. 도시 자체가 거의 저 회사 때문에 만들어진 것이나 다름없으니까."

"그런데 왜 저렇게 된 거지?"

"뭐, 그거야 뻔하지. 외국 기업이랑 통합되고 요즘에 프랑스에 공장을 짓는 기업이 몇 개나 되겠어. 다 동유럽이나 중국, 임금이 싼 곳으로 옮기니까."

"그럼 저 공장에 다니던 사람들은?"

"어떻게 됐을까?"

"거의 마을 전체가 저 공장에서 일했다며."

"그래. 우리 아버지도 저기서 일했어. 평생 타이어만 만들었지. 그러다 공장이 문을 닫고, 젊은 사람들은 시에서 공무원으로 받아 줬지, 말이 공무원이지 대부분은 시에서 필요한 물품들 옮기는 용역이었어. 그래도 우리 아버지는 직업 교육도 받았다고. 타자도 배우고, 그런데 그게 되겠어? 나이도 먹었고, 할 줄 아는 일은 타이어 만드는 것밖에 없는데. 그러다가 하나, 둘 사라져 버리더라고. 아직도 빈집이 많아. 이 동네는."

우리는 잠시 나란히 서서 공장을 바라보았다. 한때는 모던타임즈의 톱니바퀴가 열심히 돌아가던 곳, 공장 작업 순서만큼이나 정확했던 미래의 계획들, 일렬로 서서 담배를 태우던 노동자들, 만삭이 되어서 공장을 나간 처녀 아닌 처녀들, 모두 사라져 버렸다. 그들은 지금 어디를 떠돌고 있을까? 지금 우리가 서 있는 이곳도 언젠가 빈 껍질만 남게 되겠지. 어쩔 수 없다. 그런 시간들은 오고 말 것이다. 무력하게, 태연하게 지켜만 보고 있겠다. 사라지는 순간들을.

자크는 그의 아버지가 그랬듯이 공장 문 앞에서 담배에 불을 붙인다.

"그거 알아? 난 열네 살부터 빵을 만들었어. 동네 빵집들이 문을 닫는다고 생각하면 눈앞이 아찔해져. 빵 만드는 것 말고 할 줄 아는 거라고는 도박밖에 없는데."

"넌 빵이라도 만들잖아. 난 할 줄 아는 게 없어."

사실인데 초라한 위로였을 것이다. 나 역시 위로를 받고 싶었지만 자크는 아무 말도 하지 않았다. 집까지 가는 길은 길었다.

깊은 밤이었다. 집 앞에서 우리는 시계를 보고 헤어졌다. 네 시간 후 출근이다. 하루는 다시 시작된다.

해가 뜨기 전, 다시 빵집을 향해 걷는다. 안개 자욱한 새벽길에 검은 히피들이 모두 사라졌다. 그들의 노랫소리는 도시의 밤과 함께 자취를 감췄다. 어쩌면 이번에야말로 세계를 향해서 떠났는지도 모르겠다. 경찰들은 새벽부터 움직였다. 광장의 불법 이민자들이 줄줄이 이송되었고 새로운 해가 떠오르자 흔적도 없이 사라진 지난 밤 달빛처럼, 아이들이 무표정으로 사라지고 있다. 머릿속에서 검은 히피들의 물음이 떠나질 않았다. 어디로 가는가?

그들은 세계를 향해 갈 것이다. 가난하고 배고프고, 전쟁이 있는 세계로, 혹은 어느 다른 나라의 국경에 던져져 다시 한 번 사막을 건너야 할지도 모른다. 그것이 세계이다. 그들의 세계는 목숨을 담보로 돌고 또 돌아도 변함없는 곳이다. 단 한 번 불어 대는 바람에 그들의 텐트는 모두 쓰러졌다. 이제 새벽, 쓰레기차가 광장을 한 바퀴 돌 것이고, 그들의 흔적을 삼키고 나면 새 시장은 깨끗해진 광장을 사뿐히 걸어서 시청까지 들어갈 것이다. 사람들은 박수를 치며 새로운 시장과 함께 자유, 평등, 박애를 외치겠지.

"빌어먹을!"
자크가 어김없이 빵을 태웠다.

사장은 더 이상은 못 참겠다는 듯이 주방문을 활짝 열고 소리를 지른다.

"이봐! 정신 차리라고 말했지! 벌써 몇 번째인 줄 알아?"

사장이 뒤돌아서자 자크는 아랍어로 열심히 중얼거렸다. '저런 자식 한 대 쳐 버리겠어. 저런 놈은 5분이면 끝나.' 그런 내용이었을 것이다. 그러나 자크의 주먹은 밀가루 무덤 속에 얌전히 파묻혀 있을 뿐이다. 문이 열린다. 또 다른 자크가 들어왔다. 우리는 어젯밤 일을 까맣게 잊었다. 그는 나에게 사라진 돈과 크리스털 조각상에 대해서 묻지 않는다. 그건 그날의 바람에 날아갔을 뿐이야. 그렇게 생각했을지도 모르겠다. 나는 그날의 바람이었다. 도시 곳곳을 훑어 내리는 유령 같은 바람이었다.

나는 그를 위해 바게트를 담는다. 그는 나에게 늘 그렇듯이 팁을 줬고 나는 팁의 반은 불우이웃 돕기 모금함에, 반은 주머니 속에 몰래 넣는다. 사장이 상냥하게 인사를 건넨다.

"오늘은 날씨가 좋습니다. 새 시장의 출발이 좋아요."

그는 대답 없이 고개만 끄덕였다. 우파와 좌파가 만나서 빵과 돈을 주고받았지만 말은 섞을 수 없다는 것인가.

그가 가게를 나가자 사장이 신문을 펼친다. 새벽에 사라진 불법 이민자들의 이야기도, 검은 히피들의 이야기도, 달빛만 덩그렇게 남았던 공장의 이야기도 없다. 단지 검은빛의 도시를 밝혀줄 새 시장의 적당히 살이 오른 얼굴뿐이었다. 오전 내내, 우리는 완벽한 공동체처럼, 사장은 신문을 읽으며 잔소리를 하고 나는 빵을 팔고, 자크는 빵을 구웠다. 손님들이 점심시간이 되자 밀려왔고, 주방에서 자크는 온몸의 즙을 짜내야 했다. 오후 3시, 사장은 다시 술집을 기웃거리기 위해 가게 문을 나섰고, 그제야 자크가 주방문을 열었다. 환풍기 앞에서 자크는 담배를 피운다.

"사장 들어오면 어쩌려고, 나가서 피우지."

"나가서 피우다가 눈에 띄면 근무시간에 딴 짓이나 한다고 쪼아 댈 거야."

자크는 환풍기 속으로 빨려 들어갈 것 같은 얼굴을 하고 대답했다.

"무슨 일이 있었어?"

"아침에 큰 녀석 방에서 이걸 발견했어."

자크는 주머니 속에서 대마초 잎을 꺼낸다.

"피우는 것 같진 않았는데, 담배 냄새도 나지 않고."

나는 자크를 보며 말했다.

"빌어먹을."

"그래. 빌어먹을 일이야."

자크는 한숨을 쉬었다.

"어떻게 할 거야?"

"모르겠어. 내가 무슨 이야기를 해 줘야 할지."

"마약을 팔기에는 이른 나이지. 네가 아버지니까."

아버지니까, 그다음에 이어져야 할 문장이 떠오르지 않았다. 무슨 말을 분명히 해 줘야 하는데, 싸구려 어학원을 다녀서 불어가 늘지 않는 것이 분명하다. 자크는 환풍기에 담배 연기를 내뿜으며 말했다.

"동양 아가씨, 난 내 아들이 나보다는 나은 삶을 살길 바라지만 어떻게 더 나은 삶을 살아야 하는지 알려 줄 재주가 없어. 빌어먹을! 그런 삶이 뭔지를 알아야지."

나는 아무 말도 하지 않았다. 엄마, 아빠는 말했다. 공부를 열심히 하면, 좋은 대학을 가면 더 나은 삶을 살 수 있다고. 그들에게 더 좋은 삶이란 돈이나 직책, 학벌이라는 명확한 기준이 있었으니까 더 쉬웠을지도 모른다. 그렇지만 그런 것만은 아니라고 막연하게 생각하는 나는, 자크는 자신이 없는 것이다. 정말 그런 것만은 아닌지, 그런 것만이 아니라면 어떤 것인지. 어른이 되면 분명할 줄 알았다. 아버지가 되면 저절로 모든 걸 알게 된다고 생각했겠지. 아니다. 우리는 어둡고 끝이 없는 긴 사춘기의 통로에 서 있을 뿐이다. 단지 메고 가야 할 짐이 하나, 둘 더 늘어나서 걸음이 느려졌을 뿐. 그래서 우리는 익숙해지기 위해, 그 통로에서 눈을 감는 법을 배운다. 어둠 앞에서 보려고 애쓰기보다는 차라리 눈을 감는 게 덜 무서울 것이다. 아니, 사실은 무섭다. 나는 이 긴 어둠이 두렵다. 그래서 눈을 감는다. 포기는 쉽다. 사실 나는 자크의 아들을 보았다. 매일 밤, 도시를 떠도는 이들이 달과 함께 머물러 가는 그 공장에서, 자크에게 마약을 배달해 주는 쥐새끼라는 소년에게서, 단골손님 자크의 집 앞을 불안한 눈빛으로 서성이던 소년에게서, 나는 그 녀석을 보았지만 내 몫을 챙긴 채 달아났고 또 오늘도 어딘가를 향해 달아나고 있다. 나를 버린, 내 돈을 훔쳐 간 남자도 그랬겠지. 그도 달아나야 했을 것이다. 우리가 살던 반지하보다 더 눅눅하던 나로부터, 더 어둡던 내일로부터. 그러나 한 가지 다행은, 이 일상에 그저 몸을 맡길 수 있다는 것. 어떠한 위로도 충고도 없이, 자크는 빵을 굽고 나는 빵을 팔았다. 우리는 눈을 꼭 감고 어둠을 받아들이는 법을 습득해 나가는 중이다.

어느새 해가 또 지고 말았다. 이 검은빛의 도시 사람들은 모두 어디로 갔을까? 떠난 옛 남자친구를 생각했다. 그는 말했다. 센 강에는 수많은 유령들이 떠돌아다닌다고. 60년 대, 파리에서 시위를 하던 수백 명의 알제리 사람들이 센 강에 빠져 죽었다. 프랑스 경찰들에게 맞다가 더 이상 갈 곳이 없어진 그들이 센 강에 뛰어 들었던 거지. 맞다가 죽으면 센 강에 내던져지기도 했고. 제빵사 자크는 말한다. 할아버지의 영혼은 센 강 바닥에 있다고. 그의 아버지는 쓰레기통 뒤에 숨어서 어머니가 센 강으로 뛰어드는 모습을 보았다고. 단골손님, 자크는 말했다. 제빵사 자크는 자크가 아니라고, 내가 소피가 아닌 것처럼, 그러나 그는 언젠가 소피라는 금발의 여자와 센 강에서 달콤한 사랑을 나눴다고. 로맨틱한 센 강이 흐르고 있었고, 파리는 사랑에 빠진 사람들을 위한 도시였다고, 나는 말했다. 나는 내가 아닌 다른 누군가가 되기를 꿈꾸노라고.

가을이 지나고 겨울이 왔다.

빵집은 문을 닫았다. 자크의 오븐은 완전히 고장이 났고, 파리에서 유명한 브랜드 빵집이 들어오면서 손님도 끊겨 버렸다. 단골손님 자크도 더 이상 오지 않았다. 마지막으로 그를 만났던 날, 파리로 가게 됐다고 말했다. 휑한 아파트에서 우리는 중국음식을 함께 먹었다. 어쩌면 나는 막연한 기대를 했는지도 모른다. 그와 함께 파리행 기차를 타는 모습을 상상해 보기도 했다. 그러나 그것은 불가능한 일. 그의 돈과 크리스털 조각상을 훔쳤기 때문만은 아니다. 그가 진짜 집주인이 아니고, 크리스털이 가짜라는 사실을 알았을 때, 또 다시 내가 본 것들이 열 발자국 밖의 환상이었다는 것을 알았을 때, 파리로 가는 열차는 사라졌다. 마지막 인사를 할 때, 하마터면 진짜 이름을 알려 줄 뻔했다. 아주 잠깐 마지막이기에 진실해지고 싶은 마음이 내게 남아 있었던 것이다. 먼저 인사를 한 것은 자크였다.
"안녕. 소피, 아니 마드무아젤 정."
"빌어먹을, 혁명은 끝나 버렸네. 신분을 들켰으니."
"그러니까 사장을 잘 만나야지. 내가 말했잖아, 우파 놈들은 안 된다고. 주둥이가 너무 가벼워. 나불대는 걸 좋아하지."
"사장이?"
"응. 가게 문 닫기 전에 한 번 갔었어. 서명 운동을 하더라고. 자기는 너 같은 가난한 동양 유학생을 고용하는 양심적인 사장이라더군. 유명 브랜드 빵집에서 너희 같은 외국인들을 고용할 것 같으냐고 떠들더라고. 일자리를 잃은 것은 미안하지만 서명하지 않았어. 그런 놈들은 당해 봐야 정신을 차려. 너무 기죽지 마. 나처럼 능력이 있는 혁명가가 되면 다시 신분을 세탁해서 돌아올 수 있으니까."

우리는 웃었다. 웃을 수 있는 사이로 남는 것은 간편하다. 궁급한 것들을 뒤로하고, 하고 싶은 말들을 덮어 두고 그렇게 간편한 헤어짐의 예의를 지킨다. 길고 가느다란 이야기들을 만들지 말자. 마지막 5분, 우리가 잠시 서로의 진짜 이름을 불러 줬다고 해도 시간은 흐를 것이다. 우리는 존재하나 만질 수는 없는, 잊어도 좋을 만한, 그래서 다시 입 밖으로 꺼내지 않을 에피소드가 될 것이다.

기차역으로 가는 길에 빵집 사장을 만났다. 시위를 하던 중이었다. 지역 경제 살리기 단체의 임원을 맡았다고 했다. 그는 내 어깨에 손을 올리며 말했다.
"이것 봐. 파리 대기업들이 우리 지역까지 밀고 들어오니까 너나 자크 같은 힘이 없는 아이들이 일자리를 잃고 이곳을 떠나는 거야. 프랑스가 언제부터 힘없는 사람들을 쫓아내는 곳이 됐지?"
나는 그를 향해 고개를 끄덕였다. 잠시 동지가 되어 주고 싶었지만 낡은 가방이 무거워서 오래 머물 수는 없었다.
기차역에서 한동안 사라졌던 검은 히피들을 다시 보았다. 세계를 다 돌고 제자리로 돌아온 그들의 노래는 이렇게 시작했다. '바람이 우리를 데려갈 거야.'
그들의 새로운 노래를 들으며 꽤 오랫동안 기차역에 서 있었다. 바람에 날리는 머리카락은 몇 번이나 정돈해도 소용이 없어서 포기하고, 가짜 크리스털 조각상으로 무게가 더해진 가방을 손에 꼭 쥐었다. 또 다시 땅거미 내려앉은 저기 철길 위로, 이제 막 터널을 빠져나온 기차 한 대가 천천히 다가오고 있었다.

작가노트

어느 쓸쓸한 날의 위안

　예전에 쓴 글을 다시 보는 것, 내게는 헤어진 애인을 다시 보는 것과 같습니다.
　익숙하면서도 낯설고, 설레면서도 덤덤해지고, 스스로가 뜨거웠던 시간이 부끄럽지만 또 그리워집니다. 콩깍지가 벗겨지니 못나 보이고, 지금 내가 초라해 보일까 봐 걱정이 되고.

　2013년에 썼던 단편소설 〈검은빛의 도시〉는 프랑스의 클레르몽페랑이라는 도시에 이사를 와서 썼던 글입니다. 오늘도 역시 나의 검은빛의 도시는 어둡고 비가 오네요. 그렇지만 그 안에는 희망 같은 불빛들이 있고, 그 불빛 안에서 새어 나오는 그릇 부딪히는 소리와 저녁 뉴스 소리가 어느 쓸쓸한 날에 위안이 되기도 합니다. 다음에는 유랑자들이 아닌, 옹기종기 모여 앉은 사람들의 이야기를 쓰고 싶다, 요즘은 부쩍 그런 생각이 듭니다.

이제 와서 보면, 울퉁불퉁한 소설이 아니었는지, 조금 더 소설답게 매끄럽게 썼다면 좋았을 걸 하는 반성도 하게 되지만, 그때의 나는 그랬나 봅니다.

울퉁불퉁 덜 다듬어진 사람.

그래서 그렇게 쓸 수 있었던 것도 같고.

여전히 글을 쓰고 있습니다.

그러니까 헤어진 애인들이 조금 더 늘어났네요. 반도 못 쓰고 포기한 장편들. 컴퓨터에 저장해 놓은, 혹은 지운 단편들.

2013년에도 그랬듯이 지금도 과정에 있습니다.

서른다섯이니 뭔가를 이뤄 놓지 못한 것에 조바심이 날 때도 있지만 어쨌든 나는 나만의 속도로 갑니다.

그리고 나의 속도를 다그치지 않고 기다려 주는 사람들이 있네요.

다행입니다.

생각해 보면 참 고맙습니다.

인터뷰

검은빛의 도시에서 보내온 편지

제5회 월간토마토문학상은 서른셋, 프랑스 클레르몽페랑이라는 도시에 사는 여자, 신유진 작가에게 안겼다. 이메일로 두 차례 질문과 답을 주고받았지만, 긴 시간 눈을 마주 보며 대화를 나눈 것 같다. 한국도 추운 겨울이겠지만, 따뜻한 겨울이 되었으면 한다는 인사도, 만남이 감사하다는 인사도, 형식이 아니라 마음이 있다. "사람들은 이곳을 검은빛의 도시라고 불렀다."라고, 그녀는 〈검은빛의 도시〉를 시작했다.

프랑스에서 작품을 보내 주신 것으로 알고 있습니다. 월간토마토문학상은 어떻게 알게 되셨나요?

작년 여름부터 한 달에 한 편씩 단편소설을 쓰자고 목표를 정하고 문학상을 찾다가 알게 되었어요. 홈페이지의 기사들을 보면서, 여기면 좋겠다. 그런 느낌이 들었거든요. 이 소설 전에 단편 두 개를 썼는데 끝까지 못 썼어요. 완성을 못 한 거죠. 지금도 다른 소설을 쓰고 있어요.

왜 소설이었나요?

저는 소설이 좋아요. 아직 읽지 않은 소설책이 앞에 있으면 가슴이 뛰어요. 기대가 돼요. 펼쳐질 이야기가. 또 이미 읽은 소설은 제 삶을 보는 것 같아 애틋해요. 무엇보다 저에게 소설은, 물론 내용도 중요하지만, 사람처럼, 어느 날 단 한 줄이 가슴에 박힐 때가 있어요. 그 한 줄로 모든 게 괜찮아지는 순간들이 있었어요. 그래서 정말 좋아해요.

프랑스는 어떤 나라인가요? 한국과, 한국에서 살았던 도시와 비교해 보면 많이 다른가요?

스물한 살에 프랑스에 왔어요. 프랑스가 아니라 아무 곳이나 새로운 세상에 가고 싶었어요. 그냥 살아지는 대로 살 것 같아서 무서웠거든요. 처음 한 7년 정도는 방 한쪽에 다 풀지 못한 가방을 두고 살았던 것 같아요. 집이 좁으니까 그런 것도 있지만, 사실은 마음이었던 거죠. 전부 풀어 놓고 살 수 없었던 마음이요. 그러니까 저는 한국도 프랑스도 아닌 그 중간 어디쯤 소속된 사람이었어요. 그래서 제가 본 프랑스는 프랑스가 아니었던 거죠. 제가 그리던 한국은 실제 한국이 아닌 추억 속의 한국이었고요. 이제 프랑스를 다시 보기 시작했어요. 선진국다운 의식과 수준이 분명 있어요. 매일 식사 시간마다 정치, 사회, 문화를 토론하는 것이 익숙한 사람들이 많죠. 배울 점이 많아요. 그래도 10년을 살았는데, 프랑스는 여전히 잘사는 이웃집이에요. 한국은 가고는 싶지만 어쩐지 오래 엉덩이를 붙이고 있지 못하는 명절의 고향 집 같고요. 지금은 번역 일과 연극을 하고 있어요. 현재는 프랑스에서 자리를 잡았어요. 미래는 모르겠네요. 한국에서도 살고 싶어요. 그리고 살아 보고 싶은 나라는 많아요. 저는 아직 아무것도, 아무 곳도 결정하지 않았어요.

떠나고 또다시 다른 곳에 적응하는 일이 두렵지는 않으세요? 그 과정이 굉장히 외로울 것 같은데요.

두려워요. 그런데 두렵고 싶어요. 두려움을 만나면 새로운 내가 나와요. 새로운 내가 그렇게 반가울 수가 없어요. 외로운 것은 어쩔 수 없어요. 엄마 배 속에서부터 혼자 외롭게 있다가, 외롭게 혼자 뚫고 나오잖아요. 저는 가끔 그 생각을 해요. 사람이 처음 느끼는 감정은 아마 외로움이겠다. 기억이 나진 않지만 열 달 동안 엄마 배 속이라는 시커먼 우주 속에서. 아마도 '아! 외롭다.' 이랬을 거예요. 그러니까 아기도 10개월을 혼자 견디는데, 저는 괜찮아요. 그렇게 생각해요.

이민자를 보는 프랑스인의 시선은 어떤가요?

이민자들을 향한 거부의 시선이 분명히 있어요. 다름에 대한 두려움, 혹은 모르는 것에 대한 두려움이 거부로 표출될 수도 있죠. 인종차별, 당연히 있어요. 우리나라는 없나요? 프랑스보다는 오히려 우리나라가 인종차별이 더 심하죠. 무턱대고 불쌍하게 보는 시선도 있어요. 다행히 제 주위에는 좋은 사람이 많아요. 세상에 다양한 인종, 국적의 사람들이 있다는 것을 자연스럽게 생각하는 사람들이요. 참 다행이에요.

'검은빛의 도시'는 클레르몽페랑인가요? 지금 그곳에 거주하고 계신 건가요?

예. 클레르몽페랑에서 살고 있어요. 소설 속의 도시도 클레르몽페랑이 배경이고요. 이곳 사람들이 클레르몽페랑을 검은빛의 도시라고 부르는 걸 들어본 적은 없어요. 언젠가 클레르몽페랑에 대해 쓴 글을 봤는데, 거기에 검은빛의 도시라는 표현이 있었어요. 화산 지대이기 때문에 화산암이 많고 그래서 검은 돌로 이뤄진 건물들이 많아요. 특히 대성당이 그래요. 검게 빛나는 성당이에요. 검은빛의 도시라는 표현이 정말 잘 어울리죠.

'검은빛의 도시'라는 표현이 작품 전체와 어우러지면서 굉장히 쓸쓸하게 다가옵니다. 작품을 시작할 때 계기가 있었습니까? 모티브가 된 사건이라든지…….

검은빛의 도시에는 정말 히피들이 있어요. 불법 이민자들이 농성을 했고, 노동자들이 떠난 빈 공장들도 있죠. 마약을 파는 아이들도 있고, 내가 아닌 다른 사람이 되고 싶은 소피 같은 사람도 있어요. 우울하고 쓸쓸한 모습이긴 한데, 아프니까 자꾸 눈이 가요. 해 줄 것도 없지만, 못 본 척하기는 그렇고. 그래서 기록해 두고 싶었어요. 누군가 이 글을 읽을 사람에게 말을 한번 걸어 보는 거죠. 이런 삶도 있대요. 그쪽은 어떠세요? 뭐 이렇게……

'이런 삶도 있대요.'라는 말을 누군가에게 전하는 것은 사람들이 이런 삶을 보고, 어떤 것을 느꼈으면 좋겠다는 바람도 있는 건가요?
 그런 건 아니에요. 사람들이 어떤 것을 느꼈으면 좋겠다는 생각을 할 만큼 거창하게 글을 쓴 적도 없고요. 다만, 그 글을 쓸 때, 누군가 보게 된다면, 혹시 이런 삶의 얘기를 듣고 나의 글과 그 누군가의 생각이 만난다면 참 좋겠다. 그런 기대를 가지고 쓴 거예요. 그런 막연한 기대는 우리를 행복하게 만들잖아요.

혹시 등장인물 중에 본인과 가장 비슷한 사람이 있나요?
 소피라고 할 수 있죠. 분명 소피에게는 저의 모습이 있어요. 소피의 시선으로 세상을 본 적이 있었어요. 소피처럼 열 발자국 떨어져서 바라볼 때, 내 것이 아닐 때 아름다웠던 것들, 허상을 꿈꿀 때가 있었죠. 그래서 히피들처럼 제자리에서 세계를 향하고, 세계를 돌아도 결국 제자리더라고요.

소피처럼 제3자의 시선으로 세상을 바라보려고 하시는 건가요?
 혹시 쇠라라는 화가를 아세요? 점묘법 화가로 유명해요. 쇠라의 그림은 보색 관계인 색채의 점들을 수없이 많이 찍어서 하나의 색과 형태를 만들어요. 멀리서 보면 너무 여유로운 풍경인데 가까이서 보면 서로 다른 색의 점들이 아우성을 치고 있죠. 때로는 짓눌리고 때로는 다른 색을 뭉개고, 또 때로는 섞일 수 없는 색들을 어쩔 수 없이 받아들이면서. 풍경화를 밖에서 볼 때는 그저 아름다웠어요. 그래서 풍경화 속에 들어가서 점이 되려고 하죠. 그리고 점이 되어 보니 정작 풍경화의 아름다움을 볼 수가 없는 거예요. 사방에 형체 없는 점뿐이죠. 어서 빨리 이 점의 신세를 벗어났으면 해요. 그렇지만 언젠가 소피는 알게 될 거예요. 자신이 아름다운 풍경화 그 자체라는걸.

소설에는 두 명의 자크가 등장합니다. 한 명의 자크는 소피에게 일자리를 주고, 한 명의 자크는 욕구를 채워 줍니다. 하나는 프랑스인이고, 하나는 아랍인이지요. 두 사람이 같은 이름인 것은 그냥 우연인가요?

  소피는 사실 소피가 아니에요. 소피가 되기를 막연하게 꿈꾸죠. 지금의 내 모습에서 벗어나고 싶어서 만든, 결국 허상이죠. 소피는 자신의 의지와 상관없이 갖게 된 이름 '정'과, 온전히 자신의 의지로 부여한 이름 '소피' 사이에서 유랑 중이에요. 두 명의 자크도 그래요. 사실 우리는 그들이 진짜 자크인지 아닌지 몰라요. 아랍인은 자칼이나 하산일 수도 있고, 프랑스인 자크는 집주인도 아니었고, 크리스털 장식도 가짜였죠. 사실 소피에게 그들의 진짜 이름 따위는 상관없어요. 그들이 자신에게 무엇을 줄 수 있느냐가 중요했던 거죠. 그럼에도 불구하고 두 사람 모두 자크라고 부른 이유는, 둘 중 한 명은 진짜 자크이길 바랐어요. 스쳐 지나가는 인연들이지만 아주 잠시, 진심을 나눈, 그것이 동료애이든, 사랑이든, 인간적 교감이든 둘 중 한 명은.

소설에서 도시의 유랑인들은 비둘기의 모습이었다가 불법 이민자의 모습이었다가 소피였다가 자크였다가 합니다. 어떻게 보면 도시에 사는 모든 생명체가 유랑하고 있다는 느낌입니다. 아니 정확하게 말하자면, 인물이 모두 유랑하고 있는 느낌이라고 해야겠지요. 마지막에는 프랑스인인 빵집 주인마저 거리에서 유랑하게 되지요. 도시에 정착할 수 있는 사람이 많지 않다고 느끼시는 것 같습니다.

  솔직히 말씀드리자면, 그런 시선이 없지 않아 있어요. 도시는 정착하기가 어려운 곳 같아요. 정착이 크게 소유와 뿌리라고 본다면, 소유하기도 어렵고 뿌리를 내리기도 어렵죠. 그런데 그렇게 한 바퀴 돌며 유랑을 해도 도시 사람들은 다시 도시로 돌아오더라고요. 도시를 어슬렁거리며 유랑하는 게 도시 사람들만의 정착일지도 몰라요. 개인적으로 주워 먹을 것이 많아서 날지 못하고 주저앉는 비둘기이고 싶진 않아요. 떠나는 게 서글퍼도 철새이고 싶어요.

주워 먹을 것이 많아서 날지 못하고 주저앉는 비둘기라는 말은…… 그러니까 도시에 완전히 뿌리내리고 싶지 않다는 말씀이신가요?

  날아야 할 순간에 땅에 붙어 있는 먹이에 미련을 두지 않았으면 해요. 그렇게 살고 싶은 제 바람이에요. 뿌리를 내리는 일은, 제가 내리고 싶다고 해서 내려지는 게 아닐 것 같아요. 이만큼 살다 보니, 지나와 보니, 여기까지 왔네. 이런 날이 오겠죠.

혹시 어떤 꿈꾸며 사세요? 앞으로 어떤 사람이 되고 싶으신가요?

예전에는 10년 후를 꿈꿨어요. 서른이 이렇게 빨리 올지 모르고. 지금은 하루 단위, 크게는 1년 단위의 꿈을 꿔요. 내일 하루를 잘 보내는 것, 올해는 더 많이 보고, 듣고, 경험하는 것이 꿈이에요. 그리고 매일 자기 전에, '오늘 하루 참 잘 보냈다.'라고 말하는 사람이 되고 싶어요.

사람들이 〈검은빛의 도시〉를 '어떻게 읽었으면 좋겠다.'라는 바람 있으세요?

없어요. 읽어 주시는 것만으로도 고마워요. 나에게 시간을 내어 주는 사람만큼 고마운 사람은 없어요. 읽어 주는 사람들의 귀한 시간을 낭비하는 소설이 아니었으면 하는 바람은 있죠. 인터뷰하면서 재미있었어요. 만난다는 건 너무 행복한 일인 것 같아요. 그래서 감사해요. 저에게 만남의 기회를 주셔서요.

(2014년 2월)

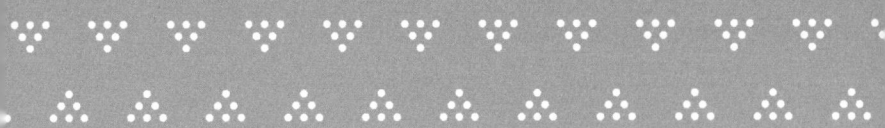

김우식

이우화

작가노트 · 빠져나오는 것,
인터뷰 · 그런 것에 관심 있습니다

이우화

1983년 부산에서 태어나 성균관대 법학과를 졸업했다. 2006년 제4회 대산대학문학상에 시 부문으로 수상했다. 2016년 《부산일보》 신춘문예 영화평론 부문에 당선되었고, 같은 해 방송작가협회에서 주관한 제2회 방송평론 공모 우수상을 수상했다.
서른여덟 살에 공무원이 되고 사슴 같은 아내와 만세를 누리겠다는 야심을 갖고 있다.

김우식

"아니요, 그런 거엔 관심 없습니다."

그렇게 말하는 우식의 눈을 나는 바라보았다. 그의 시각은 외부가 아닌 내부로 향해 있는 것 같았다. 그는 나를 보면서 말했지만 정작 그의 수정체에는 내가 맺혀 있지 않을 것이 뻔했다. 신경병적인 기색이 서려 있는 고동색 홍채는 무심한 거절의 권리를 행사하는 듯 결정적인 부분이 의도적으로 텅 비어 있었다. 스테인드글라스처럼 어떤 빛도 허무라는 그림 이외의 모양으로 변하는 것을 허용하지 않겠다는, 억세지 않아도 완고한 고집이 서려 있는 눈이었다. 나는 그와 눈을 마주치려 했지만, 그의 눈은 누군가와 대화하기 위한 것이 아니었다. 나는 그의 눈을 바라볼 수밖에 없었다. 그리고 그것은 아주 기묘하면서도 불편한 기분이었다. 누군가가 내 앞에 있지만 그는 그의 안에 있어서 나는 결국은 유령에 가까운 것과 맞닥뜨리고 있었다. 그는 형체가 있으나 영혼이 없어서 최대라고 해 봤자 사물로서의 질감이 느껴질 뿐 그 외의 것은 느껴지지 않았다.
"그럼, 이렇게 한 이유가 있을 것 아닌가?"
 처음에는 우식의 행동이 조금씩 드러날 때, 그저 특이한 유형의 인간인가 보다고 일부러라도 가볍게 생각하려 했었다. 아니다. 사실, 정말 처음 그를 보았을 때에는 어떤 낌새를 느낄 수가 없었다. 그는 눈꼬리가 아래로 길게 처진 순한 인상의 소유자였고, 부산에서 자랐지만 질박한 억양이 거의 없어서 뭐랄까, 사투리 특유의 친밀한 공격성이 주는 피로감이 들지 않아 좋았다. 말을 잘 이어 갔으며, 언어를 정확하게 구사하려는 가벼운 강박을 감지하긴 했지만 그때는 딱히 문제가 되는 상황이 그려지진 않았다. 어쩌면, 성급했던 건지도 모르겠다. 이력서를 봤을 때, 이미 호감을 갖기 시작했기 때문에. 오랜만에 느끼는 탄산수 속 산란하는 포말 같은 경쾌한 호기심에 이미 기분이 좋아진 상태였기 때문에.
 축 늘어진 블라인드처럼 무료한 칸들의 연속일 뿐인 그야말로 이력서다운 이력서들 사이에서 그의 이력서는 당장에 눈에 띄었다. 다짜고짜 커다랗게 자신의 이름 '김우식'을 이력서라는 제목 대신 달아 놓고 '표'에서 벗어나, 시각적이라고 해야 될까, 임의대로 자신의 이력을 한 줄 단위로 띄엄띄엄 배치해 놓아서 눈으로 밟아 가다 보면 마치 링크를 타고 한 문장에서 다른 한 문장으로 이동하는 듯 신선한 공간감이 생기는 독특한 이력서가 마음에 들었다. 게다가 양식만 독특하고 내용은 그저 그런 것이었다면 시답잖은 객기로 보여서 일단 읽기는 하면서도, 어디다가 힘을 쏟아야 할지 모르는 인간이군, 생각하며 슬쩍 비웃었겠지만 양식과 내용이 서로 호응을 하고 있다는 점이 어, 이거, 흥미롭다, 라는 기분 좋은 호기심을 자아내게 만들어서 나는 그를 알기도 전에 이미 그를 알고 싶다는 생각에 빠져들고 말았다.

김 우 식

시를 쓰고,

                    소설을 쓰고,

지금은 돈이 얼마간 필요한 것 같아

        게스트하우스 매니저에 지원해 본다.

나는 그에게 전화를 걸었다. 기본적으로 중저음이지만 어딘지 모르게 사내의 다져진 체력보다는 소년의 투명한 감각이 더 우세한 목소리였다. 나는 그의 얼굴을 이미 머릿속에 그리고 있었다. 안경을 꼈을 것이다. 손가락이 섬세할 것이고, 마른 몸을 가졌을 것이며, 그리고 근본적으로는 선한 느낌을 주는 분위기를 지니고 있을 것이다. 우리는 게스트하우스 로비에서 만났다. 그는 밝은 갈색의 뿔테 안경을 가늘고 긴 손가락으로 가끔 들어 올렸고, 세월에 무너지지 않은 호리호리한 몸매로 상황 뒤에서 힘을 빼고 웃는 방식의 부드럽고 가볍지 않은 미소를 지어 보였다.

"나이가 서른 살인데, 결혼해야 되지 않나. 자네 위해서 하는 이야기야."

그는 기다렸다는 듯 낚아채며 말할 수도 있지만, 어쩐지 그런 템포가 자신과는 일치하지 않아 일부러 한 박자 쉬어서 말하겠다는 듯 천천히 웃은 다음에 말했다.

"그런 거엔 관심 없습니다."

"아니, 그냥 생각 없이 이야기하지 말고, 직장도 잡고 해야, 자네가 원하는 삶을 살 수 있을 거 아닌가. 이거 평생 직장 할 건가. 그러기는 어렵지."

나는 그를 위해서 몇 가지의 이야기를 던졌다. 사실 나는 자네 같은 사람들을 좋아한다. 뭐랄까, 꿈이 있는 사람들이니까. 꿈이 있다는 거 그거 얼마나 좋은 건지. 글을 쓴다면 게스트하우스 매니저가 꽤 괜찮은 직업일지도 모른다. 다양한 사람들을 만나고 경험을 쌓을 수 있으니까. 일본, 중국, 말레이시아, 싱가포르, 어쩌면 한 번도 만나 본 적이 없는 국적의 사람들을 만날 수도 있고. 그렇게 이야기를 하다 보니, 결국 내가 무슨 이야기를 하고 있는 건지 알 수 없었다. 따져 보니 그를 위한 말도, 심지어는 그를 향한 말도 아니었다. 나는 걱정하는 듯한 말투로 시작해서는 나와 상관없는 이야기만 늘어놓곤 해서, 이 병신 새끼가, 하고 혐오했던 직장 상사의 화법이 문득 떠올랐다. 하지만 어쨌거나, 말을 해 놓고 나니 꽤 그럴 듯한 논리이긴 했다. 모름지기 글을 쓰는 사람에게는 경험이란 게 필요할 테니 말이다.

"선생님. 한 가지 분명히 해 둘 것이 있습니다."

그는 앞의 모든 말들에 대해서는 '틀리긴 해도 나와 상관없으니 넘어간다.'는 듯한 태도로 별다른 대꾸 없이, 시간의 궤적만 물끄러미 좇는 무료한 낚시꾼의 한가한 찌처럼 이따금 고개를 주억거렸지만, 내 마지막 말에 대해서만큼은 한 치도 물러설 수 없다는 듯, 이제는 더 이상 참을 수 없다는 듯, 분연하다고 해도 될 만큼 강한 감정을 순간적으로 드러내며 말했다. 그때가 사실상 그가 맨얼굴의 그를 드러낸 마지막 순간이었는데 그 찰나의 순간은 말 그대로 아주 순식간에 지나가서, 나는 방금 본 거친 경계선의 주변과 어긋나게 그려진 자화상 같던 사내와 지금 내 눈앞의 희뿌연 안개 같은 공기 속에서 담담한 표정을 짓고 있는 사내 사이의 커다란 간격을 쉽사리 해결해 내지 못하고 있었다.

"선생님. 경험으로 글을 쓰는 게 아닙니다."

그는 순간적으로 불쑥 드러난 자기 자신을 주워 삼키기라도 하듯 천천히 목소리에 들어간 뻣뻣한 경직을 이완시키며, 불안정해진 호흡을 가다듬으려 애썼다. 그의 시선은 테이블 위에 올려놓은 자신의 손끝을 향해 있었는데, 손끝에는 미세하게 땀이 맺혀 있었다.

나는 그가 절대 무언가를 용납하지 않는 부류의 사람이라는 직감이 들었다. 모든 것을 다 저버리고서라도 도저히 양보할 수 없는 어떤 지점을 끝까지 고수하려는 태도가 느껴졌는데, 나는 그것이 내심 불편하면서도 한편으로는 나의 도식적인 말들을 도식적이라고 인식할 수 있게 해 주는 그의 능력 덕분에 해방감 비슷한 것을 느낄 수 있어 좋았다.

그래, 그러고 보니 '꿈이 있는 사람들이지.'라는 말부터는 내가 하는 말이라기보다는 그냥, 그저 그런 말, 생각이 아닌 그저 중력이 작용해서 아래로 또 아래로 축 늘어져 버리는 사슬같이 이어지는 허접하고 쓰레기 같은 말이었다. 무관심해서 하는 무지의 말. 나는 그가 그간 축적되어 온 나의 지적인 피학에 대한 욕구를 만족시켜 주고 있다는 걸 알았다. '그렇다면 무엇으로 글을 쓰는 거지?' 묻고 싶었지만, 1 다음에 2가 나오는 정수들의 나열처럼 뭔가 뻔한 것 같았다. 나는 뜻하지 않게 찾아온 현학적이고 사치스러운 순간을 최대한 즐기고 싶었는데, 그러자면 1 다음에는 뭔가 다른 것이 나와야 했다.

그는 얼굴의 전체적인 균형을 해치지 않을 만큼 적당히 미간을 찌푸리고서 무언가를 골똘히 찾는 듯한 표정을 지었다. 생각하는 것이 아니라 찾는 것. 생각은 혹은 감정은 혹은 그 둘이 결합된 어떤 추상적인 질감의 '상태'는 이미 존재하고 있고, 다만 그에 대응하는 적합한 언어를 찾으려 그는 그의 사유의 창고를 뒤지고 있는 것 같았다.

그러니까 그는 애초에 어떠한 사안에 대해서도 허투루 이야기할 수 없거나, 혹은 허투루 이야기하게 될 때 심한 자괴감을 느끼는 사람임에 분명했다. 그는 본질적으로 언어와 분리된 사람이었는데, 아마도 그건 언어를 보통 사람들과는 다른 지점에서 쓰기 때문인 것 같았다.

"제게 필요한 건 그늘입니다, 햇빛은 하루에 15분이면 충분합니다."

1 다음에 a가 나왔다.

그는 이 문장을 '던진' 뒤 자기 뜻과 들어맞는 단어들의 결합을 찾아냈다는 만족감과 그렇다면 자기의 뜻이 전달되지 않겠냐는 안도감이 함께 있는 표정을 지어 보였다. 은유에 불과한 이야기로 상대에게 사실을 '다' 전했다고 착각할 수 있다는 건 그가 이미 언어를 즉각적인 상호작용의 세계에서 분리시켜 놓았다는 증거였다. 그는 언어를 내게 '보여 주었다.' 일종의 오브제처럼 그의 언어는 나와 그 사이에 놓여 있어서 나는 정신을 언어의 밖에 두어야만 했다.

여기까지 생각에 미쳤을 때, 나는 최근 몇 년간 겪어 보지 못한 사람을 만나고 있다는 확신이 들었다. 대략 마흔을 임계점으로 사람들은 더 이상의 활공을 멈춘다. 언어가, 중력이 그들을 완전히 낚아채 버리고 그들은 어느 순간 서로 다른 곳에 있던 서로 다른 이들이 하나의 규칙에 꿰뚫려 같은 세계 속으로 포섭되었음을 느끼게 된다. 그래서 그들은 상호작용을 하지만 상호작용만 한다, 신물 나게도.

처음부터 사람들이 그렇게 대화하는 건 아니었다. 아이들끼리 이야기하는 모습을 가만히 바라보면 흥미로운 점을 발견할 수 있다. 아이들은 서로를 보며 이야기하는 것이 아니라 그들 사이에 놓인 서툰 언어로 만든 재미난 조각 같은 걸 바라보며 소통한다. 아직 언어에 잡아먹히지 않은 것이다, 아직 이 세계에 완전히 착륙하지 않은 것이다. 상호작용은 없다. 하지만 개별적인 작용이 동시에 일어나서 아이들은 각자에게 일어나는, 신비한 마음의 변화를 감지한다. 어른들은 그것을 대화라고 하지 않지만 실제로 무언가를 이끌어 낼 수 있는 대화란 그런 방식이 아니면 불가능하다. 그리고 이제 마흔이 된 나는, 2014년의 나는, 내 주변의 마흔이 되어 버린 것들에게, 더 이상 언어와 간격이 없는 이들에게, 대화는 가능하지만 진짜 작용은 없는 이들에게 조금은 질려 있는 상태였다.

그렇다면,
나는?

그래도 나는 그들과는 조금 다른 부류라고 스스로를 생각해 왔다. 회사에 취직한 지 10년이 넘었으니, 시스템이랄까 뭐 세상 돌아가는 걸 대충 알게 되어서 어느 정도 속물이 된 부분이 없진 않았지만 그래도 뭐랄까, 예전의 시간들에 대한 나름의 예의를 놓지 않고 살아 왔다. 직장인밴드라는, 뭔가 앞뒤가 안 맞는 것 같지만 어쨌거나 밴드라는 이름으로 취미생활을 계속하면서 대학교 밴드부 시절의 기억들을 추억으로 날려 버리지 않았고, MLB 모자를 눌러쓰고서—가끔은 뒤로도 써 가며—야구장에 가서 아사히 슈퍼드라이의 정확하고 명쾌한 맛을 이따금 즐기기도 했고, 핸드폰 케이스 뒷면에는 내 시그니처를 박아 넣었으며, 스타벅스에 꽂혀 있는 남성 잡지들을 자연스럽게 꺼내 들어 '나의 이야기'로 읽으며 파스텔 톤 바지에 삐걱거리지 않는 양말을 신을 줄 알았다. 그러니까 나는 꽤 괜찮았던 거다. 낭만이라고 해야 할지 문화라고 해야 할지 정확한 단어를 갖다 붙이긴 힘들지만 어쨌거나 꽤 그럴 듯한 게 바로 나였다.

게스트하우스를 인수해야겠다는 생각을 할 때도 그랬다. 마흔이 얼마 남지 않은 시점이었는데, 늙었기도 했지만 낡았다는 말이 더 어울리는 몇몇 상사들을 보고 있자니, 그냥 가만히 있으면 저런 게 되고 말겠구나 싶었던 거다. 그래서 뭔가 '그럴듯한' 걸 찾았다. 일단 부동산에 관심이 갔는데, 'ㅇㅇ곶'들 주변에 기이하리만치 식상하고 반듯한 모양새로 자리 잡고 있는 펜션은 싫었고, 'ㅇㅇ만원 보장!'이라는 싸구려 술집의 네온사인 같은 원색적인 광고 문구로 도배된 원룸 임대 사업도 별로였다. 그러다가 흥미가 간 게 게스트하우스였다. 건축사무소 소장인 학교 선배가 인테리어를 해 준 L게스트하우스 사장들이 가게를 내어놓으려 한다는 것이었다.

게스트하우스라.

그때부터 시장조사를 해 봤는데, 괜찮았다. 아직 성숙기에 접어든 사업도 아니었고, 설사 성숙기에 접어든다고 해도 갑자기 손님이 끊길 사업도 아니었다. 그리고 무엇보다 게스트하우스란 단어를 입에서 되뇌었을 때 느껴지는 신선하고 젊은 감각이 좋았다. 호텔도 아니고 모텔도 아니고 펜션도 아닌 지점에 위치하는 독특한 포지션이 꽤나 마음에 들었던 거다. 그래서 L게스트하우스 사장들을 만났다.

L게스트하우스는 그 전에 세 명의 사람들이 운영하던 곳이었다. 남자 두 명. 여자 한 명. 그들 중 두 사람이 부부인 건 알고 있었는데, 대체 어느 쪽이 부부인지를 정확히 알 수 없어서 곤혹스러웠다. 두 남자 모두, 한 여자의 남편으로 어울리는 얼굴을 하고 있어서 나는 그 주제를 애써 피해 가려 했지만, 세 사람이 엉겨 붙어 있는 장면을 머릿속에서 떨쳐 내기는 어려웠다.

우리는 몇 가지 조건에 관해서 협상했는데, 이상하게도 그 세 사람은 이제 일에 질려 버렸다며 빨리 떠나고 싶으니 조건 같은 건 알아서 하라고 했다. 그래서 내가 알아서 해서, 게스트하우스를 싸게 인수했다.

2인실 다섯 개. 4인실 네 개. 6인실 한 개. 8인실 두 개. 하루 최대 숙박인원 60명. 모든 방은 벙크침대로 된 도미토리 형식이었고 화장실과 욕실—정확히 말하면 화장실 안에 있는 은색의 촉수 같은 호스—이 각 방마다 있었다. 특히 8인실 방에는 화장실이 두 개 있었는데 손님들에게 좋은 서비스를 제공하고 있다는 호혜적인 자부심 같은 것이 들게 하는 대목이었다. 그러니까, 이쯤 되면 적어도 날강도는 아니지 않나 하는, 사회적 마지노선보다 조금 더 앞쪽에서 일을 하고 있다는, 이만하면 괜찮은 사업가가 아닌가 하는, 유치하시만 언제나 살아가는 데 있어서 필수적인 얄팍한 자만심을 가질 수 있어서 꽤 기분이 좋았다.

먼저 파악한 건 광고 및 홍보 상황이었다. 국내 최대 포털과 세계 최대 포털에 '부산여행', '부산 게스트하우스', '남포동 숙박' 같은 검색어에 자동 연계될 수 있도록 이미 시스템이 잘 짜여 있었고, 특히나 인상적인 건 파워 블로거들에게 무료 숙박을 제공하면서 최근 3년 동안 잘 축적해 놓은 'L게스트하우스 후기'라는 제목으로 포스팅된 많은 글이었다. 글들에는 '남포동', '부산', '게스트하우스', '여행' 같은 단어들이 알게 모르게 틈틈이 박혀 있어서, 별 생각 없이 검색해 보는 사람들 혹은 게스트하우스에 한번 묵어 보아야겠다는 생각으로 의식적으로 검색어를 쳐 보는 사람들 모두 무의식적으로 포스팅된 글에 노출되고 있었다. 그들은 햇볕을 쬐고 싶지 않아도, 자동적으로 햇살을 맞아야만 했다.

조직은 이랬다. 세 명의 사장님들은 각자 역할을 맡고 있었다. 두 명의 남자는 한 주 단위로 번갈아 매니저 역할을 했다. 매니저 역할이란 건 이랬다. 한마디로 모든 걸 다 하는 거였다. 돈을 관리하니 재무, 고객을 응대하니 서비스, 사이트를 운영하고 홍보하니 영업, 시설을 보수하니 관리, 그리고 두 명 있는 아르바이트생을 지시 및 감독해야 하니, 이를테면 인사까지.

가슴이 크고 분명히 담배를 피우는 게 분명한 피부 톤이지만 세련된 메이크업으로 피부 변색을 감추고 있는 나머지 한 명은 식사와 게스트하우스 청소를 담당하고 있었는데, 그 사람이 특출해서라기보다는 그냥 '여자니까'라는 무의식적이고 무지하면서도 어쨌거나 간편해서 일은 돌아가게 만드는 명분에 따라 그 역할들을 맡은 것 같았다.

그리고 두 명의 아르바이트생이 있었다.

이 두 사람은 엄밀히 말하면 노예였는데, 면화 농장으로 흑인 노예들을 불러들이는 듯한 과도하게 사려 깊은 아르바이트생 공고문에 조금은 속아 넘어간 상태에서 일하고 있는 아이들이었다.

L게스트하우스에서 스태프를 모집합니다.

외국인 친구들과 이야기하면서 다양한 '문화' 경험을 쌓을 수 있고, 세계에 대한 열정을 키워 갈 수 있어요^^

일은 간단해요.

11시부터 오후 2시 정도까지, 하루에 세 시간만 객실정비를 해 주시면 됩니다.

숙식제공하구요~

'임금은 제공하지 않아요^^;'라는 말은 적혀 있지 않아서, 공고문을 본 아르바이트 지원생들이 "시급은요?"라고 물으면, 숙식을 제공하기 때문에 별다른 임금은 제공하지 않지만 숙식비만 해도 최저임금 이상은 충분히 된다고 친절히 설명해 주었다고 했다.

맞는 말이긴 했는데, 11시부터 오후 2시까지 가슴 크고 담배 피는 여자를 따라 청소를 한 뒤에 로비 의자에 힘없이 앉아 있는 아르바이트생 두 명의 표정을 보니, 신나게 면화를 채집한 뒤에 허망한 표정으로 어디 담배 없나 하고 자신의 호주머니를 기웃거리다, 역시 한 개비도 없다는 걸 깨달은 뒤 그렇다면 절망이라도 하자, 하며 자기가 앉은 자리 위에 또 다시 눌러앉아 스스로에게 뭉개져 버리는 노예의 표정과 거의 똑같아서 그저 말만 맞는 것 같다는 생각이 들었다.

그도 그럴 것이, 숙식이 제공되지만 바로 그놈의 숙식이 제공되기 때문에, 일하는 곳이 곧 생활하는 곳이 되어 버려서 잠깐 한눈을 팔고 휴식이라 해야 할지, 혹은 그늘이라 해야 할지, 아무튼 그런 고요한 상태 속으로 들어가 있으려 하면, 의문이 생길 때엔 일단 관계자를 찾는다는 단순한 기제로 일관하는 손님들에게 노출되어 어쨌든 스태프라는 명목 때문에 남포동 근처 관광지를 설명한다거나, 수건을 갖다 주거나, 화장실 휴지를 갈아 주는 잡스런 일들에 시달려야 해서 뭐랄까, 실질적으로는 무보수로 하고 있는 일들이 많기 때문이었다.

나는 인사조직을 개편하기로 했다. 이미 만들어져 있는 걸 조금 더 다듬어 보기로 했다. 우선 매니저가 필요했다. 재무, 인사, 시설관리, 서비스, 모든 것을 해 줄 한 사람이 필요했다. 아침 8시부터 저녁 10시까지 데스크에 있으면서 잠도 이곳에서 자 줄 사람. 기본적으로 딱히 힘든 일은 아니고, 또 외국어 실력도 키울 수 있으니 어쨌거나 나쁜 일터는 아니라고 생각했다. 안 힘든 일이 어디 있나.

그다음은 담배 피고 가슴 큰 여자 대신 청소를 해 주고 스태프들 식사를 해 줄 억척스런 아줌마가 필요했다. 인력업체에 문의를 해 봤더니 조선족 아줌마부터 돈이 필요한 혼자 사는 아줌마들까지 넘쳐 나서 사람 구하는 데 별 어려움은 없었다.

그리고 마지막으로 아르바이트생이 필요했다. 총 열두 개의 객실을 청소하려면 그래도 두 명은 필요했다. (전임자들의 세팅에는 이유가 있었다.) 그리고 순이익을 고려했을 때, 아르바이트생은 숙식을 제공한다는 조건을 통해서 이용, 아니 사용, 아니 고용해야 했다. (전임자들의 세팅에는 역시 이유가 있었다.) 《게스트하우스 이렇게 차려라》라는 책을 읽어 보니, 휴학을 하거나 워킹홀리데이에 합격되었는데 그 사이 남은 시간이 비게 되어서 여행도 할 겸, 또 시간도 죽일 겸 게스트하우스 같은 곳에서 숙식하며 일하고 싶어 하는 친구들을 소개시켜 주는 웹사이트가 있었고 나 또한 이곳을 이용하기로 했다.

그렇다면 나는? 그래도 사장인데, 내가 청소아줌마가 될 순 없었다. 아르바이트생 역할은 더더구나 맞지 않았다. 그렇다면 매니저 일은? 사실 매니저 일은 할 수도 있었겠지만 나는 매니저 일을 할 수 없었다. 다니는 회사도 계속 다녀야 했고, 무엇보다 그런 건 나의 일이라는 생각이 들지 않았다. 나는 사장이고, 그러니까 계획해서 틀을 짜 주면 그걸로 된 거 아닌가. 그게 내 역할이라고 생각했다. 실제로는 그 '틀'이 틀릴 수도 있겠지만 틀린 부분을 메워 줄 사람을 쓰면 틀린 게 사라지니까 상관은 없었다. 그러려고 돈 주어 가며 사람을 쓰는 거 아닌가. 생각하기도 성가신 일들을 더 이상 생각하지 않아도 되게 해 줄 무언가가 필요했다. 그게 바로 '매니저'라는 만능열쇠 같은 직책이었다.

오랜만에 만난 친구들과의 모임에서 나는 이 이야기를 길게 늘어놓았다. 사장-매니저-청소아줌마-아르바이트생 두 명. 매니저가 팀장이라면 청소아줌마는 계장이다. 시스템은 잘 짜 놓은 것 같다. 앞으로 큰 돈 안 바라고, 좀 낭만 있게 살고 싶다. 힐링이 대세지 않냐.

이렇게 말하는 동안 친구들은 역시 너답다, 너 괜히 대학교 때 밴드부에 있었던 게 아니었어, 하며 나를 칭찬했다. 그런 이야기를 하는 녀석들의 얼굴을 살펴보았더니, 뭐, 당연한 거긴 하지만, 그냥 아저씨였다. 오고 가는 아이들 이야기는 언제나 상대의 아이에 대한 칭찬으로 끝이 났지만 규격화된 제도 안에서 평가를 받기 전, 정확히는 입시의 세계에 포섭되기 전이라 언제 서로의 아이들을 숫자 단위로 환산하여 말하게 될지 모른다는 예정된 불안감이 서서히 공기 속에서 차오르고 있었고, 집, 담보, 월급, 퇴직, 주식, 그리고 가끔씩 끼워다 넣는 야구 이야기가 대화의 전부에 근접하는 시간들이 늘어나고 있었다.

그리고 보면 친구들은 서른 살쯤 때부터는 자기 자신에게서 은퇴한 것 같았다. 이립의 나이라서 그런지는 몰라도, 그때부터 녀석들은 분명히 뭔가 질이 달라져 있었다. 불안하지만 총명했던 녀석들도 안정되고 멍청한 이야기에 능숙해져 있었고, 어릴 때부터 안정되어 있고 영리했던 친구들은 이제는 아예 변화 가능성이 보이지 않는 완벽한 안정 속에서 더 이상 그러지 않아도 될 것 같은데 또, 더, 영리해져서 기품은 있되 영민한 감각은 보이지 않는 세련되고 우아하고 메스꺼운 보수층 엘리트의 냄새를 풍겨 댔다.

그래서 나는 이 모임이 역겨우면서도 마음에 들었는데 이 정도면 나는 나를 지키고 있지 않은가, 완전히 '저쪽으로' 가 버린 것은 아니지 않나, 하는 살아가는 데 있어서 필수적인 얄팍한 자만심을 유지할 수 있기 때문이었다.

"이 새끼, 너는 진짜 그래도 재밌게 산다."
"게스트하우스? 이야, 그거 매력 있는데?"
"아니 게스트하우스 해 보겠다는 생각을 어떻게 했냐?"
녀석들은 호의 어리고 호기심 어린 언사들을 내어놓았고,
"우와, 낭만 있어요."
"저희 부부 가면 공짜로 재워 주시는 거죠?"
"언제 그렇게 돈을 모았어요. 역시 대기업이 좋네요."
제수씨라 통칭되는 남성 사회의 부산물들은 호들갑이 반쯤 섞인 목소리로 내게, 나의 인생에 호감을 표했다. 나는 그 말들에, 에이 별거 아닌데, 하는 표정으로 짐짓 쑥스러운 듯 손사래 치면서도, 역시 나는 잘 살고 있다, 저들과 다르다, 하는 뿌듯한 자부심을 한 줄 또 한 줄 차곡차곡 올려 나가다 문득 정민을 떠올렸다.

그 녀석이라면 뭐라고 말했을까.

나는 이 기분 좋은 부유감에서 떠나고 싶지 않아 황급히 다른 대상으로 생각의 방향을 돌렸다. 아내에게로, 나의 사랑하는 아내에게로.

부모님의 강박적인 의무감과 싸워 가며 서른여덟이라는 빠르

지는 않은 나이에 서른 살 직장 동료와 결혼했는데, 여러 면에서 우리는 괜찮은 사이였다. 비슷한 인테리어 감각을 가지고 있었고, 활자에서 완전히 멀어지지 않은 사람들이라 문어체적인 공통사를 유지할 수 있는 나름의 유대감이 존재했으며, 아이는 천천히 가지는 걸로 하자는, 즉 개인의 삶에 대한 가치를 놓지 말자는 종교에 가깝다고 해도 좋을 세계관도 공유했다. 결혼식도 주례 없이 하자는 데 서로가 태연히, 또 당연히 동의했는데 그건 사회 규칙에 대해서 심리적으로 떨어져 있는 간격이 비슷하다는 증거였다. 그리고 특히나 내가 좋아한 건 고전적이라고 해도 좋을 만큼 반듯한 그녀의 하얀 얼굴과 서글서글한 눈매, 그리고 부드러운 촉감이 느껴지는 다정하고 상냥한 말투였다.

친구들과 제수씨들의 말들이 계속되어, 더 이상 쌓아 둘 자리가 없을 정도로 뿌듯한 만족감이 차올랐을 때, 나는 자리를 떠나 오로지 예쁘기 때문에 산 하늘색 박스카를 타고서 집에 도착한 뒤 아직 자지 않고 소파에 앉아 있던, 얼굴이 하얗고 서글서글한 눈매를 가진 아내의 입술에 가볍게 입을 맞춘 뒤, 기다랗고 균형 잡힌 다리를 쓰다듬다가 내 아내의 그곳에 내 그것을 박아 넣었다.

요약하자면, 완벽한 하루였던 것이다.

그렇게 L게스트하우스는 돌아가기 시작했다. 첫 번째 매니저는 미국에서 어학연수를 하고 온 뒤 구직 중인 스물일곱 남자 녀석이었다. 6개월을 하기로 했고 4개월을 하고 떠났다. 뭔가 크게 데이기라도 한 듯 단 한 시간만 인수인계를 하고 떠나는 바람에 두 번째 매니저가 상당히 고생을 했는데, 그렇게 백지 상태로 일을 했기 때문에 역으로 전체 과정을 하나하나 자기 걸로 소화해 가면서 나름의 체계를 만들어서 오히려 결과적으로는 나에게는 편한 일이 되었다. 아무런 전달사항이 없으니 스스로 업무분장을 만들고, 일과표를 만들고, 물품 목록을 만들어서 엑셀 스프래드 시트에 떡하니 저장을 해 놓으니 이제 일에도 체계가 잡힌 셈이었다. 그 사이 청소아줌마는 바뀌지 않았다.

"사장님, 내 자르지 마이소, 내 잘합니다."

과연, 아줌마는 자르지 않아도 될 정도로 억척스러워서 노예, 아니, 아르바이트생 두 명을 잘 굴려 체크아웃 후 체크인 시간까지 청소를 잘도 해냈고, 조미료를 많이 쓰는 것 같긴 했지만 어쨌든 삼시 세끼 식사도 척척 내어놓았다.

그리고 아르바이트생 두 명은 두 달 단위로 뽑아 썼다. 녀석들은 해당 사이트에서 이야기한 것대로 휴학 중이거나 워킹홀리데이에 합격해서 한국을 뜨는 날을 기다리고 있거나, 아니면 그 둘 다인 경우가 대부분이었고, 스태프 룸 2번 방에서 함께 지냈다. 혹시나 모를 경우를 대비해서 아르바이트생은 남자 두 명 혹은 여자 두 명으로만 뽑았다.

그렇게 1년이 지났다. 4월 1일부터 내가 사장님이 된 거긴 했지만 (사업자 등록은 아내 명의로 마쳤지만) 전임자들이 흥미를 잃고 관리 소홀, 아니 그저 방치했던 구석구석의 공간들을 청소하고 다시 필요한 비품들을 채우는 데에만 한 달 정도가 걸렸다. 그 한 달만큼은 퇴근을 하고서도 꼬박꼬박 게스트하우스를 찾았다. 일을 해 나간다는 건 어떻게 보면 야생동물을 길들이는 과정과 비슷하다. 억센 손으로 목덜미를 움켜잡으면 그때부터는 끝나는 거다. 하지만 그 날뛰는 생명을 관리 가능한 사물과 유사한 것으로 만들기 위해 과연 어디가 머리인가 하고 궁리하고 탐색하는 데 한 달은 걸린다. 그 시간 동안만큼은 열심히 일해야 한다. 그러다 보면 저절로 체계가 잡히고 어느 순간 일을 장악한 것 같은, 야생마의 등에 올라탄 카우보이가 된 것 같은 기분이 든다. 일을 길들이는 것이다. 그다음부터는? 가축은 가축이다. 알아서 움직이게 된다.

 체계란 건 자기 마음대로 날뛰는 생명을 관리 가능한 형태로 장악할 수 있는 도구다. 한 달 동안, 나는 게스트하우스의 머리를 찾아내서 목덜미를 부여잡았다. 1년간 회전율을 찬찬히 살폈고, 광고 효과를 검토했으며, 정비되지 않은 객실을 수리했고, 매니저-청소아줌마-아르바이트생이라는 인사조직도 확립했다. 구인도 끝났고, 구조 파악도 끝났고, 그렇다면 이제 남은 건 내가 나를 구하는 것뿐이었다. 그 한 달이 지나고 난 뒤부터는 가끔씩 느지막하게 게스트하우스에 들러 입출금 정도만 확인했다. 사실 결국 그걸로 귀결되는 거니까. (그런데 이 과정을 김우식은 일주일 만에 끝냈다.)

 그리고 내 몫은 이제 확립되었다는 확신이 든 이후부터는 직원들한테 좋게 대해 주고 싶었다. 회식도 자주 했고, 매니저한테 아르바이트생 간식 안 떨어지게 잘 챙겨 두라는 말도 해 두었다. 걔네들 객지 와서 고생이다. 그러니까 매니저 니가 잘해야 된다. 매니저라는 역할이 원래 양쪽 다 신경 써야 되는 거다. 사장하고, 평사원들, 하하, 이렇게 말하니 좀 우습지만 아무튼 사장하고 밑에 사람들, 이 두 집단에 낀 사이니까 그걸 잘 연결하는 게 니 역할이다. 완충지대가 되는 거지. 아줌마나, 알바생들 불만 있으면 잘 들어주고, 또 불만 안 생기게 잘 챙겨 주고, 또 좀 아니다 싶으면 무어라 말도 하고, 또 내 전달사항 잘 전해 주고. 그러니까 매니저라는 게 책임이 있는 거다.

이렇게 말했을 때 두 번째 매니저 혜진이는 아 씨발 또 이 소리냐, 그런데 그게 맞긴 하지, 하는 표정을 지었다. 어릴 때부터 아르바이트를 해서 빨리 사회적인 언어에 노출된 혜진이는 '다 아니까, 빨리 말하셔.'라는 언짢은 기색을 적당히 숨기면서 또 일부러 살짝 드러내면서 조금은 거친 형식으로 자기주장을 했고, 나는 그녀의 영역이 어느 정도인지를 감지하면서 일을 시켰다.

그녀의 영역은 제로였다.
싫어하지만, 어쨌든 할 게 뻔하니까.

게다가 그녀에게는 일종의 가부장적인 태도가 존재해서, 청소 아줌마를 이모님이라 호칭하며 성가시지만 그래도 정 많은 친척 정도로 생각하고, 아르바이트생들을 직계혈족처럼 껴안을 줄 알았기 때문에 문제랄 것이 생기기가 어려웠다. 그들 간에 가족 유사한 관계가 성립되어 버리면 사실 웬만한 문제는 가족 내부의 문제가 되어 버려서 탈은 있어도 결국은 조용한 걸로 간주되는 형식으로 해결돼 버렸기 때문이다.

그렇게 8개월이 흘렀다. 그녀는 처음 2개월 동안에는 반복되는 문의전화와 끊임없는 광고전화들, 해외 여섯 개 사이트에서 산발적으로 흘러들어 오는 예약안내 메일과, 해외 수만 개의 사이트에서 흘러들어 오는 필요한 건 아무것도 안내하지 않는 스팸메일들, 본질은 무임금 노동에서 비롯된 피로감에서 비롯되는 스트레스지만 아직 사회를 잘 모르는 탓으로 대체 무엇 때문에 피곤한 건지 파악 못한 채 축 늘어지기 일쑤인 알바생들 챙기기, 멍청한 홈페이지 제작자 때문에 예약 초과 상황이 종종 발생하는 홈페이지 관리, 부족해 보이는 임금을 각종 비품들(휴지, 샴푸)에서 충당하려고 하는 이모님(청소아줌마), 저 먼 곳에서 지시만 내린 채 얼굴은 잘 안 비추는 사장님 사이에서 힘들어했지만, 역시 다년간의 사회 경험자답게, 이미 햇빛에 노출된 자답게, 어차피 탄 얼굴 좀 더 그을려도 되지 않나 하는 듯한 태도로 어딘가 스물아홉이라는 나이보다는 조금 과도해 보이는 억척스러움으로 상황을 돌파해 나가더니 3개월째부터는 그야말로 안정세였다.

그 사이 날마다 손님이 꽉 차는 7월에서 8월간의 신나는 성수기도 지나갔고, 서로 얼굴을 익히고 또 억지로라도 빠르게 친해져서 일하는 데 필요한 신속한 의사체계를 확립하기 위해 회식도 틈틈이 하였고, 크리스마스 때에는 입구에 트리도 하나 멋지게 놔두어서, '이곳은 문화적이다.'라는 걸 은연중에 과시한 사진을 블로그에 포스팅하기도 했다.

그 사이에 '나-매니저-청소아줌마-알바생'의 관계는 '보이지 않는 아버지–아버지 없는 집안을 지키는 아버지 같은 어머니–모성이 부족한 엄마를 보완하는 억척스럽고 질박한 이모님–노동하는 자식들'의 관계로 변해서 출처를 알 수 없지만 존재만은 명백한 '정'이 밴 관계가 되어 있었고, 충분치 않아도 생활은 가능한 월급 지급과, 숙식제공이라는, 일단은 본능적인 안정감에 대한 욕구를 충족시켜 주는 환경조성으로 나 또한 그리 욕먹지 않는 아버지 비슷한 사장님이 되어 있었다.

그리고 100퍼센트 자신은 할 수 없는 것이겠지만, 나는 나쁜 사장님은 아니었다. 최저임금법을 어기지 않았고, 밥도 빠트리지 않고 먹였고, 회식 자리에서는 늘 직원들이 고르고 싶은 걸 고르게 했다. 아니, 어떤 때는 먹고 싶어 하지 않아도 술도 사 주고, 회도 사 주곤 했다. 게스트하우스 운영에 있어서도 이 사업을 원룸 임대처럼 생각하며 그저 돈만 노리는 늙어 빠진 수전노처럼 굴지도 않았다. 로비 입구에는 《연금술사》 같은 꽤 그럴듯한 제목의 책들을 꽂아 두었고, 군데군데 외국원서도 사 놓아서 최소한의 분위기만큼은 늘 유지했다. 조명도 멍청하고 맥 빠진 하얀 형광등 대신, 전구색 형광등을 배치해서 '카페'스러운 톤을 만들었고, 장난감이라든가 미니어처 같은, 얼핏 사소해 보이지만 한 사람의 외곽에 무방비 상태로 놓여 있는 사회적으로 용인된 소비문화적인 허영심에 강하게 호소할 수 있는 물건들도 가져다 두었다.

그러니까, 괜찮은 거였다.

3월까지도 괜찮았다. 3월 초에 혜진이가 친척 일을 도와주어야 한다며, 매니저 일을 그만두겠다고 말했을 때에도, 3월 10일 날 김우식을 비롯한 일군의 지원자들과 면접을 나누었을 때에도, 선해 보이는 김우식이 친절한 매니저가 되어서 큰 사고 치지 않고 업무를 수행하면, 게스트하우스 평판에도 (혜진이는 특유의 억척스러움 때문에 어딘지 모르게 친절해 보이지 않는 구석이 있었다.) 도움이 될 수 있을 것 같다고 생각하여 결국 그를 매니저로 채용했을 때에도, 한 시간만 인수인계를 하고 떠나 버린 전임자의 전철을 밟지 않겠다며 일주일은 같이 일하며 차근차근 일을 가르치겠다는 혜진이의 의사에, 그거 참 좋다, 그래야 마치 매니저가 바뀌지 않았던 것처럼, 볼트를 뺐다가 새로 끼웠다는 생각조차 들지 않도록 매끈하게 일이 돌아가겠구나 싶어, 3월 24일부터 김우식을 매니저 교육에 투입시킨 때까지도 괜찮았다. 하지만 김우식이 정식 매니저로 일하게 된 4월 1일부터는 뭔가, 이상했다.

아니다, 다시 말하는 편이 낫겠다. 3월 30일까지 괜찮았다. 혜진이 송별회 및 김우식 환영회 및 정기적인 결속 확인을 위한 회식을 실시한 3월 31일은 좋지 않았다.

우선 김우식에게 '환영회를 3월 31일 하겠다.'라는 카카오톡 메세지를 보내려 했을 때 그가 카톡을 하지 않는다는 걸 알게 될 때부터 뭔가 이상했다. 당연히 그가 나의 친구가 되어 있을 줄 알았는데 그는 카톡이라는 필드에, 등장조차 하지 않았다.

어쩔 수 없이 문자를 보냈을 때, '환영회3월31일하자.먹고싶은거말해.' 하며 다정한 배려를 그에게 비추었을 때, 돌아온 문자는 '그런 거엔 관심 없습니다.'이었다. 어? 하는 당혹감조차 들지 않을 정도로 아무런 감정도, 생각도 떠오르지 않는 상태로 화면을 보다가, 그 글자들에 깃들어 있는 100퍼센트의 진실한 기운이 느껴져서 가벼운 그로기 상태에 빠지는 것 같았다.

그렇다면 어쩔 수 없다, 뭐 일이 있나 보지, 어머니가 아프실 수도 있고, 그렇게 상황을 정리한 뒤 혜진이 송별회 및 정기적인 결속 확인을 위한 회식을 3월 31일 저녁 10시에 게스트하우스 로비에서 실시하기로 했다. 내 머릿속 생각은 이랬다. 아마, 김우식은 10시면 어디론가 나갈 것이고, 그에게는 무슨 일이 있을 테니, 무언가 사정을 이야기할 것이고, 그러면 나는 너그러운 마음으로 그를 이해할 것이고, 다시 나의 가족과 유사한 사람들과 가족처럼 이야기하며 맥주도 마시고 치킨도 먹으며 이만하면 좋다, 라는 감정에 다 같이 빠져들게 될 것이다.

3월 31일 날 실제의 풍경은 내가 머릿속에 그려 놓았던 장면들과 상당 부분 일치했다. 그리고 많은 부분은 틀려 있었다. 가장 두드러지게 달랐던 틀린그림찾기 속 틀린 그림은, 김우식이 게스트하우스 안에 있었다는 점이었다.

그는 어떠한 변명도 대지 않았다. 로비에는 나, 사장, 이모님, 알바생 둘이 미리 배달된 통닭과 병맥주들 앞에 앉아 있었다. 이 그림은 옳은 그림이었다. 그런데 김우식은 데스크에 있었다. 그는 계속해서 뭔가를 뒤적거렸다. 첫 번째 서랍을 열고 물건을 죄다 꺼내 놓고 정리를 한 뒤, 두 번째 서랍을 열고 물건을 죄다 꺼내 놓고 정리를 한 뒤, 세 번째 서랍을 열고 물건을 죄다 꺼내 놓고 정리를 했다. 3월 31일 밤 10시. 자기의 사수가 자기 옆에 없기를 마치 기다렸다는 듯이, 아주 계획적이고 체계적인 동작으로 물건들을 다 확인하기 시작했다.

물론 그것이 아주 의미 없는 행동은 아니었다. 내일이면 4월인데 크리스마스 때 쓴 트리 장식들이 나오기도 했고, 언제 놓고 간 건지 알 수도 없는 유실물도 있었다. 또 전임사장들이 있을 때 썼던 철 지난 양식의 문서들도 많았다. 한 번은 필요한 작업이기는 했다. 그런데, 왜 지금이지? 그게 궁금했다. 하지만 왜 지금 그 일을 하지?라는 질문에 그런 질문을 왜 하는 거지, 라며 반문할 게 뻔해 보이는 확고한 태도로 김우식은 네 번째 서랍을 열고 물건을 죄다 꺼내 놓고 정리를 하고 있었다.

"음······. 무슨 기준이 있는 거지. 함부로 다 버리면 안 될 텐데."

나는 그의 행동 자체를 문제 삼기보다는 행동의 방식을 문제 삼으면서 우회적으로 그의 행동을 공격해 보기로 했다.

"3개월이 기준입니다. 제 경험상 3개월 동안 쓰지 않은 물건은 다시 쓸 확률이 5퍼센트도 안 됩니다. 이건 그냥 혼란입니다."

그러고서 그는 다섯 번째 서랍을 열었다. 이대로라면 그는 모든 게스트하우스 내의 서랍을, '닫힌 곳'을 열 작정이었다. (실제로 그는 그렇게 했다.) 나는 그가 염려스러웠다. 물론 게스트하우스를 위해서 열심히 일하는 건 사장 입장에서 고맙고 또 바람직해 보이지만, 인간관계라는 게 있는데 50퍼센트는 김우식 본인을 위해 열린다고 해도 무방할 회식을 5퍼센트의 확률 들먹이며 그만두어 버린다는 것이, 뭐랄까, 앞으로의 그의 게스트하우스 생활을 생각해 보았을 때 좀 무모하고 위태로워 보였다. 글 쓰는 친구라더니, 역시 세상 물정에 대해서 좀 둔한 것이 아닌가, 이러면 사회에서 살아남지 못하는데, 하는 인생 선배로서의 자연스러운 걱정도 들어서 뭐라도 한마디 해야 될 것 같았다.

"그래, 우식 군. 이게 참 좋은 행동이긴 한데, 회식을 하지그래. 다, 자네를 위해서야."

"아니요, 그런 거엔 관심 없습니다."

그는 여섯 번째 서랍을 열다가 뒤돌아서 나의 눈을 바라보며 정중한 목소리로 100퍼센트의 진실을 담아 다시 이야기했다. 몸이 아픕니다, 다음번에는 하겠습니다, 죄송합니다, 가 아니었다. 관심이 없는 거였다. 이건 마치 카카오톡을 쓰지 않는 그의 태도와 비슷했다. 아예, 등장조차 하지 않는다. 메시지에 답하지 않는 것이 아니라, 아예 필드에 나오지를 않는다. 그는 거절이라는 방식으로 너무 큰 단위의 생활을 제거하고 있었다. 그리고 그 사이에 3개월 동안 쓰지 않았음이 분명해 보이는 물건들이 차곡차곡 쌓이고 있었다.

"그럼 자네는 어떤 거에 관심이 있나?"

다행히도 나는 화가 나지 않았다. 오히려 아주 순수한 종류의 의구심이 들어서 흔들리지 않는 목소리로 말을 할 수 있었다. 그가 조금이라도 화를 내면서 말했다면, 어쩌면 나도 화가 났을지도 모르겠다. 하지만 그의 목소리에는 아무런 감정도 없었다. 완고한 확신도, 신경질적인 거부도, 발작적인 충동도 아니었다. '아니요, 1 더하기 1은 2입니다.'와 같은 느낌의 목소리로 그는 그런 거엔 관심 없다며, 자신의 상태를 마치 사실을 보고하듯 이야기했다. 나는 그의 또 다른 사실을 확인하고 싶었다. 그리고 그가 아닌 나의 마음속에 오히려 완고한 확신 같은 것이, 신경질적인 거부 같은 것이, 발작적인 충동 같은 것이 피어나는 듯한 기분이 들었다.

"테트리스에 관심이 있습니다."

그는 차곡차곡 쌓인 물건들을 한 아름 품에 안더니 주방 옆 쓰레기통에 넣었다. 그리고 마치 다음 세트를 넘어가게 되어 기쁘지만, 다음 세트로 넘어가니 긴장해야겠다는 듯한 양가적 감정을 느끼는 얼굴로 일곱 번째 서랍을 열기 시작했다.

그래서 회식은 그를 제외한 형태로 실시되었다. 원래 그는 이를테면 상속자 역할을 해야 했다. 장녀는 또 다른 어딘가로 시집가고 그 뒤를 이은 장남이 이제 집을 이끌고, 사장 같은 아버지, 아니, 아버지 같은 사장인 내가 그 장남에게 우리 집안을 잘 이끌어 달라는 부탁 겸 협박을 하고, 뭣도 모르고서 응석도 부리고 시무룩해하기도 하는 노동하는 아이들 두 명과 잡다한 부분들에 관심은 많지만 진지한 궁리는 하지 못하고 질박함과 억척스러움 하나로만 대처하는 이모님에게 '자, 이제, 이 녀석이 장남이니, 잘 받들어 모십시오.'라고 선언하는 그런 회식을 생각했었다.

그런데 장남이 없었다. 뭔가 앞으로는 이상한 집안 구성이 될 것 같았다. 아버지. 어디서 온지 알 수 없는 아이들 두 명과 조금 별난 이모. 그리고 김우식. 이게 무슨 조합인 건지 정확히 알 수는 없었지만 적어도 여태까지와는 다르게 흘러가게 될 것이라는 자각만은 분명하게 들었다.

하지만 장녀는 있지 않은가, 비록 오늘이 마지막 날이긴 하지만. 나는 딸을 떠나보내는 인자한 아버지의 얼굴로 혜진이를 바라보았는데 쌍꺼풀이 없어서 늘 담담한 듯한 표정을 짓고 있던 그녀의 눈은 갑자기 벌레라도 본 듯 황급히 다른 곳을 찾았다. 쌍꺼풀이 없기 때문에 그 극적인 시선 처리에는 부드러운 곡선의 완충 지대가 없었고, 나는 변심한 딸을 대하는 듯한 서운함을 느끼면서도 그럼에도 불구하고 조금 더 다가서려는 억지스런 노력을 해 보고 싶다는 추동을 느꼈다. 끝날 때가 되니 정을 떼려는 건가. 미리 상처 받지 않겠다는 인간관계에 대한 역학적인 노력인 건가. 이유를 하나하나 따져 보았지만, 어쩐지 그게 이유가 아닌 것 같았다.

김우식과 그녀가 일주일을 같이 있지 않았는가. 저 아무것에도 관심 없는 사내와 일주일씩이나 말이다. 이유가 분명해졌다. 무슨 일이 있었던 것이다.

"선생님, 아니, 사장님. 우식 씨가 일을 참 잘하는 것 같아요."

"그래?"

그러고서 혜진이는 데스크에서 나와 몇 개의 의자와 테이블이 놓인 로비 쪽에 앉았다. 로비 구석에서 노동하는 아이들이 별 다른 소동 없이 자질구레한 농담을 서로 주고받고 있었고, 이모님은 10분 늦겠다며 30분 늦을 예정이었다. 혜진이는 우식에게 들리지 않을 목소리로 계속 말을 이어 갔다.

"사장님. 저 사람 뭔가 달라요. 3일 동안은 그냥 제가 하는 일을 바라보더라구요. 그래서 아, 천천히 일을 배우려는 건가 보다, 그렇게 생각했는데 생각해 보니 배우겠다는 사람 같지가 않았어요. 좀……. 그냥, 관찰하는 것 같았어요. 3일째까지 말 한마디 안 했어요. 질문도 없었구요. 그런데 4일째가 되니까 입이 트이면서 이것저것 물어보더라구요. 선생님, 아니, 사장님 그때까지도 그냥 별다를 게 없어 보였는데."

"잠깐만, 왜 너, 나보고 선생님이라 그래?"

"우식 씨가 자꾸 사장님을 선생님이라고 하더라구요. 거기에 좀 감염되었나 봐요."

일주일 만에 한 사람이 다른 사람을 부르는 호칭을 바꿨다? 이건 단순한 영향이 아니었다. 혜진이가 말한 대로 감염이라고 해야 옳을 좀 더 근본적인 작용이 우식에게서 혜진에게로 미친 것 같았다.

"아무튼, 그 4일째부터 제가 가르쳐 주는 일은 하나하나 차근차근 노트에 적고 정리하면서, 외워 버리더라구요. 어제까지도 착실히 배우기만 했어요."

"그런데?"

"근데 오늘 아침부터, 제가 우식 씨한테 일을 완전히 넘기고 저는 틀린 부분이 있으면 검토를 해야겠다는 생각으로 물러서 있었는데, 우선 마우스 위치부터 바꾸더니―우석은 왼손잡이였다―기다렸다는 듯이 스팸메일부터 정리하더라구요. 왜 일하다 보면 온갖 곳에서 스팸메일이 오잖아요. 한 시간 정도인가, 정리를 하더니 그 이후부터는 필요한 메일만 왔고, 필요한 것들 중에서도 불필요한 걸 걸러내는 작업을 하더니 진짜 필요한 메일만 남게 되더라구요. 한 시간 만에 제가 받던 메일의 3분의 2 정도는 줄인 것 같아요."

"그, 그래서?"

"그 후부터 계속 그 작업이었어요. 거식증 걸린 사람처럼 무언가를 계속 거부하는 거예요. 가게 핸드폰 문자를 보더니 쓸데없는 광고회사, 은행 전화번호를 모조리 스팸 등록을 하더라구요. 그리고 일주일 치 예약자 명단을 저장해서는 그 외의 사람 전화는 받지도 않았어요. 아, 그러고 보니 핸드폰으로 처음 한 일이 '소리'모드에서 '진동'모드로 바꾼 거였어요. 전 7월, 8월 때 하루에 200번도 넘게 그 지겨운 '꿈꾸는 새소리'를 들었거든요. 근데 이 사람은 처음부터 소리 같은 건 제쳐 두고 시작하더라구요."

뭐라도 추임새를 넣고 싶었는데, 점점 우식의 태도에 뭔가 근본적인 철학이 있다는 생각이 들어서, 우선은 정보를 모아야겠다고만 판단했다. 혜진은 말을 이어 갔는데, 점점 눈빛에는 나에 대한 원망의 기색이 진해져 갔고 우식을 이야기할 때에는, 마치 구세주를 만난 듯한, 조금 과장해서 말하자면 감격한 듯한 표정을 지었다. 그녀의 눈동자에는 종교적인 위상에 근접한 비정상적인 광기 같은 것이 느껴졌는데, 정작 본인은 그걸 모르는 듯했다.

"그리고 저한테 말하더라구요. '혜진 씨, 이건 굳이 사람이 할 일이 아니에요.' 제게 그런 말을 한 건 우식 씨가 처음이었어요.

생각해 보니까, 제가 대체 왜 그랬는지 모르겠더라구요. 왜 저는 하루에 200번 넘는 전화를 다 받아야 했죠? 왜 사장님은 제가 밥 먹을 때 전화를 받아도 게스트하우스를 위해서 열심히 일한다고 칭찬했죠? 왜 사장님은 제게 정작 필요한 건 가르쳐 주지 않았죠? 제가 좀 더 사람답게 일할 수도 있었잖아요? 왜 저를 그냥 햇빛에 노출시켰죠? 그러면 결국 말라죽는다구요!"

분명히 우식에게서 전해진 게 분명한 광기가 여성성을 만나 좀 더 효과적이고 날카롭게 분출되었다. 채찍으로 후려치듯 혜진은 의문형의 분노로 로비의 공기를 갈랐는데, 놀란 아이들은 자질구레한 농담을 제압하는 묵직한 소동 속에서 침묵을 지키고 있었다.

"아니에요, 선생님, 죄송해요. 잘해 주셨는데. 그냥 하던 이야기를 할게요."

그 하던 이야기가 가장 본질적인 문제였는데도 그녀는 '그냥' 하던 이야기를 마저 하기로 했다. 아마 그건 그녀의 결심이라기보다는 일종의 관성이었을 것이다. 이미 새로운 감각에, 감정에, 지각에 눈뜬 이가 내딛은 한 발짝을 거두어들이지 않고서 그대로 내딛는 관성. 죄송하단 말은 예전의 습관이지 앞으로의 습성은 되지 않을 게 뻔했다.

"그리고 그 사람 여섯 개 해외예약사이트를 통합 관리할 수 있는 사이트를 찾았어요. 원래 다 따로 했었잖아요. 그런데, 그런 게 있을 거라고, 분명히 있을 거라고 하더라구요. 자기가 생각한 거면, 누군가는 생각했을 거라고. 그런데 말이에요, 진짜 그런 게 있었어요. 그 전에는 여섯 개 웹사이트에다가 우리 홈페이지까지 해서 일곱 개 홈페이지가 다 따로 노니까, 오버부킹 나기가 일쑤였잖아요. 그럼 또 환불해 주어야 되고, 미안하다고 굽실거려야 되고. 근데, 그 사람은 처음부터 그걸 찾더라구요. 이게 문제라고. 저 이때까지 실수하면 사장님한테 미안해했잖아요. 근데 그 사람은 실수할 수밖에 없네요, 라고 이야기하더라구요. 그건 사장님이 저한테 보이는 호의랑은 다른 거였어요. 사장님은 제가 잘못할 수밖에 없는 시스템을 주고서, 제가 잘못하면 용서했잖아요. 맛있는 것도 사 주고, 괜찮다, 이것도 경험이다 그러구. 그런데 우식 씨는—그때 우식은 아마 열 번째, 혹은 열한 번째 서랍 정리를 하고 있었던 것 같다—그게 제 잘못이 아니라고 가르쳐 줬어요."

그리고 이모님이 왔다. 아버지와 딸이 고용주와 근로자의 냉정한 법적 관계로 탈바꿈했다는 것도 모르고서 이모님은 우리 사장님 오늘 인물 좋으시네, 아구 우리 예쁜 혜진이 하며 정말 친척 같은 살가운 표정을 하고 있었는데 나는 그 순간의 시간과 공간이 이편과 저편으로 나뉜 채 지극히 부자연스러운 공·존·을, 문자 그대로 존재만 같이하고 있는 것 같다는 생각이 들었다.

20년 전, 밴드부의 정민과 이야기 나눌 때도 그랬다. 정민은 말이 없는 베이스 주자였지만 말이 없어서인지 대신 노래를 잘 만들었다. 그리고 그건 나도 그랬다. 다른 사람들과 같이 있을 때, 선배들과 동기에 둘러싸여 있을 때 정민은 내게 대 놓고 적개심을 드러내지는 않았다. 그는 밴드부 특유의 가족적인 분위기 속에 그저 묻혀 있었다. 많은 선배들은 나를 좋아했고 정민은 인정했다. 그건 특이한 일이었는데, 정민에게서 거리감을 느끼는 선배들조차 정민이 만든 곡들에 대해서만큼은 이건 뭔가 다르다, 이런 게 진짜일지도 모른다는 경외감 유사한 감정을 느껴서 그 경외감을 바탕으로 정민과 가까워지려는 앞뒤가 묘하게 맞지 않는 인간관계를 맺고 싶어 했다. 내가 만든 노래들은 좋다, 라는 평가를 받았지만, 좋다가 다였다.

좋다가 다라.

그렇다고 해서 정민에게 내가 적개심을 느꼈던 건 아니었다. 오히려 정민이 내게 적개심을 드러내고는 했다. 특히 두 사람만 있을 때. 다른 사람들이 없어서 사교적인 말들이 필요하지 않을 때.

비가 오고 주변이 조용해진 어떤 날, 밴드부 동아리방에는 정민과 나 둘밖에 없었고, 그 녀석은 베이스를, 나는 기타를 둥둥거리며 이를테면 놀이 비슷한 것을 하고 있었는데, 어느 순간 정민은 내게 질렸다는 표정으로, 정말 다시는 보기 싫다는 듯한 얼굴로 말했다.

"넌 정말 한 치도 안 벗어나는구나."

그리고 그때, 이상하게도 그의 적개심에 공격적인 기색보다는 이상하고 절망스러운 슬픔이 가득 들어차 있다는 걸 알았다. 나는 그가 적개심을 느끼는, 아니 슬픔을 느끼고 있는 대상의 어떤 상징이었던 것이다.

그리고 그가 그렇게 말할 때, 이상하게도 나는 화가 아닌 억울한 감정을 느꼈다. 나는 정민을 늘 인정해 왔다. 그러나 정민은 절대로 나를 인정하지 않았다. 노래 하나 제대로 만들지 못하는 허접한 녀석들과는 대화라고 할 만한 것들을 나누면서도, 정작 음악을 좀 할 줄 아는 나에게는 기껏해야 빈정거리는 기색을 보이는 게 다였다. 하지만 나는 정민이 뭔가를 가지고 있다는 걸 본능적으로 느꼈기에 내가 생각해도 그 나잇대의 수준을 벗어난 관대함으로 그런 그를 받아들였다. 일종의 이해심이 내게는 늘 존재했던 것이다. 그런데 그날만큼은 나 또한 이상하고 절망스러운 억울한 기분이 들었다. 그리고 그때 깨달았다. 나의 이해심에는 이상하고 절망스러운 억울함이 들어차 있다는 걸 말이다.

"왜 나를 그렇게 인정하지 못하지? 나도 할 만큼은 해."

정민은 내 눈을 바라보았는데, 그때 그의 시선은 나에게 닿지 않고 있었다. 그건 아주 독특한 감각이어서 나는 마치 다른 시공간에 접속해 있는 듯한 기분이 들었다. 그는 나를 보고 있었지만 벽을 보고 있는 것처럼 인간적인 상호작용에서 한 발짝 물러나 있었고, 그렇기 때문에 궁극적으로는 자기 자신에게로 시선이 향해 있었다.

"그게 무슨 의미가 있지?"

그는 자기 입에서 맴도는 듯한 질문을 했다. 그건 누군가에 대한 질문이라기보다는 이 세상에 대한 근본적인 회의 같은 주장이었다. 그리고 이름도 기억나지 않는 어떤 녀석이 들어왔다. 그리고 그 순간 그는 밴드부 문을 열고 안으로 들어왔지만 나와 정민의 외부에 있었다. 같은 공간이었지만, 공간만 같을 뿐이었다.

회식은 진행되었다. 쌍꺼풀 없는 혜진의 눈에는 이제 막 촉발

된, 늘 존재했지만 명확한 실체가 없어서, 혹은 근거가 없어서 길을 잃기 일쑤였던 정당성에 대한 강박적인 욕구가 서려 있어서 닭다리나 뜯어 먹는 모양새가 썩 어울려 보이지 않았다. 이모는 상황의 이질성은 느끼면서도 어긋난 상황 이 자체가 잘못된 것이니 가족이라는 이름 아래 해결할 수 있을 거라는 순진하고 맹목적이고 일정량의 폭력성을 가진 무지로 일상적인 분위기를 조성하려고 안간힘을 썼고, 노동하는 아이들은 회식도 노동이라는 걸 본능적으로 감지하며 무언가, 열심히 먹고, 열심히 이야기해 댔다.

그리고 우식은 그 사이 데스크 주변 서랍 정리를 다 마친 듯 지하창고로 내려갔다. 그는 아마 같은 작업을 반복할 것이었다. 물건을 꺼내고, 필요 없는 걸 모은 뒤, 한 번에 해결한다. 테트리스 블록이 내려오고, 차곡차곡 쌓은 뒤, 한 번에 해소한다. 그 순간적인 해소 상태, 다시 블록이 내려오겠지만 순간적으로는 아무것도 없다. 그 정적—.

나는 우식이 말한 '필요한 그늘'이라는 것이 뭔지 조금 알 것 같았다.

그날 혜진은 내게 인사 없이 먼저 자리에서 떠났고, 나는 집으로 돌아가는 길에 내 기분 같은 건 아랑곳하지 않고 여전히 말끔하고 귀여운 모양을 하고 있는 빌어먹을 하늘색 박스카를 대신 운전해 줄 누군가에게 전화를 걸었다. 나는 잘 살고 있는 걸까, 그 인간들하고 결국 같은 거 아닐까, 하는 기분 나쁜 자괴감이 이미 내 장악 능력을 떠난 세트의 테트리스 블록들처럼 혐오감을 불러일으킬 정도로 무규칙적으로 쌓였고 더 이상은 화면을 유지할 수 없어서 게임이 끝날 것 같을 때 간신히 집에 도착해서는, 하늘거리는 하얀 이불 아래 자고 있던 아내를 깨워, 얼굴이 하얗고 서글서글한 눈을 가진 내 아내의 얼굴을 돌리고서 목덜미에 입을 갖다 댄 뒤, 둥글고 살점 많은 엉덩이를 주무르다가 내 그것을 박아 넣었다.

"거긴 그곳이 아니에요."

그리고 그녀가 막바지의 예의를 갖추어 안간힘을 쓰며 다급히 말할 때, 나는 내게 뭔가 오류가 있을지도 모른다는 기분 나쁜 열패감을 느꼈다. 어쩌면 내가 유지하고 있는 '그럴 듯한 세계'라는 것이 정말 말 그대로 그럴듯한 것에 불과한 것 아닐까. 체념적인 의심을 하는 와중에 어쩐지 나는 억울한 기분이 들었다. 할 만큼은 하고 있다, 언제나. 아내는 옷매무새를 정리하며 원래의 자세로 누웠고 나는 순간 살아가는 데 있어서 필수적인 자기감정에 대한 균형감각을 반은 의식적으로 그리고 반은 무의식적으로 내팽개쳤다는 걸 알았다.

"미안."

"아니, 괜찮아요."

그녀의 서글서글한 눈매에는, 부드럽고 다정한 말투에는, 편집증적이고 강박적인 인간들은 절대 맛보지 못할 편안한 평온함이 있었다. 나는 방금 전까지 난폭했지만, 금세 아기처럼 순해져서는 그녀의 품에 안겼다. 그녀는 부드러운 흙 같아서 내가 살 만한 곳이라는 생각이 들었다. 나는 꽤 잘하고 있는 것이다. 그들과는 다르게. 그리고 또 다른 그들을 피해서.

그리고 우식도 꽤 잘해 나갔다. 나는 4월 1일 게스트하우스에 또 들렀다. 꼭 가야 할 것은 아니었지만, 사실은 우식이 어떤 식으로 일을 하는지 궁금한 마음이 커서 어쩔 도리가 없었다. 출근하기 전 아침밥을 먹으면서도 우식에 관한 이야기를 계속할 정도였으니까. 그는 이런 일들에 '관심 없었겠지만.' 아내는 재미난 사람이라고 웃으며 말했다. 나는 그녀의 부드럽고 상냥한 말투를 따라 웃어 보였지만, 뭔가 본질적인 지점이 어긋난 대화라는 생각이 들었다.

4월 1일 밤 10시에 회사 일을 마치고 게스트하우스를 찾아갔을 때, 그가 혼자 매니저 일을 하게 된 것이 적어도 입출금이라는 부분만 본다면 전혀 문제랄 것이 없고 도리어 이득이 늘어났다는 걸 확인할 수 있었다. 해외 부킹사이트를 통합한 뒤, 그는 능수능란하다고 해도 좋을 정도로 프로모션을 실시했는데 첫날임에도 분명히 가시적인 성과가 있었다. 프로모션을 해야 한다는 건 나도 알고 있었다. 혜진이한테도 종종 이야기했던 거였다. 하지만 일들 중에는 외곽에 위치해서 쉽게 닿지 못하는 부분도 있게 마련이고 더군다나 혜진에게는 변경까지 챙길 만한 여유가 없었다. 그런데 우식은 일하는 첫날부터 그런 여유를 가지고 있었다. 나는 그 점이 이상했지만, 그가 마치 기다렸다는 듯 10시 일을 마치자마자 데스크를 떠나 공동부엌의 첫 번째 서랍을 열어 물건을 죄다 꺼내 놓고 정리를 하는 것이 너무나 이상했기 때문에, 방금까지 배가 아프다고 했다가 살짝 긁힌 팔이 제일 아프다고 말하는 변덕스런 꼬마 애처럼 눈앞의 호기심 위주로 생각을 하게 되어서 (생각의 주도권을 우식에게 넘겨주게 되어서) 그 부분은 다음에 짚고 넘어가기로 했다.

"우식 군, 일 마쳤으니까, 이제 쉬어야 되지 않나. 내일도 일이 있는데 말이지. 자네가 걱정되어서 하는 말이야."

"아니요. 그런 거엔 관심 없습니다."

그는 두 번째 서랍을 열다가 뒤돌아서 나의 눈을 바라보며 정중한 목소리로 100퍼센트의 진실을 담아 이야기했다. 나는 기분 나쁜 기시감을 느끼며, 어쩐지 그에게서 한 발 물러섰다. 그는 가만히 그 작업을 계속하다가, 뭔가 덧붙일 말이 생각난 듯 뒤돌아섰다. 나는 단 하루 만에 질린다는 느낌을 받았는데, 그는 내가 질려 한다는 사실을 알고 있는 것 같았다.

"혼란스러운 게 싫은 겁니다. 그뿐입니다."

그의 말은 그러니까, 근거가 아니었다. 그런 거에 관심 없다는 말을 위해 혼란스러운 게 싫은 거라는 이유를 대는 게 아니라, 그런 거에 관심 없다는 말이 내게 잘 전달되지 않는다는 느낌이 들자 좀 더 이해하기 쉬운 언어로 풀어서 이야기하는 거였다. 상징을 비유로 바꿔서 전달하는 식이었는데 결론만 놓고 보자면 여전히 직접적으로 사실을 전달하는 건 아니었다. 그가 그렇게 조금 더 '수준'을 낮추었다는 것이 내게는 왠지 모를 서운함과 꺼림칙한 열등감을 불러일으켰는데 나는 그 때문에 더 이상 오늘은 그와 이야기하지 않는 편이 낫겠다고 생각했다.

4월 2일, 나는 일부러 게스트하우스에 가지 않았다. 게스트하우스에 들를 일이 딱히 없었으므로 '일부러'라는 표현이 옳지는 않았다. 하지만 민약에 우식과 어떤 접점을 찾을 수 있었다면, 그럴 수 있다는 희박한 가능성이라도 느꼈다면 나는 게스트하우스에 갔을 것이다. 하지만 그러기엔 나는 그의 관심 밖이었다. 그것이 내게 저릿한 열패감을 가져다주었다. 그는 나를 제쳐 놓고 시작한 것이다. 애초에 그의 관심 밖이었던 것이다, 나는.

이럴 수는 없었다.

친구들 사이에서 나는 뭔가 다른 녀석이었다. 뭔가 한 발짝 벗어나 있는 녀석이었다. 아직 세상의 규칙에 완전히 종속되지 않은 부류였다. 뭔가를 하고 있었고, 뭔가 의미가 있는 녀석이었다. 그런데 우식에게는—그리고 과거의 정민에게는—나는 한 발짝도 벗어나 있지 않은 녀석이었다. 그래서 나는 그들의 관심 밖이었다. 정민은 내게 '관심 밖'이라는 말 대신 적개심을 드러냈다. 어쩌면 정민은 그런 식으로 내게 대화를 한 것일지도 모른다. 지나고 보니 정민은 그래도, 내게 마지막 접점을 허용하고 있었다. 우리는 싸울 수라도 있었던 거다. 그런데 우식은, 병적으로 심화된 정민 같은 우식은 내게 아무런 접점을 내어 주지 않고 있었다.

정민이 같은 친구들을, 우식이 같은 녀석들을 모른 척하고 살 수도 있을 것이다. 그렇지만 모른 척이라니, 그건 알고 있다는 뜻 아닌가. 나의 핵심에 똬리를 틀고서 지속적으로 불안정한 진동을 보내는 그런 녀석들을, 그래, 모른 척하고 살 수도 있을 것이다. 좀 더 어른스럽고 건강하게 보이는 세계 속에서 살아갈 수도 있을 것이다.

하지만 그게 무슨 의미가 있을까―.

세수를 하다 생각이 여기까지 미쳤을 때, 여태껏 잘 의식하진 못했지만 바로 이 부분이 나의 가장 취약한 부분이라는 걸 알게 되었다. 4월 3일, 친구들과의 모임에서, 나는 그 점을 다시 한 번 분명히 자각하게 되었다.

녀석들과의 만남은 나만 어딘지 모르게 붕 뜬 느낌이 들어서 좋았다. 녀석들은 나를 자기들의 룰에서 열외시켜 주었고, 그러한 자리 배치는 나의 장난기 밴 허영심과 느긋하게 바라봐 줄 만한 스타 의식과 맞물려서 분위기를 더 좋게 만드는 윤활유 역할을 했다. 이를 테면 난 향신료 같은 거였다고 말할 수 있는데, 같은 냄비 속에 있다는 즐거움 때문에 빠르게 들떠 버린 나는 무언가 핵심적인 감정을 지나치고 말았다.

외로움 말이다.

녀석들에게도 어떤 약점이 있을 것이다. 하지만 그건 나의 약점과는 아주 다른 것이었다. 나는 여태껏 친구들과의 느슨한 유대 속에서 편안함을 느꼈지만, 유대감이 해결할 수 없는 것을 유대감으로 뭉개서 해결하려 했을지도 모른다.

"게스트 사장, 너 오늘 좀 센티한 거 같다."

한 녀석이 말할 때, 나는 좀 날카로워져서는 쏘아붙였다.

"인마, 게스트하우스야. 게스트가 아니라. 정확히 말해. 이상하게 말하지 말고."

사람 좋은 얼굴을 한 다른 녀석이 '워워' 하는 손짓으로 우리 둘 사이에 끼어들었지만, 방금 전의 분노에는 내가 생각해도 신경질적인 기색이 있어서 쉽사리 공기가 부드러워지지는 않았다.

그리고 날카로운 외로움을 느끼며 술집의 커다란 TV로 눈을 돌렸을 때, 정민의 얼굴을 보고 말았다.

"야, 저거 정민이 아니냐."

"햐, 저 새끼는 그대로네."

오디션 프로그램이었다. 정민은 마흔 살이었고 여전히 손가락이 섬세했고, 마른 몸을 가지고 있었고, 근본적으로는 선한 느낌을 주는 분위기를 지니고 있었다. 조금 변한 것이 있다면, 예전에는 살짝 올라가 있던 눈매가 좀 더 나른한 느낌을 주는 완만한 곡선으로 변해서 뭐랄까, 달관했다고 해야 되나, 혹은 완전히 쫓겨나 버렸다고 해야 되나, 정확히 갖다 붙이기 힘든 독특한 지점을 가진 사람이 된 것 같았다.

빠르게 편집되는 화면 속에서 그의 삶이 축약되어 전달되었다. 뜻밖에도, 아니 어쩌면 어울리게도 그는 조그마한 옷가게를 운영하고 있었는데 아직 결혼은 하지 않은 것 같았다.

"올해 마흔 살이시면 이제 좀 늙으신 건데 어서 빨리 데뷔해서 대박 나고 결혼도 하고 그래야 되는 거 아니에요?"

명랑한 목소리의 맹랑한 리포터가 짓궂은 질문을 던질 때, 정민은 완만한 곡선의 눈매를 좀 더 아래로 떨어뜨리며, 천천히, 약간 지겹다는 듯, 나른한 목소리로, 그러나 무언가를 전달해야겠다는 듯, 말했다.

"아니요, 그런 거엔 관심 없어요."

나는 고개를 떨어뜨렸다. 최근 10년 동안, 나는 고개를 끄덕이기는 했지만 떨어뜨린 적은 없었다. 만나는 상대는 그럴 듯한 말을 했고, 나 또한 그럴 듯한 반응을 보였다. 그렇게 삶은 지속되었고, 나는 그게 맘에 들었다. 모든 게 좋았다, 분명히 모든 게 좋았다. 그런데 나는 고개를 떨어뜨렸다. 그리고 울었다.

"야, 게스트 사장, 너 왜 그래?"

"야 이 미친놈아. 게스트가 아니라 하우스야. 게스트가 아니라 하우스라고. 중요한 건 하우스야. 이 미친 새끼야. 말 똑바로 하라고, 이 미친 새끼야, 이 미친놈들아!"

나는 발작 같은 감각으로 그 녀석들에게 소리쳐 댔고, 그건 느긋하게 바라봐 줄 만한 의식 상태가 아니었다. 눈물이 하염없이 —'하염없이'라니. 고개를 떨어뜨리는 것보다 더 심한 상태 아닌가!—흘렀는데, 하염없다는 말 이외에 적당한 단어를 찾기가 힘들 정도로, 정말 하염없이 눈물이 흘러나왔다. 그때, 내가 사실은 아주 외로운 위치에 존재하고 있었다는 걸, 나는 뼈저리게 느낄 수 있었다. 여태까지는 잘해 왔던 것이다. 나는 그들과 달리 또 그들을 피해, 사회적이면서도 개인적인 적정한 상태를 잘 유지해 왔던 것이다. 여태까지 잘해 왔던 것이다. 여태까지는 말이다.

"그럼 뭐에 관심이 있는 거죠?"

머쓱해진 리포터는 별로 궁금하지 않지만, 어쨌거나 질문할 건 해야겠다는 듯 어딘지 모르게 귀찮은 기색을 내비치며 정민에게 물었다. 정민은 천장을 잠깐 올려다보더니, 서서히 눈을 아래로 하며 말했다.

"글쎄요, 무언가를 지키고 싶어요. 거기에 관심이 있는 거예요."

그리고 정민은 노래를 불렀는데, 그는 그의 핵심을 지키고 있었다.

4월 4일, 나는 회사에서 일을 하다 잠깐 들어가 본 게스트하우스 메일계정에 아르바이트 지원자들이 보낸 이력서들이 있는 걸 확인했다. 예전에 매니저를 모집했던 공고가 계속 걸려 있나 싶어 들어가 보았더니, 그게 아니었다. 아르바이트 사이트에는 L게스트 오후 3시부터 오후 10시까지 직원을 모집한다는 공고가 걸려 있었다.

오후 3시부터 10시

체크인 이후 단순 반복적인 접수 업무를 할 아르바이트생을 모집합니다.

최저임금보다는 더 드리겠습니다.

그건 데드라인일 뿐이니까요.

그리고 이 공고는 L게스트하우스 매니저가 개인적으로 올리는 것입니다.

매니저가 직접 아르바이트생을 고용하도록 하겠습니다.

돈도 제가 드리겠습니다.

제가 생각하기에 이 일은 아침 8시부터 밤 10시까지 한 사람이 할 필요가 없는 일입니다. 할 수는 있겠지만 그게 의미가 있는 것 같지는 않습니다. 저는 당신을 고용하고 시간을 가지겠습니다. 그게 좀 더 의미가 있다고 생각돼요.

일은 제가 연구해서 최소한으로 줄였습니다. 한 시간에 혹은 두 시간에 한 번씩만 메일/입금내역/예약내역을 확인하세요. 전화 또한 마찬가지구요. 모든 것에 반응할 필요는 없는 것 같습니다.

나는 가만히 그 글을 읽어 보았다. 일단 나를 기점으로 한 의사결정체계를 깡그리 무시했다는 것이 놀라웠지만, 우식의 마음으로 다시 생각해 보았을 때, 아마도 애초에 이 행동에 아무런 문제가 없을 거라는 것이 더 놀라웠다. 그리고 우식이 일에 대해 가지고 있는 마인드가 또 한 번 놀라웠다. 그는 '일'을 박멸 대상으로 보는 것 같았다. 왜 그렇게 서랍을 뒤졌는지도 조금 알 것 같았다. 모든 물건들을 확인한 뒤, 필요 없는 걸 추려 내고 그다음부터는 필요한 최소한의 목록을 머릿속에 갖춘 뒤 그 틀 안에서만 기계적으로 움직였을 것이다. 그 이외에는 어떠한 행동도 스스로에게 허락하지 않았을 것이다. 아마, 모든 일에 대해서 본질적으로 이런 식으로 대처했을 것이고 본격적으로 일을 시작한 첫날에 가졌던 일에 대한 여유라는 것도 이런 맥락에서 발생했을 것이다. 일을 최소화한다. 그리고 기계화한다. 스스로가 일종의 공장이 된다. 한 시간에 한 번씩만 전화를 확인하는 것도 기계적으로 일을 처리하기 위해 필요한 최소한의 '적재량'을 확보하기 위해서였을 것이다. 개인을 절대 일에 개입시키지 않는다. 이유는 애초에 일이란 개인이 개입할 영역이 아니기 때문에. 우식에게 일이란 본질적으로 기계가 해야 할 무언가였을 것이다. 그걸 사람이 하고 있을 뿐이다, 그게 우식의 근본적인 노동관임에 틀림없었다. 급진적이고 공상과학소설에 어울릴 법한 세계관을 실제로 우식은 어떤 식으로든 실현시키고 싶어 하는 것 같았다. 그리고 마지막으로 놀란 것은 우식의 돈에 대한 관념이었다. 그는 재산으로 돈을 판단하는 게 아니라, 가용 자원으로 돈을 보는 것 같았다. 그리하여, 조금이라도 그 돈을 쓸 수 있다면 어떤 방식으로든 시간을 확보하려는 것 같았다. 그에게 돈은 일종의 소비재라면 시간은 절대적인 자원 같았다. 대체 그 시간을 통해 무얼 하려는 건지는 명확히 알 수 없었지만.

4월 5일, 나는 기존에 일하고 있던 아르바이트생으로부터 전화를 받았다.

"사장님, 아니 선생님, 아니 사장님. 저 우식 매니저님한테 제안을 받았는데, 아무래도 사장님한테 말씀드리는 게 나을 것 같아서요. 우식 매니저님이 저한테 돈을 15만 원 줬어요. 객실 정비 끝나고 나면, 여기서 반드시 나가 있으라고 하더라구요. 어학강좌든 뭐든 좋으니까 공부하라고요. 여기서 외국어 늘 거라고 생각했다면 오산이라고. 한국인 손님이 많을뿐더러, 기껏 말 이어 봤자 그저 그런 말들밖에 못 한다구요. 별 의미 없다구요."

이 말까지는 어떤 식으로든 일종의 도의적인 호의가 아닐까 하는 억지스런 합리화라도 시도해 볼 수 있었지만 그다음 말부터는 역시나, 당연하게도 그런 의도와 무관하다는 걸 알 수 있었다.

"그리고 사장님. 아니 선생님. 매니저님이 제게 이야기한 건 이래요. 저랑 엮이기 싫대요. 저한테 책임지고 싶지 않대요. 진짜 일만 하고 싶대요. 이런 식으로 남에 대한 책임 자체를 일로 만든 건 아주 무책임한 짓이래요. 그건 일이 아닌 걸 일로 만든 거래요. 한 사람이 편하게 살려구요. 선생님, 그런 거예요?"

4월 6일에는 이모님으로부터 전화가 왔다.

"사장님. 매니저 양반이 내 이름을 가르쳐 달라고 하더라고. 이모님이라고 부르기가 싫다고. 그래서 내가 싫다고 했더니 이름을 가르쳐 주면 돈을 20만 원 주겠다는 거야. 이름만 가르쳐 주는 건데 말이야. 그래서 가르쳐 줬어. 어찌나 깍듯한지 말이야. 그런데 말이야, 그 사람, 정은 없는 것 같아."

4월 6일까지 딱 6일. 그러니까 3월 31일 날 김우식은 게스트하우스의 핵심이라 할 만한 예약시스템을 모두 자기 뜻대로 정비했고, 4월 4일부터 6일까지는 인적 관계를 다시 짰다. 그렇다면 물건 하나하나를 다 확인하기 시작했던 3월 31일 밤부터 4월 3일까지는 아마도 전체 물적 설비를 파악했을 것이다.

일주일. 아니 일주일도 안 되어서 김우식은 내가 만들어 놓은, 혹은 내가 부여한 체계를 완전히 벗어난 세계를 L게스트하우스에다가 심어 놓았다. 그건 아주 합리적인 세계이고 기계적인 세계이지만 인간적이라는 말을 붙이기는 어려운 세계였다. 인간이 다섯 명이나 개입해 있는데도 말이다.

4월 7일 일요일 오전, 나는 김우식을 찾아갔다. (오후 3시 이후에는 김우식을 고용주로 한 저녁 아르바이트생이 올 예정이었기 때문에 나는 그를 만나기 위해서 일찍 서둘러야 했다.) 그는 아주 평온한 얼굴로 가만히 눈을 감고 있었다. 자는 게 아니라 눈을 감고 있었다. 고요 속에, 그늘 속에 있었다. 그는 세계를 창조한 느긋한 즐거움을 만끽하고 있는 것 같았다.

 나는 화가 나지 않았다. 다만 이상하고 절망스러운 억울한 기분이 들었다. 그의 세계가 너무나 '맞아' 보여서, 나의 세계가 틀렸다는 느낌까지 들었다. 나는 할 만큼은 했다. 어떤 선을 지켰고, 그들과 다르기 위해서 노력했다. 그런데, 그런 건 마치 아무런 의미가 없다는 듯 김우식은 무관심으로 일관하며 오로지 자기의 세계만 만들어 냈다. 기껏해야 200도 안 되는 월급을 받는 사람이 아르바이트생을 고용했고, 두 명의 아르바이트생에게 일종의 학자금을 주었으며, 이모님을 그 이외의 영역을 허용하지 않는 정식의 고용관계로 편입시켜, 편하고 유용하고 두루뭉술한 이모님이라는 호칭을 폐지하고 좀 더 사무적인 이름을—그녀의 본명을—그녀에게 주었다.

 "대체 뭐가 중요한 거지? 돈인가? 아니, 돈이라면, 이런 식일 리는 없지. 아니면, 그냥 편안하고 싶은 건가? 무엇 때문에 그러는 건가? 명예 같은 건가? 글을 쓴다고 했지, 그럼 빛나는 문학 작품 뭐, 그런 것 때문인가?"

 소금물이라도 먹어 버리려 하는 바다 위를 표류하는 사람처럼, 아무렇게나 떠오르는 대로 질문을 해 대며 의문을 해소하려

했지만 당연히도 갈증이 멈추지 않았다. 그러다 문득 그의 이름을 떠올렸다.

김 우 식

그건 이름이 아니라 공백이었다. 나는 그에게 다가가려 해 보았지만 막상 그의 이름에는 아무것도 없었다. 커다랗고 새하얀 공백이, 나를 관통하는 거대한 허무가 내 사고를 표백시키고 있었다.

"아니요, 그런 거엔 관심 없습니다."

우식은 천천히 말했다. 그는 형체가 있으나 영혼이 없어서 최대라고 해 봤자 사물로서의 질감이 느껴질 뿐 그 외의 것은 느껴지지 않았다. 그는 내가 절대로 만나선 안 될 사람이었다. 내가 외면한 부분으로만 형성된 사람이었다. 그는 나의 빛을 빨아 당기는 하얀 블랙홀이었다.

"그럼, 이렇게 한 이유가 있을 것 아닌가?"

나는 이미 그에게 압도당한 상태로, 그가 나를 위해 조금이라도 납득할 만한 거짓말이라도 해 주길 바라는 마음으로 호소하듯 그에게 물었다. 우식은 그 질문만큼은 꽤 마음에 든다는 듯 편안하고 또 나른한 표정을 짓더니, 가볍게 기지개를 켜면서 시선을 천장에 올려 둔 채로 말했다.

"글쎄요, 무언가를 지키고 싶어요. 거기에 관심이 있는 거예요. 선생님께선 선택을 하셔야 되는 거예요. 절 이대로 놔두실

나는 그에게 다가가려 해 봤지만
막상 그의 아픔에는 아무것도 없었다.
거대랗고 새하얀 공백이,
나를 관통하는 거대한 허무가
내 사고를 표백시키고 있었다.
"아니요, 그런 거엔 관심 없습니다."

거예요, 아님, 쫓아내실 거예요?"

  나는 가만히 선 채로 몸을 떨었다. 두 눈이 빨갛게 충혈되는 것이 느껴졌고, 마음 깊은 곳에서, 한 번도 내가 정확히 닿아 본 적 없던 곳에서 비롯된 분노가 느껴졌다. 나는 비로소 화가 났다. 나에게. 이 질문을 답해야 하는 상황에 놓인 나에게. 제대로 된 답을 내놓지 못하는, 바로 나에게.

작가노트

빠져나오는 것,

 김우식이라는 인물은 하나의 큰 야심을 갖고 있습니다. 개인적으로 참고한 캐릭터는 〈뷰티풀 마인드〉로 유명한 존 내시였습니다. 동명의 평전이 나와 있는데, 일독을 권해 봅니다. 어쩌다가 이런 인물을 만들었는지 힌트를 얻으실 수 있겠네요.

 최대한 캐릭터 위주의 글을 적자는 게 의도였습니다. 그렇게만 하면 원고지 200장은 채울 수 있지 않나, 라는 생각도 했었구요. 지금은 그렇게 쓰라고 해도 못 쓸 것 같은데, 그만큼 '나 자신을 밀어붙여 보고 싶은 욕구'가 강했던 거 같습니다.

 누구의 말도 듣지 않고 내가 가진 뿌리만 지키고 싶다. 이 마음이 세상을 어떤 식으로 변형시키는지 미로 속으로 초대하고 싶었어요. 길을 잃지 않고, 다음 세계로의 출구로 우리가 닿을 수 있으면 좋겠습니다.

 그게 다입니다.

 빠져나오는 것, 그게 다입니다.

인터뷰

그런 것에 관심 있습니다

소설 〈김우식〉 속 '나'는 L게스트하우스 사장이다. 오랫동안 회사생활을 해 오던 '나'는 스스로 생각하길 '속물이 된 부분이 없진 않았지만.', '낭만이라 해야 할지, 문화라고 해야 할지.'를 잊지 않고 산다고 여긴다. '나'는 '그럴듯한' 것을 찾아 L게스트하우스를 인수했으며, 게스트하우스를 운영하며 또, 매니저, 청소 아줌마, 알바생과의 관계 속에서 어느 정도 만족감을 느낀다. 그런 '나'를 친구들은 부러워하며, '나'는 자신을 부러워하는 친구들 사이에서 은근한 우월감을 느낀다. 그런 '나' 앞에 L게스트하우스 매니저에 지원한 '김우식'이 나타난다. '김우식'은 '일'을 '박멸 대상'으로 보며 기이한 방식으로 일을 최소화, 기계화해 나간다. 한편, '나'는 과거 밴드부로 함께 활동하던 '정민'에게 인정받지 못한 기억에서 헤어 나오지 못한다.

차갑고 도회적인 분위기에 안경을 썼고 창백한 얼굴을 했을 거라고 어렴풋하게 짐작한 이우화 씨의 모습과 시상식이 있던 날 사무실 문 앞에서 마주한 그의 모습은 정반대였다. 억양 없이 무미건조한 어투로 길게 자신의 말을 늘어놓고 사진은 찍지 않겠다고 단호히 말할 것만 같았던 상상 속 이우화 씨는 없었고 부산 사투리가 느껴지는 억양에 때때로 자신의 말을 정정하며 웃는 이우화 씨가 있었다. 그리고 다시 읽으니 〈김우식〉도 차갑기보다는 등장인물에 연민이 느껴지는 어딘지 모르게 따뜻한 소설이었다.

먼저 소설에 관한 이야기를 하고 싶어요. 〈김우식〉은 언제 어디서 썼나요?

작년 5월에 썼어요. 당시에 게스트하우스 매니저 일을 하고 있었어요. 날을 잡고 쓴 소설이에요. 착실하게 글 쓰는 스타일이 아니어서 하루 날을 잡아 쓰고 또 한동안 쓰지 않고 그래요. 어느 날, 〈김우식〉을 써야겠다는 느낌을 받아 카페에서 이틀에 걸쳐 썼어요. 30대가 되면서 주변에 안정적인 삶을 사는 이들이 나타나면서 어떤 문제의식을 갖게 됐어요.

'김우식'이라는 캐릭터가 특이합니다. 캐릭터를 만든 계기가 궁금해요. 어떤 동기로 '김우식'을 만들었는지 이야기해 주세요.

결국은 제 마음속에 있는 캐릭터가 아닐까 생각해요. 게스트하우스 매니저 일을 하면서 밖으로 얘기할 수 없는 생각들이 있었는데 그런 불만을 지닌 캐릭터가 나타나 제멋대로 굴어 보는 것을 생각했습니다.

'김우식'을 소설 제목으로 했습니다. 어떤 의미도 느껴지지 않는 '이름'을 제목으로 한 것이 특이하다고 생각했습니다. 무엇을 의도하셨는지요.

처음부터 소설 제목을 '김우식'으로 정하고 시작했어요. '뭐지?' 하는 생각을 유도했습니다. 처음 소설을 접할 때 '뭐지?' 하고 생각하고 소설 끝부분에서 한 번 더 '뭐지?'라는 생각이 들 수 있도록 했습니다. 끝부분에서 '김우식'이란 이름의 활자를 크게 했습니다. 그 부분에서 화자는 공백처럼 아무것도 안 느껴지는 '김우식'이라는 이름을 발견합니다.

소설 속에서 크게 세 인물이 주요하게 등장합니다. 화자인 '나'와 '김우식' 그리고 '정민'입니다. '나'와 '김우식', '나'와 '정민'은 서로 반대 지점에 있는 듯하지만, 그렇다고 '김우식'과 '정민'이 같은 부류의 사람도 아닌 것 같습니다. 세 인물을 설정한 의도가 궁금합니다.

〈김우식〉은 플롯을 짜지 않은 상태에서 쓴 글입니다. 써야겠다는 느낌으로 썼습니다. 누군가를 떠올리지 않고 써 내려간 글이에요. 화자는 말하는 사람이 가장 곤란해지는, 애매한 캐릭터예요. 문제의식이 없는 것도 아니고 확실히 저쪽 편에 서지도 않는 인물이에요. '김우식'이 화자인 소설을 쓰면 재미없는 글이 될 게 뻔해서 '김우식'이 투당투당 하면서 화자가 공격 받는 식이 좋겠다고 생각했습니다. '정민'은 화자가 극복하지 못한 기억입니다. 그 기억을 정리했다면 '김우식'을 만날 수 없었을 거예요. 화자는 '김우식'을 보고 정리하거나 해결하지 못하죠. 그 문제를 풀 의지도 없고요.

화자가 '김우식'에게 꼬집힘 당하는 것은 무엇인가요?

  자기 불안이에요. 지금 설정한 세계가 사실 아무것도 아닐지 모른다는 불안이에요. 그 세계가 일일이 다 깨지는 것을 설정했습니다. 화자는 친구들과 있으면 깨질 일이 없어요. 그런데 화자가 지닌 의식 밑바탕에는 스스로에 관한 의심이 있는데 그것이 해소되지 않은 상태죠. '정민'에게서 아무 사람 아닌 걸로 취급당한 것을 늘 억울해하고, 그 상태에서 어른이 된 거죠.

'김우식'이 꼬집고 있는 것은 기존의 소위 '꼰대' 같은 허위의식이 아니라 '문화적'인 척을 하는 또 다른 허위의식인 것 같습니다.

  실제로 게스트하우스에서 일하면서 그런 면을 많이 봤어요. 예를 들면 여기 북카페 이데에 있는 책들은 책이 책으로서 있어요. 그런데 그 게스트하우스에 있던 책들은 그럴듯한 무언가를 의도한 책들이었어요. 〈김우식〉에서 화자는 '김우식'을 자세히 보고 '그렇다면, 나는?' 하면서 물음을 던집니다. 그 뒤에 화자가 지닌 허위의식이 쏟아집니다. 자신은 어떻게 다르게 사는지 잘난 척하듯 표현하며 화자의 허위의식을 드러내려 했습니다. 화자는 '게스트하우스에 이런 걸 뒀어, 이런 걸 신경 썼어.' 하며 만족해하고, '정민'한테도 '네 음악 이해했어. 그러니까 나를 좋은 사람으로 봐 줘야 하는 거 아니야?'라는 마음을 가지고 있어요. '김우식'에게도 '나 괜찮은 어른이지? 꼰대 아니지 않니?'라는 말을 생략하고 있는 거예요. '정민'은 그 생략된 말을 느끼고 있었고, 화자에게 질린 상태였다면 '김우식'은 화자의 말을 듣지도 않아요. 화자의 그런 마음이 나쁘지는 않지만, 어른은 아닌 부분이에요. 그 점이 '김우식'에게 걸려든 거죠.

화자인 '나'도 그렇고 '김우식'도 그렇고 연민이 느껴지는 캐릭터였습니다.
  생각해 보지 못했는데 그럴 수 있다고 생각해요. 사회가 공간이면 '김우식'은 있을 곳이 없는 인물이에요. 자신의 세계를 만들고 어떠한 필드에 아예 나오지 않아요. 화자도 마찬가지예요. 다른 방식이 어떤 건지는 모르겠지만, 세상을 다른 방식으로 살고자 하는데, 더 편하게 살 수도 있었을 거예요.

소설에서 '김우식'이 '일'을 대하는 태도가 기이합니다. '김우식'이 자신의 시간을 가지려 일을 '박멸'하고 있는 방식이 결국 일에 소외당하는 인간이 되는 것 같았습니다.
  '김우식'한테도 딜레마를 주고자 했습니다. 어떻게 일에 안 잡아먹힐까 하지만 그것을 푸는 방식은 스스로 기계가 되는 것입니다. 자신을 지키기 위해 인간미를 잃고 있는 거죠. 그래서 그것이 자신을 지켰다고 할 수 있는 것인지는 모르는, '김우식'은 이상한 캐릭터인 거죠.

자신에게 '그늘'이 필요하다고 말하던 '김우식'이, '고요 속에, 그늘 속에' 있는 모습이 등장합니다. 무엇을 의미하는지 궁금해요.
  '김우식'은 안락한 의자에 등 기대어 편안하게 자기 세계를 즐기고 있는 것입니다. 그늘을 만들고 아주 편안한 상태로 있는 거예요. '김우식'은 편한 상태인데 화자 입장에서는 무섭고 두려움을 느끼게 하는 상태인 거죠.

'김우식'은 '그늘'이 필요하다고 강조했고 '정민'은 '무언가 지키는 것'에 관심 있다고 말합니다. TV 오디션 프로그램에 나와 얘기하는 '정민'에게서 생생한 울림을 받았습니다.

저도 그 부분을 '정민'을 생각하고 쓴 게 아니라 '정민'이란 사람을 본다는 느낌으로 썼습니다. '정민'에 관해 쓸 때는 화자 입장에서 봤습니다. '정민'의 행동이 화자에게 줄 울림 같은 것을 드러내고 싶었습니다.

결국 〈김우식〉은 어떻게 살아야 하는가 질문을 던지는 소설인 것 같습니다. 어떻게 사는 것이 좋을까요.

따뜻하게 사는 게 좋은 것 같아요. 그런데 거짓말로 따뜻해지면 안 돼요. '김우식'은 그걸 공격합니다. '당신 거짓말이지?' 하고 질문을 던지는 거예요.

'김우식'이 말하는 것이 결국 '시간, 일, 돈, 자신' 등인 것 같습니다. 이우화 씨에게 '일'이란 어떤 의미인지 궁금합니다.

아직 정리된 생각은 아니고 고민하고 있습니다. 일과 삶은 같은 단어가 아니에요. 일을 너무 열심히 하면 일어나야 할 삶이 안 일어날 때가 있어요. 사는 게 문제가 되면 다음 것이 없다고 생각합니다. 어떻게든 그다음 단계를 생각해 봐야 한다고 생각해요.

요즘 부모 세대와 우리 세대가 '일'이나 '행복'을 대하는 방식이 다르다는 생각을 합니다.

부모 세대도 뭔가 하나 놓치고 있다고 생각해요. 자식들한테 먹고사는 법도 가르쳐야 하지만 그다음 단계가 뭐냐는 거죠. 저희 집은 힘들게 살았어요. 그러다가 먹고사는 문제가 사라지는 부분이 생기는데, 그때도 삼겹살집에 가는 게 세상의 전부가 되는 거죠. 부모님들도 겁을 내고 계신 게 아닐까 생각해요. 으쌰으쌰 해서 산업화를 이루었죠. 그때 부모님들이 무엇인가를 '사는 맛'은 인생 사는 즐거움이었어요. 뭔가 사들이는 즐거움과 정체성이 달라붙어 있었죠. 그런데 그것이 끝났을 때의 정체성을 못 찾은 거예요. 지금 세대는 '그다음은 뭐지?' 하고 눈치를 챈 거죠.

'작가'로 살고 싶다고 하셨어요. 언제 그런 생각을 굳히셨는지 궁금해요.

군대에 있을 때 한 기업에서 병영도서관을 설치해 주는 프로젝트를 했는데 거기에 응모해서 선정이 됐어요. 그 병영도서관에서 김연수 작가의 소설을 읽었는데 어떤 대목을 읽고 글을 써야겠다는 생각을 했어요. 그때부터 일하고 글 쓰고 그랬어요. 무언가를 배우는 제일 쉬운 방법은 '하는 것'이라고 생각해서 그냥 썼어요.

안정적인 삶을 살게 된 친구들이 생기고 그 와중에 느끼는 외로움 같은 것도 있을 것 같아요.

내 주변 사람들에게 내가 가진 이야기가 없다는 것을 확인하게 될 때 소극적으로 우울해할 것인가 적극적으로 절망할 것인가를 선택해야 한다면, 이제는 선택을 내렸어요. 적극적으로 절망하기로요.

가끔, 보통의 일을 하며 돈을 버는 삶과 하고 싶은 일을 하며 사는 삶이 크게 다를 것이 있을까 하는 생각을 합니다. 저 위로 올라가서 가장 끝의 '욕망'에 관해 생각하면 모두 똑같은 삶이 아닐까 생각이 들 때가 있어요.

자기 검열을 통과한 욕망은 욕망이라 생각하지 않아요. 사회나 부모 등 어딘가에 걸린 욕망을 욕망이라고 생각하는 거죠. 커피가 먹고 싶어서 커피를 먹는 것을 욕망이라고 생각하지 않듯이 그걸 끌어당기면 욕망이 안 될 거예요. 저는 그동안 욕망을 접고 살았어요. 욕망을 쭉 펼치고 살면 인생이 단순해지고 편해요. 2006년에 시로 대산대학문학상을 받고 내 안에 숨겨진 무언가를 발견했는데 그것을 쭉 밀고 나가지 못했어요. 그렇다고 저 자신을 혼내고 싶지는 않아요. 그럴 수밖에 없었으니까요. 이제는 그대로 밀고 나가면 될 것 같아요.

마지막으로 당선 소감을 묻고 싶습니다.

기뻤어요. 사실은 가슴이 먹먹했어요. 작년에 글로 조금씩 돈을 버는 상태였는데 한 친구한테, 내가 타석에 들어선 것 같다는 말을 했어요. 어느 정도 할 수 있다는 자신감이 있었어요. 그렇다고 해서 인생이 쉽지는 않았고 버텼고 버티고 있는 상황이에요. 당선됐다는 메일을 받고 가슴이 찌릿하고 먹먹했어요. '드디어'라는 생각보다 '지옥을 면했다.'라는 생각이었어요. 이제 선수로 경기할 수 있겠다는 생각이 들었어요.

(2015년 3월)

마그리트의 창

염보라

작가노트 · 우물과 같은 힘
인터뷰 · 창을 깨부수다

염보라

1992년 경기도 안산에서 태어나 단국대 문예창작과를 졸업하고 동국대 대학원 국어국문학과 문예창작 전공 과정 중이다. 《한국시학》 신인문학상을 수상하고 의정부문학상 동화 부문, 이즈웰 가족사랑 수기 공모전에 당선되었다.

소설과 시, 아동문학(동화) 다양한 장르에 걸쳐 작업하고 있으며 현재는 대학원에서 시창작 전공으로 시를 연구하고 있다.

마그리트의 창

 아빠가 사라졌다. 그리고 아빠를 위해 준비한 꽃게도 함께 사라졌다. 그날은 아빠의 생일이었다. 아빠는 소멸된 것인지 아니면 가출을 한 것인지 알 수 없었다.
 지금껏 연락도 없이 집에 들어오지 않는 일은 없었다. 나는 돌아오지 않고 있는 아빠의 부재에 '사라졌다'라는 표현을 선택할 수밖에 없었다.
 아빠의 생일 당일 낮에 엄마와 나는 선물을 살 겸 백화점에서 쇼핑을 했다. 그러다 전혀 구매할 생각이 없던 물품과 옷들을 잔뜩 샀다. 마지막으로 아빠의 선물을 골랐는데 선택하는 데에는 별로 오래 걸리지 않았다. 엄마는 내게 선물이란 먹는 게 가장 좋은 것이라며 아빠가 좋아하는 꽃게 세 마리를 구매했다. 결국 엄마와 나의 손에는 구매한 물건이 한가득 들려 있어 어쩔 수 없이 택시를 타야만 했다. 백화점을 나와 택시를 타려 하는데, 마지막까지 고객을 겨냥하는 야외 판매대가 엄마의 눈에 띄었던 모양이다. 엄마는 '어머'라는 말을 여러 차례 반복한 후 30퍼센트 세일을 한다는 판매대에서 구두를 하나 집어 이리저리 돌려 보며 한참 눈을 떼지 못했다. 엄마는 내게 구두가 어떤지 물어보다가 나중에는 사람들 속으로 파묻혀 들어가 버렸다.

자연스레 내 손에는 백화점에서 산 물건이 들려 있었다. 그 속에는 특히 신경 쓰이는 꽃게도 함께 있었다. 살아 있는 꽃게였다. 큰 움직임은 없었지만 내 허벅지에 살짝 닿을 때마다 마음에 들지 않는다는 것인지 부르르 떨며 자신이 살아 있음을 드러냈다. 잘못하다가는 내 허벅지를 야무지게 물어 버리지 않을까 싶어 봉지를 편하게 들 수가 없었다. 꽃게가 들어 있는 시장바구니를 바닥에 내려놓았다.

우연히 백화점 출입구 앞에 붙어 있는 미술 갤러리 홍보 포스터를 보게 되었다. '마그리트 展'이 명칭과 함께 여러 설명이 줄줄이 쓰여 있었지만 그것보다 나는 두 작품이 눈에 더 들어왔다. '당기시오'라 쓰여 있는 문과 '고정 문' 각각 한 면에 홍보 포스터가 붙어 있었다. 같은 내용의 홍보 포스터였지만 그림은 서로 달랐다. 당기시오라 쓰여 있는 한쪽의 문에는 〈재현되지 않다(NOT to be reproduced)〉라는 그림이 있었다.

처음 보는 그림이었다. 그림 속에는 한 남성이 대형 거울 앞에 앉아 거울을 마주보고 있다. 거울에는 남성의 얼굴이 비춰지지 않는다. 남성의 뒷모습만이 거울에 똑같이 비추어지고 있을 뿐이다. 섬뜩하다기보다는 과연 남성의 얼굴은 어떻게 생겼을지

지금 어떤 표정을 짓고 있을지 궁금한 마음이 들었다.

옆 고정 문에 붙어 있는 문의 그림에는 밋밋한 배경에 파이프 하나가 크게 그려져 있다. 그리고 그 바로 밑에는 불어가 어지럽게 적혀 있었는데 '이것은 파이프가 아니다.'라고 번역되어 있다. '이미지의 반역'이라는 말도 덧붙였다.

두 개의 그림이 하나로 연결되는 것처럼 보였다. 그림 속 남자의 뒷모습을 계속 주시해서 보니 '이것은 사람이 아니다.'라는 문장이 불현듯 떠올랐다.

순간, 무언가를 놓친 것 같은 기분이 묘하게 들었다. 시장바구니가 있는 아래를 내려다보았다. 없었다. 살아 있어야 할 꽃게가 어느새 사라지고 없었다.

사실 지금까지도 아빠가 사라졌다는 것이 이해가 가지 않았다. 처음엔 아주 끔찍한 일이 생긴 건 아닌지 극단적인 생각밖에 들지 않았다. 이런 일을 처음 경험한 엄마는 당황한 기색이었고 조금만 기다려 보자 하면서도 자정이 넘어가자 안절부절 못하고는 다음 날 이른 아침에 바로 실종신고를 했다. 경찰은 가출에 대해서 질문을 했다. 보통 이런 실종 사건의 대부분은 가출로 결론 나기 때문인 모양이었다. 하지만 아빠가 가출한다는 건 상상할 수 없었다.

아빠는 가정적인 사람이었다. 일이 끝나고 퇴근하면 바로 집으로 돌아오는 아빠였으니까 말이다. 집에 돌아와 꼭 아빠, 엄마, 나 이렇게 함께 밥을 먹어야 직성이 풀리는 사람이었다. 간판 및 현수막 제작업체를 작게 운영하는 아빠는 개인 사업을 하다 보니 생활이 불규칙했다. 그럼에도 불구하고 아빠는 회식할 때를 제외하고는 꼭 함께 밥을 먹기 위해 시간 맞춰 집에 들어왔다. 외박도 아빠에게는 있을 수 없는 일이었다. 무슨 일이 있다면 꼭 전화를 해서 미리 말을 해 주었다.

정확한 시계처럼 자신의 계획 안에서 가족과 시간을 보냈다. 대학생이라 수업을 오후로 몰아 놓아 늦게 일어나도 되는데도 불구하고 아빠는 나를 억지로 깨워 아침에도 가족과 함께 옹기종기 앉아 식사하길 원했다. 하지만 아무런 대화는 이루어지지 않았다. 강아지 뽀삐가 사람이 먹는 밥 냄새에 이끌려 꼬리를 살랑살랑거리며 우는 것을 제외하고는 어떠한 소리도 들리지 않았다. 간혹 말문이 터지는 때도 있었는데 그것은 음식의 간이 어떤지에 대한 감상 정도였다. 그 정도의 행동을 보이고 나면 아빠는 으쓱 어깨에 힘이 들어가 보이는 것도 같았는데, 어쩌면 아빠는 가정적으로 '아버지 혹은 가장'으로서의 역할에 큰 보탬이 된 행동을 한 것이라 생각했는지도 모른다. 이러한 것들도 가정적이라 말할 수 있다면 아버지는 지극히 가정적인 사람이었다. 또한 여자 문제도 없었고 아빠가 엄마의 히스테릭한 신경만 잘 달래주기만 한다면 부부싸움도 일어나지 않는 편이었다.

가정적인 아빠는 자신의 계획대로 저녁을 같이 먹고 엄마가 설거지를 잘할 수 있도록 그릇을 설거지통에 가져다주었다. 그리고 밥그릇에 물을 살짝 틀어 밥이 딱딱하게 굳지 않도록 했다. 그러곤 텔레비전을 켰다. 소리를 아주 작게 맞춘 상태로 엄마가 설거지를 할 때 미세한 스트레스를 받지 않도록 주의했다. 밥을 열심히 차린 엄마가 설거지까지 해야 한다는 점에서 부당함을 느낄 수도 있기에 아빠는 온 신경을 다해 엄마의 마음을 건들지 않으려 노력을 했다. 사실 엄마에 대한 배려라기보다는 아빠 자신이 살아남기 위해서인지도 모른다. 엄마는 불면증이 있었다. 잠을 자려 하다가도 아주 작은 것, 미세한 기억에 발끈하면 엄마는 불같이 화를 내며 거실로 향했다. 그리고 아빠가 이불을 펴고 자고 있음에도 소파에 앉아 텔레비전을 크게 켜고 보았다.

"뭐? 주말에는 간판 주문이 폭주를 해서 도시락을 싸 가야 한다고? 사 먹을 시간도 없다고? 뭐 맨날 가게들이 주말만 딱 약속해서 망한다는 거야 뭐야. 혼자서 돈 다 벌어? 나도 같이하고 있는데 생색내기는. 나 부려 먹으려 하는 건 아니고?"

분명 아침까지 엄마는 기분 좋게 당연한 듯 일하러 가는 남편에게 힘이 되어야 한다며 김밥을 싸 주었다. 그런데 엄마는 그날 밤에 불면증 때문인 건지 갑작스레 감정의 변화를 보이며 리모컨으로 볼륨을 하나하나씩 올리며 어느 누구든 그 옆에 있었으면 다 들릴 정도로 크게 혼잣말을 중얼거렸다.

사실 엄마의 불면증과 아빠의 방과는 큰 연관성이 있다. 엄마는 지독한 불면증을 가지고 있었다. 아주 작고 미세한 움직임에도 잠을 잘 수가 없었다. 잠을 자다가도 누군가가 뒤척인다면 금방 깨 버리고 버럭 화를 냈기에 아빠는 엄마를 위하여 그리고 자신을 보호하기 위하여 거실을 선택하게 된 것이다. 엄마는 엄마 방에 나는 내 방에 아빠는 거실에 있게 되었다. 컴퓨터 방이 있기는 했지만 워낙 많은 짐이 들어앉아 있어 아빠가 들어갈 수 있는 공간이 없었다.

아빠는 일이 끝나자마자 집에 돌아와 밥을 먹고 텔레비전을 켜서 보다가 자정이 되어서야 거실에 이불을 주섬주섬 깔기 시작했다. 한번은 한참 공부를 하고 있었는데 엄마가 아빠에게 언성을 높이는 소리를 듣게 되었다. 이유는 아빠가 거실 한가운데에서 눈은 텔레비전을 보고 입은 엄지손가락의 손톱을 힘겹게 씹어 먹고 있었기 때문이다. 그 장면은 자주는 아니어도 아빠의 심리가 불안정할 때 보이는 습관적 행동이었다. 그 행동을 엄마는 정말 싫어했는데 때마침 엄마가 불면증으로 잠이 안 온 날이었나 보다. 그래서 거실 밖으로 나온 것 같았다. 엄마는 아빠한테 왜 손톱을 잘라 먹냐 어린아이냐, 왜 12시가 넘었는데도 불을 안 끄고 있냐는 말을 했다. 아빠의 어깨는 한층 더 움츠러들었고 아주 작은 소리로 "손톱깎이로 자르면 딱딱 소리 날 것 같아서."라며 변명을 해 댔다. 빈 거실에서 아빠는 텔레비전과 함께 있었다.

사실 일하고 와서 제일 중요한 부분은 침대에 드러눕는 것이다. 특히 어느 누구의 간섭도 받지 않고 나만의 시간을 갖는 것. 그런데 아빠가 쉽게 눕지 못하는 것은 언제 우리 집에 세입자가 찾아올지 모르기 때문이다. 아빠는 간판제작 사업뿐 아니라 원룸 건물도 운영했다. 원룸 건물 관리는 엄마, 아빠가 함께하고 있는데 아빠가 일을 하러 간 사이에는 엄마가 관리를 도맡았다.

세입자들은 시간에 구애 받지 않고 '샤워기에 물이 안 나온다.' 혹은 '변기가 막혔다.', '열쇠를 학교에 놓고 와서 주인아저씨께 비상용 열쇠를 받으러 왔다.'는 등 다양한 이유로 찾아왔다. 관리자인 우리는 세입자의 편의를 당연히 봐줘야 할 의무가 있다. 그럼에도 불구하고 엄마와 나는 그 의무가 버겁고 불편해서 늘 피하고 싶었다.

그래서인지 아빠가 거의 원룸관리와 세입자와의 문제가 되는 부분은 도맡아 처리했다. 내가 늦은 시간까지 깨어 있을 때에 만약 세입자나 택배 기사가 집에 찾아온다면 나는 내 일이 아닌 것처럼 외면했다. 나는 공부를 해야 하는 대학생이니까 그 일은 내가 해야 할 범주가 아니라 치부해 버린 것이었다. 엄마도 마찬가지였다. 엄마는 자신만의 시간을 중요하게 생각했다. 원룸사업의 중요한 시기인 여름, 겨울 방학 때 대학생들과 일반인들이 방을 보러 가도 되겠느냐는 연락을 갑작스레 엄마가 받게 되면 자신의 시간을 방해 받는다며 상당히 귀찮아했다. "내가 커피를 마시고 있는데 왜 갑자기 온다는 거야? 내가 남편을 잘못 만나 이런 고생을 다 하지." 혼잣말로 투정을 부렸다. 어쩔 수 없이 내려가기는 했지만 어느 손님이 엄마의 무성의한 태도에 계약을 하려 할까 싶었다. 다행히 아빠가 그 자리에 있다면 눈치를 잔뜩 보며 엄마를 대신해 빈 방을 보여 주러 내려갔다. 그리고 세입자가 될지도 모르는 손님에게 지극정성을 다했다. 그렇게 엄마라는 역할 속에 아빠가 차지하는 공간이 많아지고 있었다.

늘 바빴던 아빠에게도 휴식의 시간이 주어지기는 했다. 삶이란 늘 전쟁과 같지는 않으니까. 슬쩍 바라본 아빠의 모습 중 가장 기억에 남는 건 일기 쓰기였다. 아빠는 내 방문을 등진 채 양반 다리로 허리는 땅바닥을 바라보고 힘겹게 글을 썼다. 밤에 아주 큰 거실 한가운데에서 아빠는 혼자 일기를 쓰고 있었다.

아빠가 사라진 후 여러 가지 해야 할 일이 많았다. 엄마는 커피를 느긋하게 마시고 있다 하더라도 전화 한 통에 나가야 했고, 저녁에 각자의 방에 들어가 있다가도 세입자가 찾으면 엄마와 내가 동시에 뛰쳐나가기도 했다. 우리 모두 해야 할 일이었지만 그동안 우리가 망각하고 있었던 것이다.

우연히 양치를 하러 화장실에 들어갔는데 칫솔꽂이에 아빠, 엄마, 나 이렇게 세 개의 칫솔이 꽂혀 있었다. 며칠째 아빠의 칫솔에는 물기가 닿지 않아 건조했다. 아빠의 칫솔을 톡 건드려 보았다.

얼마 후 문자 한 통이 내게 도착했다.

─ 나는 잘 지내고 있다.

번호는 0000으로 어디에서 온 것인지 알 수 있는 방법은 없었다. 그렇다 해서 따로 알아볼 필요성도 없었다. 누구인지 구체적으로 쓰여 있지는 않았지만 아빠임을 단번에 알 수 있었다. 경찰에 신고 후 일주일 만에 문자가 온 것이었다. 경찰의 수사도 점점 많이 진행되었고 그만큼 아빠의 실종 혹은 가출소식은 많은 이에게 퍼져 나갔다. 따라서 내 친구들 주민들, 아빠 직장 동료 모두가 아빠를 찾는 데 관심이 남달랐다.

그들의 관심 덕분인지 때때로 아빠를 봤다는 문자가 오기는 했다. 그 문자들은 큰 도움이 되었다. 한 번은 이런 문자가 왔다.

— 너희 아빠 지금 부산 해운대에서 봤어.

하늘색 땡땡이 반바지에 흰색 반팔 티셔츠를 입고 있는 아빠. 그리고 해변가에서 붉은색 원피스와 하얀색 카디건을 걸치고 있는 여성이 아빠의 팔을 잡고 함께 걷고 있는 사진이었다. 그 후에도 친구네 직장 주변에 아빠가 무스를 잔뜩 바르고 마 소재의 재킷을 걸친 채로 지나가는 모습을 봤다는 제보도 있었고 어쩔 땐 울산에서 찍었다는 사진이 엄마와 내 핸드폰으로 전송되곤 했다. 모두 다 허무맹랑한 이야기 같았다. 아빠가? 우리 아빠가 정말 그렇단 말인가? 왜 그 먼 곳을 왔다 갔다 한단 말인가.

완전 딴 사람 같았다. 단 한 번도 그런 적이 없던 아빠였다. 아빠로부터 잘 있다는 문자가 오고 얼마 지나지 않아 신호위반 및 과속을 했다는 과태료 고지서가 몇 차례 엄마의 손에 도착했다. 자연스레 경찰 수사는 단순 가출로 종결되었다. 아빠를 찾아야만 하는 게 맞는 것인지 그 목적을 잃어버린 것만 같은 시간이 지속되었다. 아무것도 할 수가 없었다.

그러던 중 아빠와 간판 및 현수막 제작업체를 함께 운영하는 동업자이자 동료로부터 연락이 왔다. 직장 동료와의 만남을 통해 아빠에 대한 정보를 얻을 수 있지 않을까 하는 마음과 덩달아 오랫동안 아빠와 함께 일한 동료 모두에게 사죄의 인사를 해야겠다는 마음으로 약속을 정했다.

엄마가 나갈 준비를 하는 동안 나는 집이 답답해 먼저 나와 한 계단 한 계단 내려가고 있었다. 2층에 다다랐을 때, 때마침 산책을 하러 나가려는 건지 문을 닫고 있던 201호 세입자가 내게 인사를 했다.

"안녕하세요? 옆집 시끄러워요. 캐럴송……."

그 후의 말은 내가 알아들을 수는 없었다. 201호 세입자는 파키스탄에서 건너온 대학원생이었다. 서른한 살 동갑내기 부부였다. 남자 쪽인 타리크 쉐리프는 털이 얼굴 전체를 거의 덮고 있었다. 쉐리프의 아내인 레마나는 차도르를 입고 있었는데, 머리부터 다리까지 몸을 칭칭 감고 있다 해도 그녀의 부풀어 오른 배를 가릴 수는 없었다. 만삭으로 곧 아이를 출산할 예정이었다. 기도를 하고 나온 것인지 레마나의 차도르가 살짝 바람에 흩날리니 텁텁하기도 하고 황홀한 느낌도 나는 향초의 향이 퍼져 나오고 있었다. 그리고 그들이 즐겨 먹는 치킨 카레 냄새까지.

파키스탄 부부가 한국이라는 곳으로 건너와 그 많은 원룸 건물 중에서 우리 집을 선택했다는 건 대단한 인연이라고 생각한다. 우리 원룸은 대학교 주변에 있어서 주로 대학생들이 많다. 처음엔 파키스탄 외국인 부부가 방을 한 번 쓱 둘러보고 우리 집이 좋다고 계약하자고 했을 때 아빠와 엄마는 굉장히 많은 고민을 하기는 했다. 언어적 장벽이 너무 높다는 이유였다. 파키스탄 부부는 그들의 언어가 별도로 있었지만 영어도 함께 썼다. 그 나라의 언어든 영어든 도무지 알아들을 수가 없는 건 사실이었다. 내가 영어를 열심히 공부하지 않았다는 점이 학교가 아닌 현실의 공간에서 여실히 드러나고 있었다. 그래도 희망이 보였던 건 파키스탄 부부가 한국어를 배우고 싶어 하는 열의가 대단하다는 점이었다. '안녕하세요? 좋은 밤 되세요. 몰라요.' 등의 기초적인 문장과 단어들을 조합해 말하려 하는 노력에 조금씩 나의 귀도 열려 가고 있는 중이었다.

201호 세입자는 옆집 202호가 시끄럽다는 말을 내게 해 왔다. 202호 옆집? 옆집이라니? 아무도 살지 않는 옆집이 시끄럽다는 건가? 캐럴송? 옆집 사람이 그것도 여름에 캐럴을 부르고 있다는 건가? 말도 안 되는 일이었다. 워낙 오래된 원룸 건물이라 방음이 정말 안 되었다. 새벽에 가만히 침대에 누워 있다 보면 아랫집 변기 물 내려가는 소리가 들리기도 했으니까. 그러나 다른 집에서 소리가 나는 거라면 이해가 가겠지만 아무도 살고 있지 않는 빈방 202호에서라니. 몇 달째 나가지 않는 빈방을 두고 시끄럽다는 건 말이 되지 않는 것이었다. 풀 옵션이라는 단어를 붙여 놓았고 방값도 다른 방에 비해 싸게 내렸는데도 잘 나가지 않는 빈방이었다. 엄마는 그 방에 살고 있는 유령이 손님들을 내보내는 것이라며 굿이라도 해야 하는 것 아니냐며 걱정했었다. 그럴 때마다 아빠는 "그럴 수도 있는 거지 뭐. 조금만 기다려 보면 되지 뭐." 하면서 다른 때와는 달리 느긋한 모습을 보이고는 했다.

아무튼 캐럴송이라니? 내가 맞게 들은 거라면 캐럴송이라는 말은 우리 아빠를 연상하게 하는 단어였다. 여름에 건물 복도를 청소하며 흥얼거리던 아빠의 노래를 들은 적이 있다. 어느 날인가 이부자리를 펴 놓고 잠을 놓친 것인지 아빠가 캐럴을 부르고 있었다. "고요한 밤 거룩한 밤, 징글벨 징글벨, 울면 안 돼 울면 안 돼," 가사를 모르는 것이었는지 외국곡 한국곡을 섞어서 부르던 캐럴송. 그러나 묘하게 서로 들어맞았던 캐럴 가사들이었다. 한번은 물어보았던 것도 같다.

"아빠는 왜 여름에 캐럴을 불러?"

"시원해지는 것 같아서."

누군가에게 자신의 비밀을 들킨 사람처럼 얼굴빛이 붉어지던 아빠.

아빠에 대한 생각에 잠겼다 돌아오니 201호 세입자는 어느 순간 산책하러 나간 건지 없었다. 뒤돌아 내려가던 찰나 어? 다시 201호 아니 빈방인 202호 방문을 쳐다보게 되었다. 무언가 지나간 것 같았는데. 방금 혹시 꽃게 아니었나?

"너희 아빠 은근 노는 거 좋아해. 일할 때에는 자기 일만 딱딱 하고 말도 별로 없는데 회식하고 2차로 노래방 가면 사람이 달라져. 내가 노래 좀 하려고 해도 마이크를 놓지를 않아. 정적인 것 같으면서도 유쾌한 사람인데. 참 좋은 사람이지. 그런데 걱정이네. 나한테는 연락 좀 줄 수 있는 거 아닌가……."

아빠의 회사 동료와는 꽃게탕 집에서 만났다. 당연히 아빠의 회사 동료니 꽃게탕을 많이 먹어서 친숙한 음식일 것이라는 엄마의 해석에 따른 결과였다. 아빠의 동료는 꽃게를 입에 물고 쭉쭉 빨며 밥을 넘겼지만 전혀 힘이 있어 보이지 않았다. 며칠째 머리를 감지 않은 것인지 앞머리가 떡 져 있었고 면도도 제대로 하지 않아 턱 주변에 검게 털이 올라와 있었다. 옷도 흰색 반팔에 작업용 잠바 하나만 계속해서 걸쳐 입고 다녔는지 후줄근하게 구겨져 있었다. 그 모습을 보고 나니 미안한 마음이 들었다.

아빠의 동료는 아버지의 부재로 타격이 큰 가게 일에 대해서는 말을 아끼려 애썼다. 아마 가족의 마음도 고통이 클 것이라 짐작해서였을 것이다. 하지만 중간 중간 일하는 인원이 네 명 정도밖에 되지 않아 한 명이라도 결원이 생기면 작업에 지장이 큰데 사장인 아빠가 있지 않으니 맥이 빠진다며 말을 해 왔다.

"그런데 넌 꽃게탕 좋아하는구나. 너희 아빠는 꽃게탕 싫어하는 것 같던데. 잘 안 먹더라고. 아 그러고 보니 하나 재미있었던 일이 생각난다. 한 번은 반찬으로 간장 게장이 나왔었어. 너희 아빠가 엄청 게걸스럽게 잘 드시더라고. 몇 번이나 아줌마한테 가져다 달라고 해서 우리들이 얼마나 난처했는지 몰라. 목까지 빨개졌었다니까."

엄마가 잠시 화장실에 간 사이 내가 말없이 꽃게 뚜껑 위에 밥을 비벼 먹고 있자 그가 어색함을 깨기 위해 내게 말을 건 것이었다. 그러고는 덧붙여 별 뜻 없어 보이는 말투로 아빠와 많이 닮았다고 말을 했다. 아빠의 동료와 이야기를 마치고 돌아와 그의 말을 곱씹어 보았다. 아빠와 닮았다는 건 외모를 말하는 것인지 성격을 말하려 한 것인지 명확하지는 않았지만 요즘 아빠를 떠올리면 아빠와 내가 닮은 구석이 단 한 곳이라도 있을까 싶었다. 아무리 나를 낳아 준 부모라 하더라도 자식의 성격이나 개성 모두가 하나하나 뜯어보면 다른데, 닮았다는 말은 억지스러운 부분이 있다고 느껴졌다.

내가 알던 아빠는 꽃게탕을 좋아했다. 하지만 직장 동료가 말하는 아빠는 꽃게탕을 좋아하지 않는다고 했다. 어쩌면 아빠는 처음부터 그 동료 말대로 꽃게탕을 좋아한 것이 아닐지도 모른다. 간장 게장을 좋아했을 수도 있고 아니면 아예 둘 다 좋아하지 않았을 수도 있다. 언제부터였을까 아빠가 꽃게탕을 좋아한다고 단정 짓게 된 시기가 말이다. 아마 아빠가 맛깔스럽게 꽃게탕을 먹으며 평소와는 다르게 많은 이야기를 하는 모습에 엄마는 자연스레 아빠가 꽃게탕을 좋아한다고 생각을 하게 되었을지도 모른다. 결국 나도 엄마의 인식에 따라 똑같이 결론짓게 되었을 것이고, 아빠는 이렇게 우리가 내린 생각이 당연하다 여기며 아빠 또한 자연스럽게 음식의 취향이 바뀌었을 수도 있다.

한번 아빠가 내게 이런 말을 해 준 적이 있었다. 꽃게를 좋아하게 된 계기에 대해서 말이다. 아빠는 나의 친할아버지가 꽃게를 야무지게 먹는 모습을 보고 꽃게를 좋아하게 되었다고 설명했다. 그 한마디를 가볍게 들었고 나머지 깊은 이야기는 큰아버지에게 연이어 들었는데, 친할아버지는 아빠와 큰아버지 이렇게 남자끼리만 함께 자리를 해서 밥을 먹었다고 한다. 친할머니와 고모들은 함께 같은 자리에서 밥을 먹지 못하고 부엌에서 간단하게 눈칫밥을 먹었다는 것이다. 더불어 친할아버지는 음식을 잘 먹고 있다가도 조금만 음식이 입맛에 안 맞는다 하면 가차 없이 밥상을 마당 바깥으로 던져 버리곤 했다고 한다.

할머니와 고모에게만 유달리 차별을 두었던 할아버지가 아빠와 큰아버지에게도 거리를 둔 특이한 점이 있었다고 한다. 바로 꽃게음식이었다. 꽃게음식을 유달리 좋아했던 할아버지는 꽃게음식만 나오면 독차지하려 했다고 한다. 그때만큼은 아빠와 큰아버지도 할아버지와 떨어져 나머지 반찬으로 밥을 먹어야만 했다. 꽃게음식이 그날의 주된 식단이었다 해도 할아버지 외에 가족들은 모두 입에 대지도 못했다는 것이다. 할아버지가 다 먹고 나서 남은 찌꺼기나 국물 정도로 가족들은 꽃게의 맛을 짐작해 볼 정도였을 것이다.

한 번쯤은 너그럽게 할아버지가 꽃게를 내주기도 했을 것이다. 딱 한입 베어 물으려 하다가도 할아버지가 갑작스레 그 성질머리를 스스로가 이겨 내지 못해 밥상을 또 바깥으로 던져 버렸을 것이다. 정말로 그랬냐는 내 말에 큰아버지는 '정말로' 꽃게를 가족들과 나란히 먹어 본 기억이 없다고 했다. 큰아버지의 말을 이어 아빠가 최종적으로 정리해서 이야기를 해 주는 것으로 꽃게의 역사는 마무리가 되었던 것 같다.

"혼자서 하나도 남김없이 드셨지. 몸통을 그러니까 배의 문을 열어 살을 쪽쪽 빨아 드실 때에는 궁금했어. 꽃게의 맛이 말이야. 그리고 비밀이 와르르 입속으로 쏟아져 들어가는 느낌. 혼자만 아는 그 맛 말이야. 나는 밥상에 남겨진 꽃게의 다리들을 보았어. 다리들도 모두 뭉개져 형체가 없었는데 좀 슬프더라. 안된 것도 같고. 예전에 할머니가 그러시더라고. 꽃게 먹을 때뿐 아니라 자고로 어떠한 생명이든 예의를 지켜야 하는 거라고. 신체의 한 부분은 먹지 않고 남겨 줘야 힘을 얻어 다음 생에 태어나 올바르게 살아 나갈 수 있다고. 그래서 나는 꽃게 다리는 먹지 않아."

 며칠 뒤 꽃게를 다시 봤다. 지난번과는 다르게 그냥 스쳐 지나가는 것만은 아니었다. 계단을 내려가고 있는데 꽃게가 나보다 더 앞서 내려가고 있었다. 마지막 계단을 내려가며 복도로 향하는 모퉁이로 쓱 들어가는 것을 보았다. 이번엔 꽃게의 다리를 아주 또렷하게 본 것도 같았다. 그동안에는 환상이라고 생각했고 또한 요즘 기가 허해져서 오는 현상이라 생각했다. 그런데 그러면 그럴수록 꽃게의 모습이 자주 뚜렷하게 보였고 보이지 않을 때는 게가 걸어가는 특유의 둔탁하지만 아주 미묘한 소리가 들려왔다. 남에게는 잘 들리지도 않을 꽃게의 발걸음 소리가 내게는 아주 선명하고 또렷하게 들려왔다.

 꽃게는 특징적으로 202호 빈방 주변을 주로 맴돌고 있는 듯했다. 그리고 나를 피하는 것 같으면서도 자신을 드러내고자 하는 느낌도 계속해서 느껴졌다. 무엇 때문에 나의 곁에 오는 것일까. 아니 혹시 꽃게가 202호에 살고 있는 건 아니겠지.

 꽃게는 내 의심이 짙으면 짙을수록 유령처럼 비밀스럽게 내 곁에 잠시 찾아왔다가 금방 사라져 버렸고 또 잊을 만하면 나에게 상기시키려 하는 것인지 몇 차례 같은 행동을 반복했다. 나 잡아 봐라 하며 놀리는 것도 같았다. 꽃게의 수는 처음에 보았던 것과는 다르게 한 마리에서 두 마리 총 세 마리까지 내 눈앞에 드러났다. 엄마와 내가 아빠 생일날 샀던 꽃게 세 마리, 개수도 똑같이 맞아떨어졌다. 아빠의 선물이라 추정되는 꽃게는 멀리 가지도 않고 202호 주변을 맴돌았다.

"엄마, 나 지난번에 잃어버린 꽃게 본 것 같아. 우리 원룸 건물에서. 아니 분명 봤는데 정확히 우리가 샀던 꽃게인지는 모르겠어."

엄마는 안 그래도 머리가 아프다는 눈으로 면봉을 들고 귀를 후벼 파고 있었다.

"그래. 어디서 봤다고? 아니 근데 너 그때 꽃게 잃어버려서…… 아휴. 돈 아까워."

"아니. 아니. 내 말 좀 일단 들어봐. 그러니까 유령 빈방 202호 있잖아. 그 방 주변을 돌아다니는 것을 봤다니까. 엄마는 꽃게 한 번도 못 봤어?"

"무슨 꽃게를 봐. 아무것도 본 적이 없어요."

정말 나만 꽃게를 볼 수 있는 것일까. 처음엔 신기하기도 하고 잘못 보았다고 생각을 하고 쉽게 넘어갔지만 이건 아니다 싶었다. 아무도 꽃게를 보지 못했고 보이지도 않는 듯했다. 왜 나한테만 보이느냐 말이다. 내게 무슨 말을 하고 싶어서. 그리고 더 문제가 큰 건 분명 202호 빈방에 꽃게가 살고 있는 느낌이 든다는 점이다. 그 주변만 맴돌고 있는 것은 아닌 듯했다. 한번은 대 놓고 꽃게가 어디를 다녀오는 것인지 갑자기 쪼르르 내 눈앞에 나타나서는 202호 문 앞에 서서 한 발로 문을 톡톡 치는 것이 아닌가. 내 눈에는 총 두 마리가 함께 있었으므로 나머지 한 마리는 202호 안에 있는 것인가 싶었다. 곧이어 문이 아주 조금 열렸고 두 마리의 꽃게는 부리나케 방 안으로 들어갔다. 꽃게에게도 표정이 있다면 저건 꼭 기세등등한 느낌이라 할 수 있을 것이번엔 꽃게의 다리를 아주 뚜렷하게 본 것도 같았다.
그동안에는 환상이라고 생각했고
또한 마음 가가 허해져서 오는 현상이라 생각했다.
그런데 그러면 그럴수록
꽃게의 모습이 자주 뚜렷하게 보였고
보이지 않을 때는 게가 걸어가는 특유의 둔탁하지만
아주 미묘한 소리가 들려왔다.

이다. 나에게 궁금해 죽겠지? 하는 것도 같고. 그리고 문이 살짝 열리는 찰나 나는 내 귀를 의심했다. 202호 방 안에서 캐럴송이 흘러나오고 있는 것이었다.
"징글벨 징글벨. 울면 안 돼. 울면 안 돼."
곧 누군가 문을 닫아 잠그는 둔탁한 쇳소리가 들려왔다. 누군가 202호 방에서 살고 있었다. 확실해졌다. 바로 아빠였다.

이제는 대 놓고 아빠가 캐럴을 콧노래로 부르며 202호 문을 따고 들어갔다, 나갔다를 반복했다. 열쇠를 열고 들어가는 둔탁한 문소리. 나는 급하게 아빠의 인기척이 들리자마자 달려 내려가 202호 문 앞을 서성거렸다. 차마 초인종을 누를 수는 없다. 아빠가 다시 돌아왔고 지금 현재 202호 유령의 빈방에 살고 있다는 것을 알고 있었지만 다가갈 수가 없었다. 아빠의 모든 모습들이 낯설었다. 혹여 내가 "아빠." 하고 부른다면 마그리트 그림 속 남자의 모습처럼 아빠가 뒤돌아보는 순간 내가 알던 그 얼굴이 없을지도 모른다는 막연한 두려움이 찾아왔다.
사실 그 빈방에 들어가지 못하는 이유가 하나 더 있기는 했다. 얼마 전 아빠의 일기장을 보게 되었기 때문이다. 아빠의 일기를 발견한 것은 작은 냉장고 안에서였다. 우리 원룸 2층 복도 제일 끝에는 1인용 정도 되어 보이는 작은 냉장고 하나가 서 있다. 원룸 사업을 하다 보면 굉장히 많은 세입자들이 들어왔다 나갔다를 반복하기 때문에 가전제품들이 금방 고장이 난다. 아빠가 중고가게에서 아주 저렴한 가격으로 냉장고를 미리 하나 샀는데 따로 둘 곳이 없어서 2층 복도 끝에 놓아두었다. 지하 창고에 두어도 되었겠지만 워낙 들어가 있는 잡다한 물건이 많아 안 되었고, 1층은 바로 대문이 열렸다 닫혔다를 반복하기에 2층에 둔 것이었다. 아무튼 2층 복도 한편에 자리하고 있는 냉장고 안에서 아빠의 일기장을 발견하게 되었다. 이번에도 역시 꽃게들이 숨을 듯 말 듯 하는 행동을 취하며 냉장고 주변을 돌아다니고 있어서 알게 된 사실이었다.

처음엔 이 일기를 절대로 보지 않겠다고 생각을 했다. 하지만 끝내 볼 수밖에 없었던 것은 정말 저 202호에 있는 사람이 우리 아빠가 맞는 것인지 그리고 아빠에게 그동안 무슨 일이 있었던 건지 조금이라도 알 수 있지 않을까 하는 마음에서였다. 일기 앞부분에는 별다른 내용이 없었다. 장부 내역을 조금 적어 놓기도 했고 1층부터 3층까지 원룸 세입자들의 이름과 나이, 방 호수 등이 적혀 있었다. 아주 자세한 기록은 아니었다. 그러나 유독 다르게 보인 것은 2층 202호라고 적혀 있는 글자에 붉은색으로 동그라미가 쳐져 있었다는 점이다. 그리고 my room이라고 함께 쓰여 있었다.

일기 내용 중에서 가장 눈에 들어왔던 건 그림이었다. 아빠가 직접 그려 넣은 그림 같았다. 그 그림은 공책 한 면을 차지하고 있었다. 한 남자가 어느 공간 안에 있다. 자로 그린 듯한 사각형 공간은 흰색으로 공책 고유의 색 그대로였고 어떠한 색칠도 되어 있지 않았다. 남자는 등진 채 의자에 앉아 있어 남자의 등만 보였다. 내가 본 마그리트의 그림 속 남자처럼 검은색 정장을 차려입고 있었고 전체적으로 분위기도 비슷했다. 그의 앞에는 보통 크기의 창문이 하나 열려 있다. 그리고 남자의 등에는 엉성하기는 했지만 날개가 있다. 아빠는 그보다 훨씬 못 그려 저것이 날개인지 나방의 날개인지 구분할 수는 없었지만 흰색으로 날개를 여러 번 칠한 것으로 보아 깨끗하고 정결한 날개를 형상화하려 했다는 생각이 들었다. 그리고 그림 제일 밑에는 'MY Room'—JIK.이라는 말과 함께.

JIK, 즉 한글말로 하면 '직.' 아빠의 이름은 정직이었다. 정직하게 살라는 뜻이라 했다. 금방 지었을 것 같은 이름이었다. 한글 이름 그대로 '정직'이라고 쓰지 왜 영어로 촌스럽게 써 놓았는지 우스웠다.

하루는 엄마가 202호 방에 들어가 청소를 한다 했다. 빈방이지만 몇 달째 아무도 살고 있지 않기에 그럴수록 방을 더 관리해 줘야 한다며 웬일로 아빠가 해 오던 일을 엄마가 먼저 나서서 한다는 것이었다. 그러다 불현듯 나는 그렇게 함부로 들어가서는 안 된다고, 아빠만의 방을 허락도 없이 불쑥 불쑥 들어가서는 안 된다고 말해 주고 싶었다. 하지만 엄마에게 그 방은 몇 달째 나가지 않는 유령의 방이었을 뿐이었다.

엄마와 함께 202호 문 앞에 섰다. 나는 방 안에 절대로 들어가지 않겠다고 마음을 먹었다. 그건 오랜만에 방을 가진 아빠에 대한 예의라 생각했다. 그저 엄마를 어떻게 해서든 방 안에 들어가게 해서는 안 된다는 생각으로 같이 따라 내려가 곁에 버티고서 있었다. 엄마는 방문을 열쇠로 열었다. 딸깍.

엄마가 활짝 문을 열어젖히려던 찰나

"아 맞다. 잠깐 락스 좀 갖고 올게. 야, 그런데 생각보다 깨끗하다. 누가 치워 놓고 갔나."

살짝 열린 문틈 사이로 엄마는 잠깐 방 안 내부를 살피고는 급히 우리 집인 4층으로 뛰어 올라갔다. 나는 잠시 동안 가만히 서 있었다. 나는 눈을 감고 있었다. 엄마가 문을 열려 하는 순간부터 눈을 감고 있었다. 지금은 눈을 뜨지는 않고 아빠가 외롭지 않게 옆에 있어 주기만이라도 하고 싶었다. 그새를 이기지 못해 실눈을 뜬 상태로 얼굴을 아주 잠깐 방에 비추다 돌아서고를 반복했다. 단순히 두려움 때문인 건지 낯섦 때문인 건지는 나도 확신할 수 없었다. "아빠. 아빠?" 작은 소리로 살짝 열려져 있는 문틈 사이로 방 안을 다시 살짝 들여다보았다.

"깜짝이야." 문과는 등을 진 채 방 한가운데 아빠가 양반다리를 하고 앉아 있었다. 흰색 러닝셔츠와 하늘색 줄무늬의 트렁크 팬티를 입고 있었다. 그리고 아빠는 꽃게를 야무지게 먹고 있었다. 벌써 두 마리째 먹고 있었다. 밥상은 어디서 가지고 온 것인지 작은 나무로 된 동그란 상을 펴 놓고 꽃게의 몸통을 생으로 뜯어먹고 있었다.

'나는 꽃게의 몸통 속 비밀을 맛보고 싶었어.'

아빠가 내게 해 주었던 말이 머릿속을 굴러다니는 듯했다. 아빠는 그동안 한 번도 소리를 내며 꽃게를 먹어 본 적이 없었다. 아빠만의 경건한 예식과 예우가 필요하다고 생각을 한 것인지 소리를 내지 않고 입을 다문 채 꽃게의 살을 천천히 씹고 있을 뿐이었다. 그런데 지금의 아빠는 그런 경건한 예식은 생각하지도 않고 꽃게의 몸통을 이빨 고유의 힘과 손을 합쳐 뜯어내 속을 파먹고 있었다. 며칠째 밥을 먹지 못해서인 건지 걸신들린 사람처럼 급하게 뜯어먹고 있었다. 이빨과 입술 주변에 꽃게의 살과 즙이 덕지덕지 끼거나 묻어 있을 것 같았다. 뒤를 돌아보면 어떡하나 어떡하나.

아빠가 먹는 행위를 잠깐 멈추었다. 잠시 숨을 몰아쉰 후 이빨과 손으로 아주 힘껏 꽃게 다리를 몸통과 분리시켰다. 그리고 차례차례 꽃게 다리를 상 위에 올려놓았다. 역시나 꽃게 다리의 살은 먹지 않은 상태였다. 그리고 아주 평온하게 휘파람으로 캐럴송을 불렀다. 음이 맞지도 않고 각양각색 국적도 혼돈스러운 노래를 부르기 시작했다. 꽃게의 몸통을 먹으면서.

나는 그 후 아빠에게 밥과 김치, 된장찌개를 국그릇에 덜어서 202호 문 앞에 갖다 놓고 돌아갔다. 하지만 저녁에 내려가 확인해 보니 음식에는 아예 손도 대지 않았다. 대신 이제 한 마리 남은 꽃게가 자신의 집게로 밥을 입안으로 넣고 있었다. 꽃게가 밥을 먹을 수 있나 싶기도 했지만 그대로 두었다. 그다음부터는 많은 음식을 차려 가기보단 밥과 간장을 따로 그릇에 담아 아빠가 있는 방문 앞에 놓고 올라갔다. 간장 게장이 떠올랐기 때문이었다.

'게는 아빠가 알아서 처리하세요.'

간장을 놓고 4층 우리 집에 도착한 순간, 202호 문이 열렸고

접시를 들고 들어가는 소리와 곧이어 문이 닫히는 둔탁한 쇳소리가 들려왔다.

"쏭. 쏭. 아임 쉐리프. 오픈 더 도얼. 플리즈. 마이 와이프 레마나 나우 워터 베이비."

201호 외국인 쉐리프가 우리 집에 급하게 찾아왔다. 아내인 레마나가 아이를 낳을 때가 온 것인지 양수가 터졌다는 것이었다. 엄마와 나는 급하게 201호로 내려갔다. 레마나는 침대 위에 누워 있었다. 레마나의 주변이 축축했다. 레마나가 나를 보자 일어나려 했다.

"오 노. 스탑. 어떻게 말해야 해. 그대로 가만히 있어요."

엄마와 나는 급하게 구급차를 불렀다. 아빠가 지금 이 순간 있었더라면. 아빠도 기다렸던 아이였었는데 지금이라도 아빠를 불러야 하나 갈등이 되었다. 하지만 가만히 두기로 했다.

'아빠는 이제라도 그냥 아빠가 원하는 곳에서 계세요.'

"야. 야. 송아. 너도 얼른 타."

원룸 건물 마당 앞에 구급차가 도착했다. 나, 엄마, 레마나 언니, 쉐리프 그리고 구급대원 언니 한 분. 이렇게 많은 인원은 다 탈 수 없었다. 내 자리는 없었다. 모두 다 탔는데 혼자 머뭇거리는 나를 엄마는 급하게 불렀다.

"나 영어 못하잖아. 야. 얼른 타라니까. 구겨서 타면 돼."

그 복잡하고 정신없는 상황 속에서도 쉐리프는 나와 엄마를 번갈아 보며 말했다.

"옆집 캐럴 송 베리 베리 시끄러워요. 플리즈. 쏘 마이 와이프 베리 앵그리."

왜인지 원룸 202호 창문에 아빠가 숨어서 이 상황을 모두 지켜보고만 있을 것 같았다. 아마 세 마리의 꽃게처럼 보일 듯 보이지 않을 듯 보고 있을 것이라 생각이 들었다.

"야. 송아 지금 집 보러 온대. 학생이다. 202호 보여 드려."

엄마한테 때마침 집을 보러 온다는 손님의 연락이 온 모양이다. 엄마는 그 말을 남기고 구급차를 타고 떠났다. 나는 원하든 원하지 않든 자연스레 손님을 맡게 되었다. 우리 집 건물에 붙여 있는 간판을 보고 전화하고 있는 손님을 마주했다.

"따라오세요. 지금 2층에 방이 하나 있는데……."

202호. 정말 방을 보여 줘도 되는 걸까. 나는 가슴이 두근거림을 느꼈다. 한 계단, 두 계단 힘없이 때론 더 힘을 주고 올라갔다. 어쩔 수가 없었다. 정말 어쩔 수 없었다.

나는 열쇠를 꽂아 문고리를 아주 천천히 돌리기 시작했다. 아주 천천히.

나는 학생이 방이 열리자마자 먼저 들어가지 못하도록 문 앞을 나의 몸으로 완전히 가리고 서서 문을 열었다. 살짝 문이 열렸다. 긴장감이 감돌았다.

방 안에는 아빠가 있었다. 문과는 등을 진 채 서서 창문 밖을 바라보고 있었다. 아빠의 뒷모습만이 보였다. 검은색 양복을 입고 있었다. 너무 진하거나 무겁지 않은 검은 톤의 양복이었는데 아빠는 이 양복을 특별한 날에만 꺼내 입었다. 양복에 주름이 잡혀 있었다. 다리미로 펴 주면 좋겠다 싶었다.

역시 아빠는 창문을 열어 레마나와 쉐리프가 아이를 낳으러 가는 모습을 보고 있었다. 어떠한 표정을 짓고 있을까. 웃고 있을까. 아무런 표정 없이 있을까.

그리고 잠깐 아빠의 등에 하얀색 날개가 있는 것처럼 보였다. '어?' 하는 순간 사라져 버렸다. 마치 환영처럼.

"아빠!"

급히 문을 활짝 열어젖히고 들어갔다. 아빠의 체취가 흘러나왔다. 방은 아무런 일도 없었던 것처럼 깨끗하고 단정했다. 마치 아무런 일도 없었던 것처럼. 불현듯 한 마리의 꽃게는 어디로 간 것인지 궁금했다. 사라져 버린 것일까.

그리고 내 귓가로 아빠의 캐럴송이 들려오는 듯했다. 아주 작게 점점 더 선명히 내 몸속 구석구석을 파고들었다.

"흰 눈 사이로 썰매를 타고 달리는 기분 상쾌도 하다아. 울면 안 돼, 울면 안 돼."

작가노트

우물과 같은 힘

저는 독자분들이 읽고 있는 모든 책들에는 깊은 우물과 같은 힘이 있다고 생각합니다. 까마득하고 깊은 우물 속처럼 독자분들이 접하는 정보량, 마음의 상상력, 추억은 정의 내릴 수도 없고 답이 없다고 봅니다. 책을 읽을 때만큼은 마음을 활짝 열고 인물과 하나 되는 시간이 되었으면 합니다. 저의 소설 또한 편하게 읽혀지는 대로 웃고 싶으면 웃고, 마음이 깊게 동요가 될 때는 머리를 끄덕여 줄 수 있는 시간, 작품이 되면 좋겠습니다.

이 소설은 제게 있어서 도전이었습니다. 새로운 시도가 필요하다 느껴 나름 슬럼프를 겪던 때에 우연히 르네 마그리트라는 초현실주의 화가를 알게 되었습니다. 또 백화점 앞에서 꽃게를 사 들고 가만히 서 있다가 '꽃게가 이대로 사라져 버린다면 어떡하지?'라는 질문 하나로 이야기가 시작하게 되었습니다.

저 자신을 새롭게 변화시키려 했던 제 간절한 시도는 아이러니하게도 '우연성'에서 시작하게 된 것입니다.

글 쓰는 행위도 그렇지만 삶 자체도 마찬가지라는 생각이 들었습니다. 어렵게 생각했던 일이 우연적으로 누군가 뻗어 온 도움의 손길에 의해 아주 쉽게 풀릴 때도 있지요.

이처럼 이번 작품을 통해 만나게 될 많은 독자분들도 '우연히' 제 작품을 읽고 기분이 즐거워졌으면, 또 우연히 복잡한 머리가 풀릴 수 있었으면 좋겠습니다.

저는 그렇게 생각합니다. 그 정도면…… 되지 않을까요?

인터뷰

창을 깨부수다

〈마그리트의 창〉은 억눌린 '아빠'의 모습을 그린다. 아빠의 생일, 엄마와 함께 쇼핑을 하던 화자 '나'는 샀던 꽃게 세 마리를 잃어버린다. 아빠는 사라지고 언제부턴가, 비어 있던 원룸에 꽃게가 드나드는 게 나의 눈에 보인다. 그리고 그 안에는 아빠가 존재한다.

지난 1월 21일, 염보라 씨가 부모님과 함께 월간토마토를 찾았다. 〈마그리트의 창〉의 화자가 염보라 씨와 나잇대와 성별이 같다고 짐작되는바, 작품 속 엄마와 아빠의 모습이 슬그머니 염보라 씨의 부모님에게 오버랩 됐지만, 이내 고개를 저으며 정신을 차렸다. 염보라 씨의 어머니도 '화자'와 '작가'를 분명히 다른 존재로 인식하고 있었고 염보라 씨는 "화자에게서 자신의 모습이 보이기도 하지만, 소설은 소설일 뿐"이라고 말했다. 그만큼 〈마그리트의 창〉은 '진짜' 같다. 작품에는 현실과 환상이 모호하게 섞여 있고, 화자 또한 '아빠'라는 존재를 제대로 알지 못하지만, 천천히 읽고 있으면 이 모든 것이, 환상까지도 '진짜'라는 생각이 든다.

수상 축하드립니다. 당선됐다고 언제 들으셨나요, 기분은 어땠는지 궁금해요.

  전화 두 통이 와 있었는데 받지를 못했어요. 월간토마토라고 문자 메시지가 와서 놀랐어요. 부족한 점이 많다고 생각해서 제가 뽑히게 될 줄은 몰랐거든요. 고등학생 때부터 소설을 썼지만 소설로 인정을 못 받았어요. 그래서 소설 쪽이 아닌가 하는 생각이 들어서 탈피하려던 마음이 있었던 시기였어요. 그런데 작은 상도 아니고 대상을 주시니 저한테는 정말 의미가 커요. 앞으로 계속 써야겠다는 마음도 들어요. 연락 받고 기분이 좋아서 그날 저녁에 소설 쓰고 동화도 쓰고 했어요. 활력이 됐어요.

월간토마토문학상을 어떻게 알고 응모하신 거예요?

  공모전 사이트에서 보고 응모했어요. 될 거라는 생각은 못 했어요. 교수님께서 항상, 잘 썼든 못 썼든 글을 열심히 써서 세상에 내보여야 한다고 말씀하시거든요. 부족하다고 생각했지만 내보자, 하고 냈어요.

공모전 입상은 이번이 처음인가요?

  최근에 공모전에 글을 내 보려고 노력해서, 의정부문학상에서 동화로 입상했었고요. 전국 정조대왕 백일장에서 시로 대상 탄 적이 있어요. 한국경기시인협회인 한국시학에서 신인상으로 시로 등단했고요. 시작은 소설로 했는데 학교 다니면서 시와 아동문학에 관심이 생겼어요.

당선작인 〈마그리트의 창〉은 언제, 어떻게 쓰게 된 작품인지 궁금해요.
　작년 5, 6월쯤 썼어요. 구상은 학부 때부터 했던 것 같아요. 최근에 열심히 썼던 작품을 내서 인정받고 싶은 마음이었어요. 원래 특별히 가족 소설을 좋아하긴 하는데 이번에는 부모님에 관한 소설을 써 보고 싶었어요.

소설에서는 아버지가 실종됩니다. 이야기에 등장하는 '아버지의 실종'을 말 그대로, 이 시대에서 권위를 잃은 아버지의 실종으로 이해했습니다. 아버지가 굉장히 외로운 존재로 그려지기도 하고요.
　아버지의 실종으로 이야기를 풀어내기도 했어요. 그렇다고 아버지의 외로움만을 다룬 것은 아니에요. 예전에 교양 수업 시간에 마그리트에 대해 배웠어요. 마그리트가 현대사회의 관습화된 사고를 깨는 것을 중시 여겼다고 알게 됐어요. 교수님이 수업 시간에 "우리가 보고 있는 세상이 진실이라 할 수 있냐."고 하신 말씀이 기억에 남았어요. 현실 속 틀에 박힌, 전형적이고 통속적인 것을 깨부수고 싶은 마음이 있었어요. 〈마그리트의 창〉은 아빠 이야기이기도 하지만, 독자 개개인의 이야기이기도 해요. 각자가 깨고 싶은, 넘고 싶은 삶을 담고 싶었던 것 같아요.

처음에는 꽃게가 왜 등장했나 싶었는데, 작품 전체에서 존재감을 드러냅니다. 그러면서 환상적이고 기괴한 분위기를 만들기도 하는 것 같고요.

    기괴한 느낌을 주고 싶기도 했어요. 작품 속에서 아빠가 꽃게 생살을 먹기도 하고요. 처음에는 아빠가 가정적인 모습인데, 나중에는 아빠의 또 다른 모습이 나와요. 알고 있던 아빠의 모습이 아닐 수도 있단 걸 보여 주고 싶었어요. 그래서 일부러 자극적으로 쓰려고 한 면도 있어요.

억눌려 있는 아빠와 다르게, 과거 할아버지는 가부장적인 사람이었어요. 시간이 흐르면서 가족 내에서 아버지의 역할이 변했다고 볼 수도 있는데, 과거 할아버지도 외로운 존재였을 것 같다는 생각이 들어요.

    할아버지가 꽃게 드시는 모습을 보고 억눌렸던 것을 꼭 하고 싶은 마음에 아빠가 꽃게에 집착하는 면도 있어요. 아빠가 엄마에게 순응하는 모습은 할아버지가 가부장적이고 강했던 것에서 나온 것일 수도 있고요. 원래 의도는 아니었는데, 쓸 때 그렇게 흘러갔어요. 소설을 쓸 때 구성을 하긴 하는데, 인물에 빠지다 보면 생각지도 않게 흘러갈 때가 있어요.

    외로움에 관해서도 썼는데 소설 속에 한 가지 주제만 넣지는 않았어요. 예전부터 소외 받은 사람에 관해 썼던 것 같아요. 소설 속에서 아빠가 사라졌지만, 혼자 사라졌을 뿐, 엄마나 딸이 크게 관심이 없잖아요. 이미지 자체에 외로움이 담겨진 것 같아요.

그렇다면, 작품 속에서 말하고 싶었던 건 뭐예요?

아빠라는 인물에 이입해서 생각하면, 아버지라는 존재는 많은 것에 순응해야 하고 다 드러내지 못하는 존재예요. 아빠만의 방이 없음에도 불구하고 엄마나 화자인 '나'는 아빠를 이해해 주려고 했는가 생각이 들었어요. 어쩌면 엄마에게도 자신만의 시간이 필요했을 수도 있고요. 딸도 억눌려 있는 게 있을 수 있죠. 아빠가 사라지고 엄마와 딸은 자기들 불편한 것에만 급급하죠. 아빠의 진실한 얘기를 알지 못하고요. 개인주의가 팽배한 사회에 관해서도 얘기하고 싶었어요. 한 번쯤 나 자신이 아닌 옆에 있는 가족에 관해 생각해 봐야 한다고 생각해요.

아빠가 드디어 방을 갖게 되었는데, 그 사실 자체가 환상 속에 있다고 느껴지기도 했어요. 꽃게가 등장하는 것이나, 아빠가 부르는 캐럴이라든지, 세입자 외국인들까지, 많은 것이 마치 환상 같았어요.

그 생각을 하기는 했어요. 소설 속에서 실존하는 아빠지만, 없어졌다는 자체가 환상일 수도 있고 꽃게가 보이는 거라든가, 202호에 있을 거라는 게 환상일 수도 있고요. 평소에 아빠가 억눌리지 않았으면 좋겠다고 생각한 딸이 아빠한테 억눌린 감정을 대입한 걸 수도 있고요.

아빠는 여름에 시원하니까 캐럴을 부른다고 했는데, 여름에 캐럴을 부르는 것 자체가 희한하잖아요. 고정관념을 깨고 싶었어요. 아빠라는 인물이 우리가 상상하는 것과는 다른 느낌이라는 것을 드러내고 싶었어요.

외국인 부분은 원래는 현실이라고 생각했어요. 재미 요소를 위해 넣기도 했죠. 삶이라는 게 그런 것 같아요. 소설도 하나의 삶이잖아요. 외국인이 등장하지 않아도 문제는 없지만, 우리 삶은 얘기하는 중에 전화가 올 수도 있고, 뜬금없이 무슨 일이 생기기도 해요. 소설 속에서 아빠가 실종된 순간에도 외국인 얘기가 나오죠. 애기 낳으러 가면서 외국인이 뜬금없이 "캐럴송이 너무 시끄럽다."는 얘기도 하고요. 뜬금없는 일들도 삶의 한 부분이라고 생각해요. 자연스럽게 넘기고 싶었어요.

처음 '마그리트의 창'이라는 제목을 들었을 때는 어떠한 예측도 할 수 없었어요. 또, 소설 속에서 마그리트 작품의 이미지를 보고도 이야기가 어떻게 전개될지 짐작하지 못했어요. 그런데 돌아보니 결국 제목과 그 그림 속에 많은 것이 함축돼 있네요.

처음 정한 가제는 '꽃게의 외출'이었어요. 그런데 제목에서 '아빠의 가출'이라는 게 드러나고 독자들이 꽃게가 아빠라고 규정할 것 같아서 바꿨어요. 그리고 마그리트를 중심으로 쓰고 싶었어요. 그림(《재현되지 않다》)에서 거울 속에 남자의 얼굴이 안 비치잖아요. 그런데 어쩌면 그림 속 남자는 진짜로는 자신의 얼굴을 보고 있지 않을까 하는 생각이 들었어요. 그림 속 남자는 창을 보면서 자기 본 모습을 보고 다른 세계를 보고 있지 않을까 생각했어요. 소설 속에서 아빠는 끝 부분에 뒷모습만 보여 주고 창문을 바라보고 있어요. 날개도 있는 것처럼 보이고요. 아빠는 이 세상을 탈피하고 싶지 않았을까 생각했어요. 창이라는 것으로 고정된 삶, 사고에서의 탈피를 나타내고 싶었어요. 제목은 모호하지만 읽으시면 이해할 수 있지 않을까 생각해요.

언제부터 소설 쓰기 시작했어요?

  어렸을 때부터 글 쓰는 걸 좋아했어요. 예술고등학교 문창과를 졸업했고요. 고등학생 때부터 소설이 뭔지 알았어요. 특히 서사문학에 관심이 많았어요. 대학교 때는 소설 전공 했고요. 대학원에서는 시 전공 하고 있어요. 그런데 소설에 관심이 많아요. 요즘에는 아동문학에도 관심이 있고요.

언제 어떤 방식으로 쓰시는지 궁금해요.

  할 때는 하고 안 할 때는 안 하는 성격이에요. 생각났다고 해서 바로 쓰는 건 아니고 한 편 써야겠다는 마음이 굳게 생겼을 때 쓰기 시작해요. 주로 종일 걸어 다니며 생각하는 편이고요. 쓸 때는 집에서 써요. 방 안에 저를 가둬서 쓰는 편이에요.

독자들에게 하고 싶은 말이 있다면요?

  뽑아 주셔서 감사합니다. 솔직히 정말 의외였어요. 독자분들이 재밌게 읽어 줄까 걱정도 돼요. 제 글이 초반에는 재미가 없고 뒤로 갈수록 흥미를 끄는 편인데, 독자분들이 처음에 읽다가 흥미를 잃어버리면 어떡하나 걱정이에요. 끝까지 읽어 주시면 기억에 남을 수 있는 작품이 되지 않을까 생각합니다.

(2016년 2월)

지극히 당연한 여섯

월간토마토문학상 수상작품집 1

초판 1쇄 펴낸날 2016년 12월 5일

지은이 박덕경 한유 김민지 신유진 이우화 염보라
펴낸이 이용원
펴낸곳 (주)월간토마토
편집 이혜정
디자인 원나영, 이송은
마케팅 조지영, 이상윤
인쇄 영진프린팅
등록 2010년 3월 23일 (제25100-2010-000004호)
주소 34920 대전광역시 중구 대종로 451 2F
전화 042.320.7151   **팩스** 0505.115.7274
이메일 mtomating@gmail.com   **홈페이지** www.tomatoin.com
페이스북 월간 토마토   **인스타그램** @magazinetomato

- 이 책은 저작권법에 따라 보호받는 저작물이므로 무단 전재와 무단 복제를 금하며, 이 책 내용의 전부 또는 일부를 이용하려면 반드시 저작권자와 (주)월간토마토의 서면 동의를 받아야 합니다.
- 파본이나 잘못 만들어진 책은 구입하신 곳에서 교환해 드립니다.
- 이 도서의 국립중앙도서관 출판예정도서목록(CIP)은 서지정보유통지원시스템 홈페이지(http://seoji.nl.go.kr)와 국가자료공동목록시스템(http://www.nl.go.kr/kolisnet)에서 이용하실 수 있습니다.(CIP제어번호: CIP2016028075)

ISBN 978-89-97494-42-2 03810
ⓒ2016 (주)월간토마토 Printed in Korea